संसारी साधु

संसारी साधु

हरकिसन महेता

अनुवाद
हर्षद दवे

ज्ञान गंगा, दिल्ली

प्रकाशक : ज्ञान गंगा, 2/42, अंसारी रोड, दरियागंज, नई दिल्ली–110002
सर्वाधिकार : सुरक्षित / संस्करण : 2024 / मूल्य : तीन सौ पचास रुपए
मुद्रक : श्री साई प्रिंटर्स, साहिबाबाद ISBN 81-88139-94-7

SANSARI SADHU

novel by Shri Harkisan Mehta ₹ 350.00

Published by **GYAN GANGA**
2/42, Ansari Road, Daryaganj, New Delhi-110002

हमारी बात

अगर सच पूछें तो साहित्य के अपने कोई प्रदेश, भाषा, धर्म या संस्कृति के स्वतंत्र क्षेत्र नहीं होते हैं। साहित्य का उपादान मनुष्य होता है। मनुष्य का बाह्य आवरण अकसर भिन्न-भिन्न दिखाई देता है, लेकिन इन आवरणों को अगर हटा दिया जाए तो जो आकृति दृश्यमान होती है, वह निर्मल और सुरेख आकृति ही उसके अपने अंत:स्वरूप के साथ साहित्य का उपादान होती है।

लेकिन उपादान के अंत:स्वरूप की ऐसी तात्त्विक एकता होने पर भी साहित्य को अपने क्षितिज-विस्तार के लिए विभिन्न भाषाओं के माध्यम अंगीकृत करने पड़ते हैं। साहित्य का यह व्यवहारगत सत्य है।

इसी सत्य को स्वीकृत करके गुजराती साहित्य की सत्त्वशील रचनाओं को अन्य भारतीय भाषाओं में अनूदित और प्रकाशित कराने का एक प्रकल्प 'गुजराती साहित्य प्रदान प्रतिष्ठान' के नाम से आरंभ किया गया है। इस उपक्रम के अंतर्गत ही यह ग्रंथ प्रकाशित हो रहा है। यह घटना आनंदप्रद है।

पूरे ब्रह्मांड को नापने के लिए अत्यंत तेज गति से मनुष्य उद्यत हो रहा है। इसे मद्देनजर रखते हुए कहें तो राष्ट्रीयता तो ठीक, अपितु 'जय जगत्' सूत्र भी पुरातन होता जा रहा है। 'राष्ट्र' शब्द को उसके अत्यंत शीर्षस्थ स्तर से देखें तो विवादास्पद भी हो सकता है। इस सत्य को स्वीकार करते हुए भी तत्कालीन युग में राष्ट्रीयता को अस्वीकार नहीं कर सकते। इस विभावना को व्यापक कर सकें, ऐसी प्रक्रिया साहित्यिक आदान-प्रदान है।

हमारे 'प्रदान प्रतिष्ठान' ने जिस अभियान को आरंभ किया है, वह इस प्रक्रिया का मूल है। प्रतिवर्ष सत्त्वशील गुजराती पुस्तकों को विभिन्न भारतीय भाषाओं और अंग्रेजी में भी प्रकाशित करना प्रतिष्ठान का उद्देश्य है।

१०२-ए, पार्क एवेन्यू, एम.जी. रोड,
दहानुकरवाड़ी, कांदीवली (पश्चिम)
मुंबई-४०००६७

—दिनकर जोशी
मैनेजिंग ट्रस्टी,
गुजराती साहित्य प्रदान प्रतिष्ठान

: १ :

आकाश की यात्रा पर निकले सूर्य देवता तीव्र गति से पश्चिम की ढलान उतर रहे थे। बैसाख की हवा के नशे में मदहोश-से लगते वृक्ष मस्ती में झूम रहे थे। उत्तप्त जमीन की धूल हवा के पलटते रुख से प्रसन्न होकर बेहद बल प्रयोग करके दो-चार चक्कर काटकर फिर असल ठिकाने पर आ जाती थी। परों में पवन भरकर चक्राकार उड़ते पक्षी बीच-बीच में विश्राम के लिए वृक्षों की डालियों पर झूल लेते थे। जड़ एवं चेतन में सब जगह आनेवाले तूफान के आसार नजर आते थे।

तब हिम्मतगढ़ की ओर जाती पगडंडी पर उसके कदम तीव्र गति से बढ़ रहे थे। उसकी चाल में चेतनता छलकती थी। हर कदम के साथ जमीन को छूती उसकी खड़ाऊँ की पटाक की आवाज काफी तालबद्ध थी। स्नायुबद्ध पैरों की पुष्ट पिंडी पर चिपके रज-कण हीरे की कणिकाओं के समान चमक रहे थे। बाईं ओर झूलती गेरुए रंग की झोली उसकी चाल के साथ बराबर ताल मिलाती हुई आगे-पीछे सरक रही थी।

सहसा उसकी दृष्टि अस्त होते जा रहे सूर्य-प्रकाश से चमकते राजमहल के गुंबद की स्वर्णिम चोटी पर जा पहुँची। न जाने क्यों उसकी संन्यासी-दृष्टि में अचानक बिजली कौंध गई। संसारी जीव के भीतर झुनझुनी सी हुई और अज्ञात मंजिल तक पहुँचने की जल्दी न होते हुए भी, ऐसा आभास हुआ, मानो उसकी गति में चंचल तीव्रता आ गई हो।

पगडंडी छोड़कर उसने रास्ते की ओर पैर मोड़े। राजमहल के गुंबद से दृष्टि हटाने में उसे कुछ कष्ट महसूस हुआ। ठीक उसी समय सामने से तीव्र गति से आ रही राज-बग्घी उसे दिखाई दी। बग्घी के सफेद अश्व के मस्तक का वह श्याम टीका इतनी दूरी से भी न जाने क्यों उसकी दृष्टि से छिपा नहीं रहा! इस बात का विस्मय हुआ। बग्घी के कोचवान ने अश्व को कोड़े से फटकारा, तब अपनी पीठ पर चरचराहट क्यों अनुभव की! क्या उसके साधु-हृदय को प्राणिमात्र की पीड़ा स्पर्श करती थी, इसलिए ऐसा हुआ या फिर संसारी जीव की माया ने अँगड़ाई ली!

गरदन को एक झटका देकर उसने वह विचार झटक दिया। इतने में पास से गुजरती बग्घी के अश्व ने भी न जाने क्यों गरदन को अचानक झटका दिया और उछला। गति में यकायक रुकावट आ जाने से अश्व के अगले दो पाँव कुछ ऊँचे उठ गए। पिछले पाँवों की नाल पथ पर रगड़ जाने से चिनगारियाँ निकलीं और इस आकस्मिक धक्के से बग्घी में बैठे सभी लोगों को हलका सा धक्का लगा।

"उइ माँ!" एक स्त्री की आवाज सुनाई दी।

"क्या हुआ, रानी साहिबा?" सामने बैठी दासी मालती ने पूछा।

"कहीं चोट तो नहीं आई?"

"देख नहीं रही?" दूसरी दासी मधुमती ने रानी साहिबा का प्यार पाने की रोज की युक्ति अपनाई, "तूने पूजा की थाली ठीक से नहीं उठाई, सो रानी साहिबा के ललाट तक गुलाल उड़ा।" कहते-कहते उसने अपने आँचल से लाजवंती का ललाट पोंछकर पहले जैसा समूचा कोरा कर दिया।

"घोड़े के पैर उलटे क्यों पड़े जोरुभा?" बग्घी से जमीन पर आ गिरे लखुभा ने उठते हुए कपड़े की धूल झाड़ते हुए कोचवान को डाँटा, "कभी नहीं, और आज टिल्लू रूठकर क्यों भाग खड़ा हुआ?"

जोरुभा ने अपनी सीट से नीचे कूदकर हाँफते घोड़े के पिछले पैरों की जाँच शुरू कर दी, 'नहीं-नहीं, लँगड़ा तो नहीं हुआ है।' बड़बड़ाते हुए उसने घोड़े की गरदन पर हाथ पसारते हुए झिड़की दी, "टिल्लू, आज तुझे यह क्या सूझी! बग्घी पलट जाती तो तू और मैं दोनों गोली से बींध दिए जाते।" कहते-कहते कोचवान दूर जा चुके साधु की पीठ की तरफ देखते हुए बोला, "कुछ भी तो नहीं था, केवल साधु के गेरुए वस्त्र देखकर भड़क उठा, पाजी!"

उसका अंतिम वाक्य बग्घी में बैठी रानी साहिबा के कान से टकराते ही कर्णमूल पर रक्तिम आभा फैल गई। याद की एक कसक उठी। विधवा होने के दूसरे साल मन के संताप को कम करने के लिए वे कुंभ मेले में संगम तीर्थस्नान करने गई थीं। वहाँ त्रिकालदर्शी संन्यासी सत्यानंदजी के दर्शन करने का सुअवसर प्राप्त हुआ था। उनके चरणों पर फूल चढ़ाकर, साष्टांग दंडवत् करके ऊठते ही गहरी गुफा से आती आवाज के समान स्वामीजी की गहन-गंभीर वाणी सुनाई दी—

'अखंड सौभाग्यवती भव।'

बंद आँखें खोले बिना ही संन्यासी के द्वारा दिया गया आशीर्वाद सुनते ही वह इस प्रकार अभिभूत हो उठी थी, मानो उसके दिल ने किसी धारदार हथियार का स्पर्श कर लिया हो। घुटनों में झुनझुनी हो उठी हो, ऐसे उठने के लिए मालती

तथा मधुमती का सहारा लेना पड़ा। दुखते दिल से कुटीर की दहलीज लाँघ ही रही थी कि आवाज टकराई थी, 'स्वामीजी! आप नारी को कभी भी चर्मचक्षु से देखते नहीं, आप तो त्रिकालदर्शी हैं, तो फिर समूचे कोरे ललाटवाली इस विधवा को अखंड सौभाग्यवती के आशीर्वाद कैसे?'

अपने ही मन का प्रश्न किसी अन्य ने पूछा हो, इस प्रकार वह स्वामीजी का उत्तर सुनने के लिए अधीर हो गई थी, परंतु काफी देर तक मौन छाया हुआ देखकर उसकी अधीर दृष्टि पीछे मुड़कर अंदर जा चुकी थी। गहन समाधि में भीतर जा चुकी आँखों के समान स्वामीजी की आँखें मुँदी हुई ही थीं। केवल उनके दो होंठों के बीच संकेत भरा हलका-सा स्मित दिखाई दिया।

आज साढ़े सात साल बाद स्वामीजी का वह गूढ़ सांकेतिक स्मित लाजवंती की आँखों के सामने सदृश हो उठा। विचारमग्न अवस्था में ही उसका हाथ ललाट तक चला गया।

"नहीं रानी साहिबा, ललाट पर अब गुलाल का दाग बिलकुल नहीं रहा।" मधुमती ने खुश होते हुए कहा, "मैंने बड़ी दरकार से पोंछा है!"

और फिर बग्घी समान गति से आगे बढ़ गई। लाजवंती के जी में बार-बार आता था कि जरा परदा उठाकर इस संन्यासी के दर्शन कर लूँ, लेकिन इच्छा को दबाए रखना पड़ा। पीछे बैठा हुआ चौकीदार अगर उसका मुँह देख लेता तो विधवा की मर्यादा लुप्त हो जाती!

□

"राम-राम, साधु महाराज!"

रास्ते के सामनेवाले छोर से अधेड़ उम्र का एक आदमी पुकारता हुआ पास आया, तब पहली बार उसके पैर जमीन पर पड़े। उसने भावपूर्वक करबद्ध नमन किया, "क्या बात है महाराज, आज इस तरफ… ?"

"हम ठहरे साधु, पथ जहाँ ले चले वहीं जानेवाले।" कहते-कहते फिर उसकी दृष्टि महल के गुंबद पर जा ठहरी। उसने कहा, "शाम हो गई है, सो यहीं, इस नगर में ही रात का पड़ाव डाल दूँ।"

"अगर ऐसा करें तो हमारे सौभाग्य महाराज!" कहते हुए वह रुक गया। साधु की दृष्टि महल पर ही थी, यह देख उस व्यक्ति ने आगे कहा, "कहा-सुना मुआफ करना महाराज, किंतु आजकल उस महल में साधु-संतों के सत्कार नहीं होते।" फिर भी साधु की दृष्टि वहीं पर जमी रही, इसलिए वह कहने लगा, "पहले तो बाहर से आनेवाले प्रत्येक साधु-संन्यासी राजा के मेहमान माने जाते

थे। मंहल में उनका आदर-सत्कार होता था। राजमंदिर में उनके भजन-कीर्तन होते थे और राजमाता स्वयं साधु-संन्यासियों का आतिथ्य करतीं···'' कहनेवाले ने जरा थमकर लंबी साँस ली। ''इसके पहले कभी आप हमारे गाँव में आए हैं, महाराज?'' उसने पूछा, ''ऐसा लगता है, जैसे आपको पहले कहीं देखा है!''

''वह तो सभी साधु समान, एक-से होते हैं, इसलिए ऐसा प्रतीत होता है।'' पहली बार उसके चेहरे पर सौम्य स्मित झिलमिलाया, ''एक बार मैं जिस जगह की यात्रा करता हूँ वहाँ दूसरी बार कदम नहीं रखता। भारत की भूमि इतनी विशाल है कि सारा जीवन घूमते फिरें तो भी यात्रा पूर्ण नहीं हो सकती। यहाँ पर आस-पास कहीं मंदिर तो होगा ही?''

मानो वह आदमी नींद से जागा हो, ''हाँ-हाँ, महाकालेश्वर का मंदिर है न इस पहाड़ी के पीछे, झील के किनारे पर बहुत बड़ा मंदिर है। पुजारीजी भी अच्छे-भले हैं। अभी-अभी राजमहल की बग्घी मंदिर की ओर गई है, किंतु वह रास्ता आपको लंबा पड़ेगा। पैदल जाने के लिए सामनेवाली पगडंडी ठीक रहेगी। पहाड़ी चढ़ने पर मंदिर का ध्वज दिखाई पड़ेगा।''

''भगवान् तेरा भला करें।'' कहते हुए साधु ने दिशा बदलकर पगडंडी की तरफ पैर बढ़ाए।

पहाड़ी की चोटी पर पहुँचकर चलती हवा के झोंके के बीच साधु ने निगाहें डालीं तो मंदिर पर फहराता ध्वज दिखाई दिया। ठीक उसी समय मंदिर के घंटों के बजने का स्वर सुनाई दिया। जैसे कि एक साधु जीव सांसारिक माया में न फँस जाए, इसलिए सावधान कर रहा हो, ऐसा वह घंटनाद था।

दो औरतें परदे के छोर पकड़कर दोनों तरफ से सीढ़ियाँ उतरती दिखाई दीं। रास्ते में मिली वह बग्घी भी कुछ दूरी पर ठहरी हुई थी। उसकी सजावट देखने से लगा कि वह राजबग्घी ही होनी चाहिए। फिर तो परदे में राजमाता ही होंगी।

उसने शीघ्रता से पहाड़ी उतरने का प्रयास किया। नीचे की ओर नजर करके देखा तो हवा के झोंके से वह परदा उन दो औरतों के हाथों से सरककर उड़ता उसकी ओर आ गया। आवरण हट जाने से व्याकुल स्त्रियों की चीखें सुनाई दीं। पहले-पहल तो मर्यादा-आवरण-सा परदा पकड़ने के लिए वे दोनों चार-छह कदम दौड़ीं भी, लेकिन रानी साहिबा के चेहरे पर किसी पुरुष की नजर पड़ जाएगी, इस विचार से वे दोनों तुरंत वापस आ गईं तथा उन्हें घेर लिया, उतने ही मिले पलों में साधु की दृष्टि ने रानी साहिबा के सौंदर्य की झलक अपनी आँखों में बसा ली थी। नहीं, वह राजमाता-सी वयोवृद्ध नहीं लग रहीं, तो फिर राजरानी होंगी!

तूफानी हवा के बीच फर्राटे से जाती हुई बग्घी जब दृष्टि-मर्यादा से दूर जा चुकी तब साधु ने मंदिर की सीढ़ियाँ चढ़ने की शुरुआत की।

□

"आज की रात सकुशल बीत जाए तो अच्छा हो। बैसाख की चलती हवा की प्रकृति कुछ विचित्र सी होती है, ऐसा कहा जाता है। देखा न, आज वह चैन से सोने भी नहीं देगी!" पुजारी ने कहा।

साधु ने उनको रोक दिया, "आप क्यों कष्ट उठा रहे हैं, मैं ही बंद कर देता हूँ।"

वृद्ध पुजारीजी के स्वागत करने में खुशी व उमंग की झनकार सुनाई दी, "आप जैसे साधु-संन्यासी कभी-कभी ही इस ओर पधारते हैं। हमारा हिम्मतगढ़ एक छोर पर होने के कारण अलग पड़ जाता है।"

संध्या आरती खत्म होने के बाद साधु ने पूछा, "यह मंदिर भी नगरजनों के लिए काफी दूर पड़ता होगा। यहाँ दर्शन के लिए बहुत कम लोग आते होंगे, ऐसा लगता है।"

"आते भी हैं, किंतु संध्या के समय बहुत ही कम।" कहते हुए पुजारीजी ने उनके सामने आरती का पात्र रख दिया।

"महाकालेश्वर के मंदिर को भी राजा अपनी संपत्ति मानते हैं, ऐसा कैसे चलेगा? यह तो अच्छा है कि राजरानी के दर्शन के समय आपको यहाँ उपस्थित रहने का निषेध नहीं है!"

"हमारे जैसे पुजारी या आप जैसे साधु-संन्यासियों से परदा क्या करना?" पुजारीजी ने व्यंग्य का धक्का सहते हुए कहा, "इस रानीबहू का पाणिग्रहण मैंने ही तो करवाया था। अखंड सौभाग्यवती के आशीर्वाद के समय मुझे क्या पता था कि उनके नसीब में छह साल के लिए ही सौभाग्य-सुख लिखा होगा।"

उनकी लंबी साँस के साथ बाहर से आए हवा के झोंके ने पुजारीजी के हाथ में पकड़े आरती के जलते दीये को बुझा दिया, "ऐसे ही हमारे राजकुमार का जीवन-दीप बुझ गया था।"

रात्रि-विश्राम के लिए पुजारीजी साधु को ऊपरी मंजिल पर ले आए, तब साधु ने पूछा, "आप अपना सब काम स्वयं करते हैं, तो क्या आपके परिवार में कोई नहीं है?"

"मेरा शंभू है न। वह अब जवान हो गया है, फिर भी शादी की बात पर टालमटोल करता है। कहता है, जब मैं खुद भोजन बनाकर आपको खिलाता हूँ, तो

फिर मेरी शादी की जल्दी क्यों करते हो? बेचारा दिल का भोला और बुद्धि से जरा नादान है।'' कहकर उन्होंने खिड़की से आवाज देकर बेटे को सूचना दी, ''शंभू, आज एक मेहमान के लिए रसोई ज्यादा पकाना, साधु महाराज पधारे हैं।''

खिड़की से बाहर झाँकते हुए साधु ने पुजारीजी से कहा, ''हवा का यह रौद्र स्वरूप भी कितना रमणीय लगता है!''

''आपको भले ही रमणीय लगे, लेकिन अंत:पुर में भोजन करने बैठीं राजमाता एवं रानीबहू को यह तूफान काल के समान भयानक लगता होगा।

''क्यों, इस तूफ़ान ने राजमाता एवं राजरानी से कुछ छीन लिया था क्या?''

''हाँ, एक का पुत्र एवं दूसरी का पति।''

''पुजारीजी, ऐसा भी क्या हुआ कि तूफान ने राजमाता एवं राजरानी के सुख का निवाला छीन लिया?''

''इसमें हवा का कोई दोष न था। राजकुमार तो पौने दो साल की लंबी बीमारी के बाद मरे थे, लेकिन उस शाम को भी बैसाख का ऐसा ही भयानक तूफान आया था। जैसे महाकाल का डमरू बजता हो, ऐसे ही हवा ने तांडव किया था। राज-ज्योतिषी ने कहा था कि तूफान की यह रात यदि बसर हो गई तो मान लो कि राजकुमार के सिर से मृत्यु का संकट टल गया, परंतु उस हवा ने तो उनकी चिता जो जलानी थी, सो जला के ही रुकी। इस बैसाख में नौ साल हो गए उस बात को।''

''बाबा, भोजन तैयार है।'' सीढ़ियाँ चढ़ने की खड़खड़ाहट के साथ शंभू की आवाज सुनाई दी। तब पुजारीजी की स्थिर पलकें झपकीं और अश्रु-बिंदु टपक पड़े।

''यह मेरा शंभू है,'' परिचय की आवश्यकता न होने पर भी पुजारीजी ने खड़े होने से पहले कहा, ''इसके हाथ का बना भोजन करके आप प्रसन्न हो जाएँगे।''

शिष्टाचार दिखाते हुए शंभू ने साधु की ओर देखा। और देखते ही उसकी बड़ी आँखों की पुतलियाँ अचरज से फैलने लगीं। कुछ देर तक अपलक साधु को देखने के बाद शंभू ने पुजारीजी की बाँहों पर दबाव डालते हुए कहा, ''बाबा, जरा इधर आइए तो।''

पुजारीजी दो कदम पीछे हटे, तब शंभू ने अपने मोटे होंठ उनके कान से सटाकर कहा, परंतु नजर साधु से हटाई ही नहीं, ''बाबा, इस संन्यासी को आपने ठीक से देखा?'' उसने कानाफूसी करने के ढंग से कान भरे, ''वे हूबहू अपने

राजकुमार से लगते हैं, केवल दाढ़ी–मूँछ के सिवा रत्ती भर का भी फर्क नहीं।''

साधु ने पूछा, ''शंभू क्या कह रहा है, पुजारीजी ?''

''वह पूछ रहा था कि आपका नाम क्या है ?''

''नित्यानंद! किंतु, आप मुझे आनंद के नाम से बुलाएँगे तो भी चलेगा और मुझे आपके बजाय तुम कहकर पुकारेंगे तो विशेष प्रसन्नता होगी।''

''यदि आपको एतराज न हो तो बताएँ आप कहाँ के मूल निवासी हैं और कौन से कुल से हैं ?''

''एतराज क्या हो सकता है ?'' कहते हुए उसे रुक जाना पड़ा। ''मूल या कुल कहने में कोई आपत्ति तो नहीं है, किंतु साधु को अपना अतीत कहने पर शास्त्र में निषेध है।''

□

: २ :

सारी रात घोंसलों में फड़फड़ाते बैठे रहे पक्षी, सूर्योदय होने वाला है, का भाव दरशाने के लिए जब मधुर कलरव के साथ इधर-उधर उड़ने लगे तब लाजवंती शय्या से उठ बैठी। आँखें खुलते ही तकिया दीवार पर इस प्रकार लगाया कि दूसरी दीवार पर लगी उसके पति की पूर्ण आकार की रंगीन तसवीर सामने पड़े। उसने सबसे पहले तसवीर के सामने सिर झुकाकर करबद्ध नमस्कार किया। कल मध्य रात्रि की तूफानी हवा की सरसराहट ने उसे ठीक से सोने नहीं दिया था। बार-बार इस तसवीर को देखकर वह सोच में डूब जाती थी।

नहीं, छह साल का वह दांपत्य जीवन सुख के फूलों की शय्या-सा मुलायम या महकता बिलकुल नहीं था। कई रातें उसने करवटें बदलते हुए काटी थीं। करण के जन्म के पश्चात् उनका सहवास प्राप्त होने लगा कि बीमारी उनके पास में रहने के लिए आ धमकी। रात-दिन की सेवा-टहल, घी-मिसरी, मनौती या सवा बरस तक रखे सोमवार के व्रत—फिर भी राजहठ पकड़े हुए राजरोग ने पीछे हटने का नाम नहीं लिया। अंत समय निकट जान वे बार-बार कहते, 'लाजू, मौत से नहीं डरता। बीमारी को आना ही था तो पहले क्यों नहीं आई? मरते समय तेरे जैसी प्रेमपूर्ण पत्नी को दुःखी करने का गम तो न सताता!'

तब तो श्रद्धा और भी बढ़ गई थी कि उसके तप से भी उनका पश्चात्ताप सख्त बीमारी को पिघला देगा, परंतु इसके बदले आखिर तो उसका सौभाग्य इस कठोर बीमारी ने छीन ही लिया।

विचारों के प्रवाह में लाजवंती फिर बहने लगी थी कि मयूर की कूक ने उसे सतर्क कर दिया। उसे चौंककर उठ जाना पड़ा। हमेशा भोर होते ही बिस्तर से उठकर, रतजगी आँखों पर पानी छिड़ककर, रनिवास के वीरान बगीचे में मयूर को चुग्गा डालने पहुँच जाती थी।

जाते-जाते उसने देवपूजा में बैठी राजमाता पर दृष्टिपात कर लिया। आँख से एक गरम आह-बिंदु निकल पड़ा। भगवान् चाहे कितने भी दुःख क्यों न दें, तो भी

औरत जात अपनी आस्था को क्यों नहीं डगमगाने देती ? सासू माँ की सुबह पूजा के बगैर होती नहीं तथा उसकी कोई शाम महाकालेश्वर के दर्शन बिना नहीं होती !

मयूर की कूक ने लाजवंती के पैरों में अधीरता भर दी, उसके होंठों तक उपालंभ आ चुका। कल रात के तूफान ने तुम्हें धोखे में डाल दिया लगता है। बैसाख में ही बरसाती कूक क्यों आने लगेगी ? अभी तो बीच में पूरा ज्येष्ठ धरा पड़ा है।

सोपान उतरकर विशाल चौगान में पाँव रखते ही खुले तलवे को जमीं की घास का स्पर्श हुआ। सुकुमार तलवे की एड़ी के नीचे के हिस्से पर महसूस हुई गुदगुदी उसके होंठों पर मुसकरा उठी, तब तो मयूर यों ही नहीं कूक रहे थे। तूफान के साथ कुछ समय तक बेमौके की जोरों की वर्षा हुई हो, ऐसा लगता है। परंतु कोई बेवा नींद में मृत पति की मधुर यादें ताजा करे, ऐसी वर्षा से धरती की प्यास थोड़े ही बुझ सकती है !

तंद्रावस्था में डूबी लाजवंती ने आँखें खोलकर देखा तो मोर कब के दाने चुगकर बिखर चुके थे। सूखी घास के बीच पड़े छोटे से मोरपिच्छ पर उसकी दृष्टि ठहर गई। दौड़कर मोरपिच्छ उठा लिया। उदय हो रहे सूर्य की मृदु किरणों से चमकते मोरपिच्छ पर उँगलियों के सिरे से स्पर्श करती वह पेड़ का सहारा लिये खड़ी रह गई, रनिवास के शयनकक्ष की थोड़ी सी खुली खिड़की की तरफ उसकी नजर उठी। अनायास ही हाथ में पकड़ा मोरपिच्छ गाल पर फिरने लगा। प्रथम रात्रि को उन्होंने चेहरे से घूँघट हटाकर उसके गाल पर ऐसे ही मोरपिच्छ फेरते हुए कहा था—'लाजूरानी, हमारे खुरदरे होंठों से आपके सुकुमार गाल बिगड़ न जाएँ, इसी डर से यह मोरपिच्छ साथ लाना पड़ा।'

विचारों के प्रवाह में उसने वृक्ष के तने को कब अपनी बाँहों में ले लिया, लाजवंती को इसका खयाल ही नहीं रहा।

"वाह रे रानी साहिबा, आज सुबह-सुबह, अशोक वृक्ष पर प्यार उमड़ आया ! रात कोई मनपसंद सपना रास्ता भूल गया था क्या ?"

"मनपसंद सपने तो बरसों पहले रूठ गए। अब तो कभी-कभार भ्रांति रास्ता भटककर आ जाती है, रुई धुन दी जाए, ऐसे हृदय में टीस उठती है।"

"तब तो आपकी पीड़ा बढ़े, ऐसी खबर देने के लिए मैं दौड़ी चली आई हूँ।"

"क्या खबर ले आई मालु, करण की तबीयत तो ठीक है न ? चार दिन से उसकी कोई चिट्ठी ही नहीं आई।"

"याद है रानी साहिबा, कल हम मंदिर जा रहे थे तब बग्घी का अश्व भड़क उठा था ?"

"हाँ, एक संन्यासी को देखकर अश्व भड़क उठा, इससे हम सब विस्मित हो गए थे।" रानी ने कहा।

"और फिर याद है, आपकी लाज का परदा हवा में उड़ता हुआ उस साधु के पैरों पर पड़ा था?"

"क्यों, इस बात की खबर बड़े भैया को हो गई?"

"नहीं रे, लखुभा परदा लेने गया तब साधु को देखकर अश्व से ज्यादा तो वह चौंक उठा था।"

"फिर तो वह साधु कोई अजीब सा अघोरी होगा, जिसे देखकर आदमी तो क्या पशु भी भड़क उठें।"

"नहीं-नहीं, रानी साहिबा, ऐसा नहीं है। वह साधु तो कोई राजकुमार-सा मनोहर है।"

"साधु-संन्यासियों के मुख पर तप का सात्त्विक तेज होता है मालु, इसमें खबर देने के लिए दौड़े चले आने जैसा क्या है?"

"परंतु रानी साहिबा, यह साधु हूबहू हमारे राजा साहब जैसा ही दिखते हैं। रानी साहिबा, शाम को लखुभा से बात की, फिर सारी रात मैं सो नहीं पाई।" चिरौरी करती हुई वह नजदीक सरक आई। "आज भोर होते ही मैंने लखुभा से पलट-पलटकर पूछा, 'देखने में तुमसे गलती तो नहीं हुई न? उनके ललाट पर भी पुराने जख्म का ठीक वैसा ही निशान देखा?' मैंने कहा—'देखना, रानी साहिबा के सामने मेरी बात गलत न निकले!' "

मालती साँस लेने के लिए रुकी तब लाजवंती चलने ही वाली थी कि वह आगे बोली, "सो रानी साहिबा, लखुभा भोर होते ही मंदिर की ओर दौड़ा। महाकालेश्वर के दर्शन करके उसने पुजारीजी के बेटे शंभू को पटाया, 'मैं उस संन्यासी के दर्शन करना चाहता हूँ। कल शाम उन्हें देखा तब वे बड़े महात्मा जैसे लगे थे।' ऐसा बहाना करके वह शंभू के साथ ऊपर गया। साधु सुबह से ही पूजा में बैठ गए थे, इसलिए लखुभा ने उन्हें गौर से देख लिया⋯।"

"तेरी बात खत्म हुई हो तो मैं चलूँ।" कहती लाजवंती ने आगे जाने की कोशिश की।

"बात यहाँ पर खत्म नहीं होती रानी साहिबा, साधु को देख लेने के बाद लखुभा दौड़ता हुआ यहाँ आना चाहता था। परंतु शंभू ने उसे रोके रखा। उसको जैसे अचानक सयानेपन का दौरा पड़ा हो, ऐसे में उसने लखुभा का इरादा भाँप लिया। बड़ी-बड़ी आँखें दिखाकर पूछ लिया, 'सच-सच बताना दरबार, इतनी

जल्दी महाकालेश्वर के दर्शन के लिए आए थे या साधु के मुख-दर्शन के लिए? घबराइए मत। मैंने रात ही पुजारी बापू से कहा था कि यह साधु हूबहू हमारे निर्मल कुमार से दिखते हैं। कहिए, मेरी तरह आपको भी ऐसा ही लगता है न?' तब लखुभा शंभू के सवाल से बचकर निकल भागा। अब बोलिए रानी साहिबा, केवल लखुभा को ही ऐसा आभास हुआ हो, ऐसा नहीं है।'' एक साथ एक ही साँस में इतना सब कह देने के बाद मालती ने जल्दी से कहा, ''मैं तो कह रही हूँ, शाम की बजाय हमें भी अभी मंदिर दर्शन करने जाना चाहिए।''

पीछे आ रही मालती के शब्द पीठ से टकराए, ''रानी साहिबा याद है, कुंभ मेले में उस संन्यासी ने भी आपको अखंड सौभाग्यवती का आशीर्वाद दिया था।''

''मालती, वे संन्यासी यहाँ रुकने वाले हैं?''

''हाँ-हाँ, रानी साहिबा!'' शंभू कह रहा था कि पुजारी ने उन्हें कुछ दिन ठहर जाने के लिए कहा तो उन्होंने मान लिया। आप कहें तो राजमहल में पधारने के लिए बुलावा भिजवा दें, आपके बड़े भैया कनकसिंह आज ही रिसाला लिये शिकार के लिए निकल चुके हैं।''

''अपनी जबान सँभाल जरा, मालती!'' बिना सोचे-समझे कब से न जाने क्या कुछ बोलती चली जा रही है। लखुभा से कह देना, वे संन्यासी जब मंदिर छोड़कर चले जाएँ तब खबर करे। तब तक मैं मंदिर दर्शन करने के लिए भी नहीं जाऊँगी।''

□

पवित्र आत्मा के चरण ही ऐसे होते हैं कि तुरंत उनके प्रभाव का असर ध्यान में आए बगैर नहीं रहता। शाम होने से पहले कम-से-कम सौ-सवा सौ आदमी दर्शन के लिए आ चुके होंगे। कुछ तो मंदिर के सोपान चढ़ने के बदले सीधे ही ऊपर की मंजिल पर जा पहुँचे थे। मंदिर के दान-पात्र में कम-से-कम पचहत्तर रुपए तो पड़े ही होने चाहिए। साधु प्रत्येक से कहते हैं, ''भक्तो, आपके नगर के आँगन में, ऐसे रमणीय वातावरण में इतना सुंदर शिवमंदिर है, परंतु उसके रखरखाव के लिए क्यों कोई रुपए नहीं देता? राजा ने मंदिर का निर्माण करवाया, इसलिए प्रजा का कोई कर्तव्य नहीं बनता?''

''नित्यानंदजी, आपसे एक विनती करता हूँ कि कुछ दिनों के लिए आप यहाँ और रुक जाइए। यहाँ के लोग आपकी मधुर वाणी से प्रभावित हुए हैं। आपका बोध उनके दिलो-दिमाग में सीधा ही उतर जाता है।''

''हँ···पुजारीजी, आप कहते हैं कि लोग मेरी वाणी से प्रभावित हुए हैं, परंतु

मुझे कुछ और ही नजर आता है।''

''क्या ?''

''लोग मुझे सुनने के बजाय गौर से देखने में ज्यादा लीन हो जाते हैं।''

''यह भी आप ही का प्रभाव तो है।''

''मेरा प्रभाव या उनका कुतूहल ?''

साधु के इस प्रश्न ने पुजारीजी को चौंका दिया था—'क्या कल रात शंभू की उसके कान में कही बात साधु ने सुन ली होगी ?'

''किस सोच में डूब गए, पुजारीजी ? आप नहीं मानेंगे, यहाँ की भूमि पर पाँव रखते ही मुझे यह सब मेरा अपना सा लगने लगा। साधु के लिए तो 'सब भूमि गोपाल की' होनी चाहिए, उसके बजाय न जाने क्यों, ऐसी माया किसलिए ?''

वे मन को दृढ़ कर रहे थे कि सहसा शंभू ने आकर फिर वही बात कही थी, ''बाबा, आपको तो आँखों से कम दिखता है, मेरी इतनी बड़ी आँखों से देखी बात आप मानने के लिए तैयार नहीं हैं, परंतु साधु के दर्शन करके जानेवाले सबको ऐसा ही लगता है कि ये हमारे निर्मल कुमार हैं। हिम्मतगढ़ के राजा, राजमाता के पुत्र, रानी साहिबा के पति और कुँवर करण के पिता!''

''शंभू···शंभुवा!'' ऐसा सब बोल के तू कैसा तूफान जगा रहा है, इसका कुछ पता है ?''

तब चिढ़ा हुआ शंभू पाँव पटककर बड़बड़ाता हुआ चला गया था, 'और सबकी बात भले ही न मानें, परंतु अभी रानी साहिबा दर्शन के लिए आएँगी तब देखना, साधु को देखकर वे घबरा न जाएँ तो मेरा नाम शंभू नहीं! गैरों की आँखें धोखा खा सकती हैं, परंतु अपना आदमी तो पल भर में पहचान लिया जाए···आधे घंटे की देर है।'

उस आधे घंटे के बदले पौन घंटा बीत चुका था, इतने में शंभू दौड़ता हुआ आया और बोला, ''रानी साहिबा की बग्घी आ रही है। रसोईघर के पीछे वृक्ष पर चढ़कर मैं उनकी ही प्रतीक्षा कर रहा था। आप बातों-ही-बातों में उनको बताना कि यहाँ पर एक साधु पधारे हैं, उनके दर्शन कर लें।''

''पुजारीजी, सुना है कि कोई साधु-महात्मा यहाँ पधारे हैं!''

हाँ, कहने में भी पुजारी ने जान-बूझकर देर की, इतने में तो सामने से प्रस्ताव भी रख दिया गया—

''उनकी अनुमति हो तो मैं दर्शन करती जाऊँ, क्योंकि कुछ संन्यासी औरतों की उपस्थिति नहीं चाहते।''

"नहीं रानी साहिबा, ये संन्यासी ऐसे नहीं हैं। अब तक कई स्त्री-पुरुष दर्शन के लिए आ चुके हैं।" कहते हुए पुजारीजी ने एक आपत्ति दरशाई, "परंतु वे ऊपरी मंजिल पर बैठे हैं, सँकरी सीढ़ी चढ़ने में आपको कष्ट⋯।"

"अरे, दर्शन के लिए तो लोग पर्वत चढ़ते हैं! चलिए, सूर्यास्त होने को है।"

"स्वामीजी, हमारे हिम्मतगढ़ की महारानीजी आपके दर्शन के लिए पधारीहैं।" ऊपरी मंजिल पर पहुँचकर पुजारीजी ने आवाज दी।

साधु ने भी बिना दृष्टि उठाए ही कहा, "इस मंदिर में जब आप दर्शन के लिए आती हैं तब नगरजनों को आने पर प्रतिबंध लगाया गया है, लेकिन मेरे यहाँ आने के लिए किसी को भी अनुमति नहीं लेनी पड़ती।"

हृदय से आर-पार होता यह व्यंग्य सुनकर लाजवंती की पलकें अपने आप खुल गईं—दर्शन के लिए आनेवाले को ताने सुनानेवाले यह साधु भी कैसे हैं?

पैनी दृष्टि से विधवा रानी को देख रहे साधु मानो स्वयं ही आगे बोलना भूल गए हों। एक संन्यासी के लिए यह सम्मानजनक बात नहीं थी। मुश्किल से पलकें झपकाकर बोल पाए, "बैठिए!"

"नहीं स्वामीजी, सूर्यास्त होने तक घर पहुँच जाने का मैंने नियम बना रखा है। चल मालती, जल्दी कर!" कहते हुए उनका गला भर आया।

"लाजू बहू! मंदिर हो आईं? सुना है कि मंदिर में कोई महात्मा पधारे हैं।"

यह सुनकर लाजवंती को लगा कि वह अभी बिफर पड़ेगी। इसी समय राजमाता के पीछे आकर रुकी मालती दिखाई दी। आँखें निकालकर उलाहना भरी दृष्टि-संकेत से उसने मालती से पूछ लिया, "तुमने इनको भी बता दिया?"

परंतु मालती ने जोर से सिर हिलाया, तब चैन की साँस लेती लाजवंती ने सासू माँ से कहा, "हाँ माँजी, एक संन्यासी पधारे हैं, ऐसा पुजारीजी कह रहे थे; परंतु आपको कैसे पता चला?"

"वह भीमा पटेल ठाकुरजी के लिए अपनी बाड़ी के फल देने आया था। उसने मधुमती से कहा—राजमाता को समझाइए कि एक बार वे साधु-महात्मा को आदर के साथ आमंत्रित करें। वे बहुत बड़े महात्मा लगते हैं।" राजमाता ने बताया।

राजमाता ने जैसे फैसला सुनाया, "मैंने कल महल में उनको आमंत्रित करने के बारे में पुजारीजी को कहलवा दिया है। ऐसे महात्मा के दर्शन करने से जी को कुछ शांति मिलती है।"

□

: ३ :

राजमाता की एक आँख की दृष्टि को मोतियाबिंद के ऑपरेशन ने मुरझा दिया था और दूसरी आँख की पुतली पर मोतियाबिंद के परदे की आड़ छा गई थी, किंतु उनके कान सब सुन लेते थे। धीमी आवाज में रनिवास की दासियों के बीच होती फुस-फुस या निंदारस में मशगूल सेवकों के उद्गार उन्हें न जानने लायक बातों से वाकिफ रखते थे। साठ बरस बीत चुके थे, फिर भी उनके राजवंशी चेहरे पर युवा उम्र में झेलने पड़े वैधव्य की या तीन-तीन पुत्रों के वियोग की झुर्रियाँ तक नहीं दिखती थीं।

हिम्मतगढ़ के राजकुल में विधाता ने जैसे पाँच पुश्तों से एक परंपरा कायम कर दी थी कि राजरानी चाहे कितने भी कुँवर को जन्म दें, परंतु युवा होने तक जिंदा तो एक ही रहे! रानी के जब आठवाँ पूजा गया तब कुलदेवी को प्रसन्न करने के लिए बहुत कड़ी मन्नतें मानी थीं, 'माँ भवानी, सौ साल से चली आ रही परंपरा तोड़ने में मुझे निमित्त बनाना। मेरी गोद में खेलनेवाले की उम्र को दान देने में सख्ती न बरतना, भवानी माँ! इस राजपूतनी की ममता पर अपनी तलवार के झटके नहीं लगाना, कुलदेवी!'

परंतु कुलदेवी ने पहले-पहल के पुत्र को पूरे सात दिन की आयु भी नहीं दी। युवराज के अभिधान का अवसर भी आने नहीं दिया। मझले कुँवर के जन्म होने के बाद भी सवा बरस तक किसी को निर्मल कुमार नाम उच्चारित नहीं करने दिया। इकलौते प्यारे बेटे को ननिहाल से आए चाँदी के पालने में झुलाने की बजाय रनवास खवासिन के घर से लाए गए गहवारे की थेगलीवाली खोली में सुलाया गया था। जरियन के झँगुले सिलवाने के बजाय नगरसेठ के घर से मँगाए गए पुराने कपड़े सवा बरस तक कुँवर को पहनाए गए थे। तीसरे प्रसव के आसार नजर आए, तब तक हमेशा एक साधु को भोजन कराने के बाद ही भोजन करने के नियम का राजमाता ने दृढ़ता से पालन किया था। राज-ज्योतिषी ने कुँवर के ग्रह देखकर कहा था, 'पूर्वजन्म के कोई ज्ञानी-वैरागी आत्मा ने आपकी कोख से जन्म लिया हो,

ऐसी उनकी जन्मकुंडली है।' तब राजमाता ने फड़फड़ाते हुए पूछा था, 'महाराज, मैं तो यह जानना चाहती हूँ कि जन्मकुंडली में आयु…'

'कुँवर पूर्ण आयु लेकर अवतरित हुए हैं, राजमाता।'

ऐसे संदेह के समाधान करनेवाले राज-ज्योतिषी को उन्होंने गले में पहना हुआ सोने का हार दान में दे दिया था।

निर्मल कुमार को राजगद्दी पर बिठाकर मृत्यु-शय्या पर सो जाने से पहले महाराजा ने हाँफते हुए उनसे कहा था, 'आप राजपूतनी हैं। वृद्धावस्था के बहुत पहले विधवावस्था आ जाने का शोक नहीं मनाना। कोरे ललाट की चिंता करके अफसोस में आँखें सजल किए हुए मत जीना। मान लेना कि पिता की आयु पुत्र को मिली है। जल्दी-जल्दी मेरे पीछे परलोक आने की तमन्ना की बजाय दादी माँ को उसका युवा पोता चिता पर चढ़ाए, ऐसे हौसले बनाए रखना…तभी मेरी आत्मा को आप सही अर्थ में राजपूतनी लगेंगी।'

परंतु ऐसा हौसला राजमाता को काफी महँगा व भारी पड़ गया। दादी माँ होने के हर्ष को पच्चीस वर्ष की युवावस्था में चिता पर चढ़ चुके निर्मल कुमार के गम ने कत्ल कर दिया।

और अब नौ साल के विषम वियोग झेलने के पश्चात्, तीक्ष्ण कानों से सुने एक वाक्य ने उनके जमे हुए दिल को मथ डाला, 'गाँव में आए साधु हूबहू हमारे निर्मल कुमार जैसे ही लगते हैं। वे आज जीवित होते तो इस साधु जैसे ही दिखते!'

बहू को सस्नेह आवाज दी, "लाजू बहू, तुम तैयार हो गई हो न, केसर मिलाए दूध के साथ पकवान की बड़ी थाली भी तैयार है न, मेरे पूजाकक्ष में उनकी बैठक रखनी है। तुम मेरे पास ही रहना। संन्यासी के चेहरे का तेज व प्रभाव देखकर मुझे बताना कि वे तपस्वी कैसे दिखते हैं? मैं तुम्हारी आँखों से उनके दर्शन करूँगी!"

लाजवंती तो कब से हर्षोन्मत्त गतिविधि का निरीक्षण करती, अधीरतापूर्वक छिप के खड़ी थी। घंटों से वह ही तैयारियाँ कर रही थी—मन पर संयम की लगाम देने की! जीवन भर का साथ मझधार में छोड़कर स्वर्ग की यात्रा के लिए निकल पड़े पति के साथ उस साधु की तुलना न करने का दृढ़ संकल्प करके वह सास के सामने ही खड़ी थी।

"राजमाता, मेरे बदले आप मालती को अपने पास बिठाएँ तो अच्छा होगा। सारे साधु-संन्यासी की नजर साफ थोड़े ही होती है!"

बहू को मना लेने के लिए वे शब्द खोज ही रही थीं कि मालती दौड़ती हुई आई, ''माताजी, बग्घी तो खाली वापस आई हो, ऐसा लगता है। उसमें कोई बैठा हुआ नहीं दिखा।''

जैसे अचानक धक्का लगा हो, ऐसे में राजमाता का हर्ष एक झटके के साथ कम हो गया। परंतु थोड़ी ही देर में बछड़े जैसे मन ने फिर सिर उठाया, ''वह महल नहीं पधारे तो क्या हुआ, हम शाम को उनके दर्शन के लिए मंदिर जाएँगे।''

इतने में जल्दी-जल्दी कदम बढ़ाते हुए आती मधुमती ने मालती को टोका, ''अरी बावरी, देखे-सुने बिना ही अधूरी खबर देने क्या चली आई! जोरुभा के साथ मंदिर के पुजारीजी ने कहलवाया है कि संन्यासी महल में अवश्य पधारेंगे, परंतु बग्घी में नहीं, पैदल ही आएँगे। कुछ ही देर में पहुँचने वाले हैं।''

तब राजमाता के चेहरे पर संतोष की झलक दिखाई दी—''देखा न लाजू बहू, संन्यासी तपस्वी हैं, इसका प्रमाण तो उनके पधारने से पहले ही मिल गया। महल के आमंत्रण को स्वीकार तो कर लिया, परंतु बग्घी की सुविधा को नकार दिया।''

फिर भी लाजवंती ने कुछ नहीं कहा। दासियों के दूर जाने के बाद राजमाता ने पूछ लिया, ''अब तो संन्यासी को देखने मेरे पास बैठेगी न?''

''जैसी आपकी मरजी।'' धड़कते दिल से बहू के दिए उत्तर से राजमाता ने ढील देते हुए कहा, ''ठीक है, दो पल के लिए ही बैठना बस।''

□

महल के दरवाजे पर हाथ जोड़कर नमन करते खड़े चौकीदारों की ओर मुसकान भरी दृष्टि डालकर स्वस्थ चाल से साधु ने चौगान में प्रवेश किया।

''महल बाहर से जितना भव्य दिखता है उतना ही अंदर से भी है।'' पुजारीजी ने ठहरे हुए साधु को सजग करने के लिए कहा, ''यहाँ आनेवाले हर किसी को उसका आकर्षण छू जाता है।''

''सही मायने में यहाँ का वातावरण चित्त को प्रसन्न कर देता है।'' साधु के मुख से निकला।

पुजारीजी को साधु की आँखों में विस्मय भरा परिवर्तन दिखाई दिया। उनकी पुतलियों में चमकी माया से लगाव की झलक से जरा सा संदेह उत्पन्न हुआ, 'सचमुच यह कोई तपस्वी जीव है या साधु के भेस में आया हुआ कोई उचक्का? महल में पहुँच जाने के लिए उसकी चाल में अचानक यह चंचलता कैसे उभर आई?'

श्वेत संगमरमर के सोपान पर बिछाए गए रंग-बिरंगे फूल व दोनों तरफ

नमन करतीं खड़ी युवा दासियों पर दृष्टि डालकर वे पल भर फिर रुक गए। दाहिना पाँव खड़ाऊँ से निकालकर, मुलायम फर्श पर जब उसका तलवा टिकाया तब जगी हलकी सी झुनझुनी पुजारीजी की नजरों से छिपी नहीं रही। "आपको उसके ऊपर खड़ाऊँ पहनकर चलने में दिक्कत हो रही हो तो उतार सकते हैं।"

"नहीं पुजारीजी, मुलायम चीज का स्पर्श करके उससे अलिप्त हो जाने में ही साधु की शान है।"

विशाल दीवानखाने के प्रवेश द्वार पर दोनों तरफ, जैसे खड़े-खड़े ही जम गए हों, ऐसे दो विकराल बाघ रखे गए थे। मसाले भरे मृत प्राणियों की पीली-सी आँखों के बीच चमकती काली पुतलियों में छलकता हुआ खुनस देखकर पल भर को भय का अहसास होता, मानो ये जीवित हों। उसकी रंग-बिरंगी धारियोंवाली पीठ, रेशमी मुलायम रोंगटे पर संन्यासी ने अनजाने में ही हाथ फेर लिया।

"हमारे महाराज लोग कई पुश्तों से शिकार के शौकीन रहे हैं। आप अंदर पधारकर देखेंगे तो एक से बढ़कर एक नमूने देखकर चकित हो जाएँगे।"

"चकित होकर भी चलित न होना, यही सच्चे साधु का लक्षण है, पुजारीजी! आपके महाराजा ने ये कालीन रशिया से खासतौर पर मँगवाए होंगे।"

"आपकी नजर बहुत ही पारखी है।" पुजारीजी के बोलने के ढंग से यह समझ में नहीं आया कि वे तारीफ कर रहे थे या आलोचना!

"नित्यानंदजी, यह देखिए, हमारे पूर्वज राजाओं की तसवीरें।"

"और ये आपके…" कहकर साधु सतर्कता से रुक गए। तब पुजारीजी के चेहरे की सारी झुर्रियाँ एक साथ काँप उठीं। एकाग्रता से तसवीर देख रहे नित्यानंद ने खामोशी को भंग नहीं किया। तब उसे परिचय देना पड़ा—"ये हमारे युवराज निर्मल सिंहजी…" पुजारीजी की जीभ पोपले मुँह में लड़खड़ा रही हो, ऐसे वाक्य पूरा किया, "जिनकी विधवा कल आपके दर्शन के लिए पधारी थीं।"

उसी समय दासियों ने धीरे से आकर नमन किया, "राजमाता की विनती है कि आपने यदि महल देख लिया हो तो रनिवास में पधारने की कृपा करें।"

पुजारीजी कुछ कहें, उसके पहले साधु ने ही जवाब दे दिया, "महल तो काफी विशाल लगता है। इक्कीस के करीब कक्ष होंगे। प्रत्येक कक्ष की सजावट भिन्न-भिन्न प्रकार की होगी। तदुपरांत नीचे भूगर्भ में बड़ा भंडारघर भी हो सकता है—यह सब देखने का इस वक्त अवकाश कहाँ है!"

"चलिए!" कहकर आगे बढ़ने से पहले साधु ने उस बड़े दर्पण में अपना प्रतिबिंब देख लिया।

□

''उन्हें आने में काफी देर हुई!''

''हमारा राजमहल भी कहाँ छोटा सा है, जो पल भर में देख लिया जा सके?''

परंतु लाजवंती को यह ज्ञात नहीं था कि राजमाता के मन में अधीरता से भी अधिक घबराहट थी। उसने जो बात सुनी है, वह बहू से अभी कहें या बाद में पूछें, इस उधेड़-बुन में वे ज्यादा समय रह नहीं सकती थीं।

''लाजू बहू, तुमको लगता है न कि मैं इतनी अधीर क्यों हो रही हूँ?''

''नहीं सासू माँ, आपकी अधीरता की तरह मैं भी अपनी बेचैनी छिपाने की व्यर्थ कोशिश कर रही हूँ।''

''बेचैनी! इसका क्या मतलब...'' बोलते-बोलते उनका गला भर आया, ''क्या तुमने भी मेरी तरह साधु के बारे में बातें सुन ली हैं?''

''केवल बातें ही नहीं सुनी, सासू माँ, आपसे एक और बात भी छिपाए रखी है। कल तसल्ली करने के लिए मैं उस साधु के दर्शन भी करती आई थी।''

''हें!'' राजमाता का हृदय पल भर तो जैसे धड़कना ही भूल गया, ''तुमने उस साधु को ठीक से देखा, सच बताना, तुमको वे कैसे लगे? लोग जिस प्रकार से बातें कर रहे हैं उसी प्रकार वे मेरे...मेरे निर्मल...''

परंतु इसके बाद फिर शब्द की बजाय आँखों से आँसू ही बहने लगे।

□

: ४ :

राजमहल से जब साधु को आमंत्रित किया गया तब मंदिर के पुजारीजी सोच में पड़ गए थे। जो नहीं घटना चाहिए, ऐसा कुछ घटने जा रहा हो, उन्हें ऐसा प्रतीत हो रहा था। साधु की केवल दो दिनों की उपस्थिति में घट रही घटनाएँ जाने-अनजाने में क्यों एक-दूसरे से जुड़ जाती थीं? शंभू ने पहली शाम जो देखा, उसकी गूँज दूसरी शाम तक तो चारों ओर से सुनाई देने लगी। भोर होते ही राजमहल का चौकीदार साधु को देखने के लिए आ गया। इसके पहले भी कई साधु-संन्यासी रात भर मंदिर में ठहर चुके हैं, परंतु दूसरे ही दिन उनके दर्शन के लिए गाँववाले भीड़ जमा कर बैठ जाएँ, ऐसा तो पहली बार ही हुआ। नहीं, लोग इस साधु के दर्शन के लिए नहीं आते, युवराज निर्मल कुमार के साथ साधु का चेहरा मिलाने का कुतूहल उन्हें यहाँ खींच लाता है।

फिर भी राजमहल की ओर जाने के लिए निकले ही थे कि उनके मुँह से निकल गया, "मैंने तो सोचा था कि आप महल जाने से ही मना कर देंगे।"

"मैंने राजमहल के निमंत्रण को स्वीकार क्यों किया, यही जानना चाहते हैं न आप?" साधु ने उस अधूरे वाक्य को अब पूरा किया, "नगर में प्रवेश किया तब मुझे जानने को मिला कि इस राजमहल में पहले साधु-संन्यासियों की आवभगत होती थी और अब नाच-मुजरे की महफिलें होती हैं…भोग-विलास में डूबे राजा साधु को बुलावा भेजें, इसमें भी प्रकृति का कोई संकेत होना चाहिए।"

"नहीं नित्यानंदजी, निमंत्रण तो राजमाता की तरफ से आया है। यहाँ के भावी राजा, अभी अवयस्क (नाबालिग) हैं। राजनगर में रहकर अभ्यास कर रहे हैं। राज्य की सारी व्यवस्था रानी साहिबा के भाई कनकसिंह ने सँभाल ली है। कल वे शिकार पर नहीं निकले होते तो शायद राजमाता…"

साधु आगे जानने की जिज्ञासा दरशाएँगे, ऐसा मानकर पुजारीजी ने वाक्य अधूरा रखा था, परंतु उनका यह अनुमान गलत निकला।

राजमहल में प्रवेश करने के बाद हर कदम पर पुजारीजी की उलझनें बढ़ती

गई थीं। संदेह एवं श्रद्धा के बीच घड़ी के लोलक की तरह झूलते चित्त से पुजारीजी ज्यों-ज्यों साधु के साथ चलते हुए रनिवास में आगे बढ़ते गए त्यों-त्यों उत्तेजना तीव्र होने लगी थी। नाजुक वक्त की घड़ी बिलकुल नजदीक आ चुकी थी। अब राजमाता के समक्ष वे कैसा व्यवहार करते हैं!

"राजमाताजी अब तो आँखों से बिलकुल देख नहीं पातीं। परंतु कहते हैं कि कदमों की आहट से सामने आनेवाले के अंतर को जान जाती हैं।"

"आप अतिशयोक्ति कर रहे हैं, पुजारीजी। कदमों की आहट से केवल आनेवाले की ही पहचान मिलती है, अंतर की पहचान तो अंत:करण की दृष्टि के द्वारा ही पाई जा सकती है।"

इस वाक्य के समाप्त होते ही राजमाता के पूजाकक्ष के द्वार पर खड़ी दोनों दासियों ने नमन करके उनके आगमन पर सत्कार किया।

अंदर प्रवेश करते ही प्रथम दृष्टि लाजवंती पर पड़ी। साधु के आगमन से सिहर उठी हों, इस तरह उनकी झुकी हुई पलकों की बरौनियाँ काँपती हुई दिखाई दीं।

"आइए, पधारिए।"

"यहाँ पधारने का कष्ट करके आपने हमारा आँगन पावन किया।" ये ऊपरी विवेक या शिष्टाचार नहीं लगे। उनके प्रत्येक शब्द में अंतरतम की उमंग की गूँज थी।

"विष्णु प्रसादजी, आपका भी काफी लंबे अरसे के बाद आना हुआ। आप शंभू की शादी कब कर रहे हैं?"

"लाजू बहू, इन्हें विराजने के लिए तो कहिए।"

सासू माँ ने टोका तब लाजवंती को पल भर आँखों से पलकें उठाने के लिए विवश होना पड़ा। फिर भी साधु का चेहरा दिखाई न दे, इतनी सावधानी तो उसने बरती ही थी। शब्दों के बदले हाथ की चेष्टा से ही संन्यासी को गलीचे पर बिछाई हुई गद्दी पर विराजमान होने का संकेत किया।

साधु ने बैठते हुए कक्ष का निरीक्षण किया। बैठक के ठीक सामने ही छोटा सा पूजाघर दिखाई दिया। उसमें विराजमान ठाकुरजी की मूर्ति को रंग-बिरंगे वस्त्रों से सजाया गया था। पूजा के समय जलाए गए दीप की लौ खिड़की से आ रहे पवन के साथ अब भी मुकाबला करती ऐंठती जगमगा रही थी।

"आपको शायद पुजारीजी ने बताया नहीं होगा···" राजमाता को और कुछ बोलना ध्यान में नहीं आया, इसलिए पुरानी बात ही शुरू कर दी, "मेरे निर्मल को

भगवान् कुशल से रखें, इसलिए जब वह छोटा था तब हमेशा साधु को भोजन कराने की मन्नत मानी थी, परंतु ऊपरवाले को मेरे तप में कुछ कमी नजर आई होगी, इसीलिए युवा पुत्र के वियोग में कलपने के लिए माँ की उम्र बढ़ाई।''

''माताजी! जिसके वियोग में कलपना हो, वह हमारे हृदय में तो जीवित ही होता है।'' साधु के सांत्वना देने के लिए कहे शब्दों में कोई झनकार उत्पन्न नहीं हुई। ''मरनेवाले दूसरे रूप में किसी की कोख से जन्म तो लेते ही हैं न! कृष्ण को जन्म देनेवाली देवकी को तो वियोग ही झेलना पड़ा और यशोदा ने पुत्र-सुख पाया।''

''महात्माजी, यह तो हुई माता की बात, परंतु पति-सुख से वंचित रहनेवाली विधवा का क्या?'' गद्गद आवाज में राजमाता ने पूछ लिया। तब साधु की नजर लाजवंती पर जाकर अटक गई। लाजवंती के होंठ हलकी-सी कँपकँपी से काँप उठे।

''स्वामीजी, बहू ने अब एकाकी जीवन अपना लिया है। बाहर के लोगों के बीच बैठना कम पसंद करती है। मंदिर दर्शन को छोड़कर शायद ही महल के बाहर कदम रखती है। इस समय मैंने उसे जबरन बिठाया था। उसकी उपस्थिति में मुझे इस कदर पुत्र के वियोग का रोना नहीं रोना चाहिए था...बेचारी को उठकर चले जाना पड़ा!''

''राजमाताजी! जब वे स्वामीजी के दर्शन के लिए आई थीं तब भी ऐसे ही मेरी अटारी से चली गई थीं।''

राजमाता ने फल की थाली साधु के सामने पेश की, ''आप प्रसाद लीजिए।''

परंतु नित्यानंदजी ने चाँदी का कप उठाकर दूध ही लेना पसंद किया, तब पुजारीजी को भी उनका अनुसरण करना पड़ा। सोच में डूबी राजमाता की पलकें फड़कने लगीं। आखिर उन्हें कुछ पूछने के लिए शब्द मिल ही गए—''संसारी से आप साधु कब बने, स्वामीजी?''

तब साधु ने जवाब देने के बजाय पुजारीजी की ओर देखा। अब उन्हें बोलने के सिवा और कोई चारा ही नहीं रहा हो, ऐसे पुजारीजी को कहना पड़ा—

''वे अपने अतीत की बात नहीं बताते, राजमाताजी!''

''नहीं!'' नित्यानंद ने अधीर होकर जल्दी उनके वाक्य में सुधार किया, ''किसी भी साधु के लिए संसार याद रखना वर्जित माना जाता है, माताजी।''

''आप इस तरफ यात्रा हेतु निकले होंगे!'' प्रश्न के बदले अनुमान के लहजे में राजमाता ने पूछा।

''साधु के लिए हर कदम एक यात्रा ही होता है न! बस, एक नियम बना रखा है कि एक ही जगह दूसरी बार नहीं जाना, फिर भी नौ साल में यह यात्रा आधे तक भी नहीं पहुँची!''

''नौ वर्ष!'' राजमाता और पुजारीजी एक साथ ही चौंक पड़े। निर्मल कुमार की मौत हुए इस बैसाख में ठीक नौ साल पूरे हुए थे।

भावना का घूँट गले में उतारकर राजमाता ने आवाज में जितनी हो सके उतनी स्वस्थता के साथ फिर से पूछा, ''आपका पिछला मुकाम कहाँ था, स्वामीजी?''

''आबू!''

निर्मल कुमार के जीवन का आखिरी मुकाम भी आबू ही था।

''विष्णु प्रसादजी, आपको एतराज न हो तो मैं अकेले में स्वामीजी के समक्ष मन की एक विकट समस्या प्रस्तुत करना चाहती हूँ।''

''जैसी आपकी आज्ञा!'' कहते हुए पुजारीजी अविलंब खड़े हो गए। विकट समस्या क्या है, यह समझने में उन्हें देर नहीं लगी।

''काफी दिनों से मैं किसी से पूछने के लिए सोच ही रही थी इतने में स्वामीजी से मुलाकात का अवसर मिल गया।''

पवन का भारी झोंका खिड़की के परदे फहराता कक्ष में फैल गया, तब सतर्क बनीं राजमाता साधु के करीब सरकीं। धीमी आवाज में होंठ से शब्द भी सरके—''मोतियाबिंद ने मेरी आँखों की रोशनी छीन ली है, इसलिए बहू को बगल में बैठने के लिए कहा था।'' कहते हुए वे कुछ रुकीं, ''वह उपस्थित नहीं है, यह एक तरह से अच्छा ही हुआ।''

''आपकी समस्या क्या है, माताजी?''

''समस्या नहीं, अधैर्य है स्वामीजी।'' आवाज का गीलापन साधु को छू गया, उनके चेहरे से अनुकंपा टपक रही थी।

''अपने पास की चौकी का दराज खोलेंगे?''

यह सुनकर साधु ने चौकी पर बिछाए कढ़ाई किए गए कपड़े को जरा सा ऊपर उठाया तो एक दराज दिखाई दिया।

''उसमें एक तसवीर है।'' दराज खोलने की आवाज सुनकर राजमाता ने कहा, ''यह तसवीर जरा ध्यान से देखिए।''

''यह तसवीर तो मैंने नीचे भी देखी।''

''यह तसवीर मेरी समस्या है।'' उनकी आवाज में दर्द उभरने लगा, ''इस कक्ष में कई साधु-महात्मा एवं देवताओं की तसवीरें हैं। पूजाघर में ठाकुरजी की

मूर्ति है, परंतु जब से आँखों की रोशनी कम होने लगी तब से प्रत्येक तसवीर में मुझे अपने बेटे की ही तसवीर नजर आती है। ऐसा क्यों होता होगा, स्वामीजी?''

साधु की आँखें छलछला उठीं। खिड़की के परदे की तरह उसके भीतर भी फड़फड़ाहट जगी। कुछ देर तक उसे लगा कि राजमाता की समस्या अपनी समस्या हो जाएगी।

''माताजी, देव और महात्माओं की तसवीर में आपको पुत्र का खयाल आए, यह कोई समस्या नहीं है। स्त्री जब सबकुछ मिटाकर केवल माता ही बनी रहती है तब जगत् के प्रत्येक पुरुष में उसे पुत्र के ही दर्शन होते हैं।''

''क्षमा करना महाराज, पल भर की ममता के पागलपन में मेरी मर्यादा चुक गई। मेरी समस्या का हल कोई बता नहीं सकता।'' बोलते-बोलते दो-चार सिसकियाँ मुँह से फूट पड़ीं, तब पास के कक्ष से गौर से सबकुछ सुन रही लाजवंती जल्दी कदम उठाती हुई आ धमकी।

राजरानी अभी भी मुँह तिरछा किए हुए बैठी थीं और राजमाता विषाद में डूब चुकी थीं। खामोशी से चले जाने की बजाय उनके मुँह से निकल गया, ''माताजी, आपने मेरे अतीत के बारे में पूछा। साधु को अपना अतीत याद करने का शास्त्र में निषेध है, ऐसा मैंने कहा; परंतु सच बात तो यह है कि साधु बनने से पहले की मेरे अतीत की कोई भी स्मृति मुझे नहीं है।''

इतना कहकर वे साँस लेने के लिए रुके। ''नौ साल से मैं अपने अतीत को खोज रहा हूँ। इस गढ़ में प्रवेश किया तब तक मेरा पूर्व जीवन मुझे पूर्वजन्म जितना अज्ञात लगता था, परंतु...''

भारी-भरकम से 'परंतु' के पास वाक्य अधूरा छोड़कर उन्होंने पाँव उठाए। परंतु राजमाता उठ नहीं पाईं। महल के बाहर निकल रही बग्घी के अश्व की टाप की गूँज दूर-दूर सरकती गई।

□

तेज हवा की सी गति से हवा में उड़ता हुआ घोड़ा महल में दाखिल हुआ। क्रोध की साक्षात् मूर्ति-सा कनकसिंह छलाँग लगाकर सीढ़ी पर कूदा। उसकी कद्दावर देह क्रोध से काँप रही थी। बाघ के समान भयानक उसके चेहरे पर खुनस किलबिलाती थी।

''कहाँ मर गए सब?''

उसकी दहाड़ से राजमहल की दीवारें तक काँप उठीं।

''मेरी अनुपस्थिति में साधु को यहाँ बुलाने की हिम्मत किसने की?''

भय से काँप रहे दास-दासी, नौकर-चाकर सिर झुकाए कतार में सीढ़ियों के पास खड़े रह गए। जवाब देने की या उफ तक करने की हिम्मत नहीं हुई।

"कहाँ है लखुभा, कहाँ है जोरुभा?"

वे दोनों अपराधी की तरह सामने आकर गरदन झुकाकर खड़े हो गए।

बाएँ कंधे पर लटकती बंदूक की ओर कनकसिंह का दायाँ हाथ बढ़ा, परंतु दूसरे ही पल लखुभा-जोरुभा की पीठ पर कोड़े बरसने लगे।

"तुम्हें मालूम है कि इस महल के दरवाजे साधु-धूर्तों के लिए बंद हो चुके हैं, फिर भी…"

"परंतु बापू, हम तो राजमाता की आज्ञा…"

और कोड़े, "बेवकूफो, जवाब देते हो?"

वे दोनों जमीन पर गिर पड़े, फिर भी कनकसिंह का गुस्सा ठंडा नहीं हुआ। उसका चेहरा और भी लाल होता जा रहा था।

सहसा कुछ खयाल आ गया हो, ऐसे दूर खड़ी बग्घी की ओर कनकसिंह ने दौड़ लगाई। "उस साधु को बग्घी में डालकर अभी मैं यहाँ ले आता हूँ। आप सबकी नजरों के सामने, राजमाता की उपस्थिति में काषाय वस्त्रधारी उस भगत को कोड़े फटकारकर मैं उसकी चमड़ी उधेड़ दूँगा।"

आँधी की तरह बढ़ती जा रही बग्घी महल से एक फर्लांग दूर पहुँची होगी कि कोड़े के फटके झेलता घोड़ा बेकाबू हो गया। बग्घी अचानक रुक जाने से लगाम पकड़े हुए खड़ा कनकसिंह कलाबाजी खाता हुआ दूर जा गिरा। बग्घी पलट गई तथा पलककर खड़ा हो गया घोड़ा बग्घी के बंधन से मुक्ति पाकर लँगड़ाता हुआ भाग निकला।

"जाओ! उस पाजी घोड़े को पकड़कर वहीं-के-वहीं खत्म कर दो।" फिर दर्द कर रहे घुटने को हाथ से दबाकर दाँत भींचे, "उस साधु को मैं बाद में देख लूँगा।"

□

: ५ :

सारे नगर में चर्चे होने लगे, कुपित कनकसिंह साधु को सजा देने के लिए बग्घी में जा रहे थे कि महल की हद को लाँघने से पहले ही बग्घी पलट गई। कनकसिंह का पैर टूट गया···साधु वाकई पुण्यात्मा हैं, कोई दिव्य पुरुष लगते हैं।

"गजब ढा गया!" पुजारी का पुत्र शंभू दौड़कर नित्यानंदजी के पैरों में पड़ गया था, "मैं आपके आगमन से ही भाँप गया था कि किसी चमत्कारक महात्मा का आगमन हुआ है, इसका प्रथम प्रमाण आपने अभी दे दिया।"

शंभू सुनी हुई बात कहने का अधैर्य रोक नहीं पाया, "शिकार पर गए कनकसिंह को लौटते ही जब महल में साधु के आगमन की खबर मिली तो वह क्रोध से आग-बबूला हो गए। लखुभा-जोरुभा को कोड़े से बेतहाशा पीटा, फिर भी गुस्सा ठंडा नहीं हुआ तो बग्घी में सवार होकर घोड़े को कोड़े फटकारते हुए मंदिर के लिए निकले कि रास्ते में ही चमत्कार हो गया। बग्घी पलट गई, बाबू का पाँव टूट गया। बग्घी का एक पहिया टूट गया और घोड़ा निकल भागा। अब बताइए, यह चमत्कार नहीं तो और क्या है?"

"शंभू, हर घटना को चमत्कार का रूप दे देना अंधश्रद्धा की निशानी है। कनकसिंह शिकार से खाली हाथ हताश होकर लौटे होंगे। उसपर उनकी मनाही के बावजूद महल में साधु के आगमन की बात सुनकर व्यग्रता उग्रता में बदल गई। तामसी प्रकृति का मनुष्य जल्दी क्रोध का शिकार बन जाता है और क्रोध से मन का संतुलन खो जाता है। कनकसिंह की तरह कोड़े के प्रहार से घोड़ा भी संतुलन गँवा बैठा और यह दुर्घटना घटी। वरना किसी को कोई नुकसान हो, ऐसा चमत्कार किसी भी साधु को शोभा नहीं देता, शंभू!"

"देखा न बाबा, यह दूसरा चमत्कार! कनकसिंह शिकार से खाली हाथ लौट रहे थे, इस बात की इनको यहाँ बैठे-बैठे खबर हो गई। मैं यहाँ आ रहा था तब रास्ते में जीवण माली मिल गया था। शिकार में वह हमेशा बाबू के साथ ही रहता है। उसने मुझे बताया कि बाबू ने तेंदुए के शिकार के लिए काफी दौड़-धूप की, परंतु धूर्त पशु

ने बाबू को थका दिया। वे खाली हाथ लौटना नहीं चाहते थे कि महल से किसी ने खबर दी कि राजमाता ने साधु को निमंत्रण देकर बुलाया है। खबर देनेवाले ने कनकसिंह बाबू के कान में और भी कुछ कहा, तब वह तत्काल घोड़े पर सवार होकर महल की ओर निकल पड़े।'' कहकर शंभू ने जोड़ा, ''जीवण माली की बात से तो ऐसा लगा कि कनकसिंह बाबू का पाँव टूटा, इससे महलवाले सब खुश हुए।''

''ऐसा मत बोल, शंभू! कनकसिंह का माथा ठनकता है तो फिर उनका कोई ठिकाना नहीं रहता। पाँव टूटने से उनका अहंकार और भी भड़क उठेगा। क्या पता, कल सवेरे कैसी आपत्तियाँ आ टपकें!''

''बाबा, आप व्यर्थ ही घबरा रहे हैं। जब तक ये साधु-महात्मा यहाँ मौजूद हैं तब तक कनकसिंह तो क्या उसका बाप भी हममें से किसी का कुछ बिगाड़ नहीं पाएगा।''

''शंभुआ, जिनके अन्न से पलते हैं, उन अन्नदाता के बाप तक पहुँचने के लिए तेरी जबान कैसे चली?''

''बाबा, अन्न हम राजमाता का खाते हैं। कनकसिंह ने तो जबरन राजकाज हथिया लिया है। निर्मल कुमार आज जीवित होते तो गीदड़ साला शेर न बन पाया होता...''

पुत्र को आगे बोलने से रोकने के लिए पुजारीजी हाथ उठाने जा रहे थे कि साधु ने मामला अपने हाथ में ले लिया, ''शंभू, गलत शब्दों का इस्तेमाल करके कही गई सच्ची बात भी कमजोर पड़ जाती है। तू जा, रसोईघर में चूल्हे पर चढ़ाई हुई खिचड़ी जल जाएगी।''

''खिचड़ी!'' साधु की ओर आदर भाव से देखता शंभू उठा।

''देखना, फिर ऐसा मत कहना कि तूने आज खिचड़ी पकाई है, इसकी खबर मुझे हो गई, यह भी एक चमत्कार है।''

ठहाके लगाकर हँसते हुए साधु शंभू के जाने के बाद गंभीर हो गए। फिर गमगीन पुजारीजी की ओर देखा, ''भगवान् भोलेनाथ, महाकालेश्वर की शरण में बैठे हैं, फिर भी किसी के क्रोध का इतना भय किसलिए, पुजारीजी?''

''आप कनकसिंह को अच्छी तरह से नहीं जानते, राज में उनका चाहा न हुआ हो—ऐसा आज तक कभी नहीं हुआ।''

''तब तो जो आप भगवान् के दर्शन के लिए आते भक्तों से कहते हैं कि 'ईश्वर जो चाहता है, वही होता है', यह बात गलत है न?''

''कनकसिंह भी राज के मालिक ही हैं न!''

"कुछ देर पहले ही कनकसिंह ने कोड़े फटकारकर मुझे सजा देना चाहा था, परंतु यहाँ तक पहुँच नहीं पाए।"

"तो कल सवेरे आ पहुँचेंगे।"

"इसके पहले···" कहकर साधु रुक गए।

"पुजारीजी, यह कनकसिंह है कौन?"

"हमारे युवराज निर्मल कुमार के साले।"

न चाहते हुए कहना पड़ रहा हो जैसे पुजारीजी ने कहना शुरू किया—

"वैसे तो वे रानी लाजवंती के सौतेले भाई लगते हैं। युवराज की शादी हुई, उसके पहले ही से साले-बहनोई के बीच पक्की दोस्ती हो गई थी। दोनों हमउम्र, दोनों शिकार के शौकीन, महीने में आठ दिन तो कनकसिंह यहीं रहते थे। युवराज के कहने से उन्होंने धीरे-धीरे यहाँ हमेशा के लिए अपना मुकाम कायम कर लिया। शुरू-शुरू में सुना था कि लाजवंती की सौतेले भाई से ज्यादा नहीं पटती थी, पति के साथ की मित्रता के कारण लाजवंती ने कनकसिंह की मौजूदगी सह ली। इसके बाद युवराज निर्मल कुमार ने तपेदिक के कारण खटिया पकड़ ली। उनकी चिकित्सा कराने का सारा जिम्मा कनकसिंह ने ले लिया। साथ ही राजकाज की बागडोर भी अपने हाथ में ले ली।"

पुजारीजी साँस लेने के लिए जरा रुके तो साधु ने अपने आप ही शुरू किया, "और निर्मल कुमार की मौत के बाद कनकसिंह ने राज्य की सर्वसत्ता हथिया ली।"

"हाँ, विधवा बहन और नाबालिग भानजे के हित में उन्होंने सत्ता की बागडोर सँभाल ली। नौ साल बीत गए। छोटे युवराज को चौदहवाँ साल चल रहा है। चार-पाँच साल सही-सलामत बीत जाएँ, फिर करणकुमार गद्दी पर आ जाएँगे। बस, इतना धैर्य धरना है हमें।" कहते-कहते पुजारीजी ने लंबी साँस ली।

"आप भूल रहे हैं, महंत!" साधु की आवाज का लहजा बदला, "चार-पाँच साल के बाद गद्दी पर चाहे कोई भी आए, परंतु सत्ता तो रहेगी कनकसिंह के हाथ में ही। सत्ता की बागडोर अपने आप दूसरों को सौंप देनेवाले तो शायद ही कोई होते हैं, ज्यादातर सत्ताधारी मृत्यु, क्रांति या षड्यंत्र के सिवा सत्ता छोड़ने को राजी नहीं होते।"

यह सुनकर पुजारीजी ठीक से सीधे होकर बैठे। उन्होंने सोचा, सबकुछ पूछ लेने का पल अब बिलकुल निकट आ पहुँचा है, उसे हाथ से फिसलने नहीं देना चाहिए।

"सच बताना, नित्यानंदजी!" कहकर वे रुके, इतने में घोड़े के हिनहिनाने की आवाज सुनाई दी।

परंतु घोड़े की टाप की आवाज सामने से आने के बदले पीछे से सुनाई दी, तब उलझन होंठों तक आ गई, "इस वक्त पिछवाड़े के बाड़े से घोड़े पर कौन आया होगा?"

इतने में शंभू हाँफता हुआ दाखिल हुआ, "महात्माजी, राजबग्घी का भागा हुआ अश्व रास्ता भूलकर इधर आ गया लगता है।"

"रास्ता भूलकर नहीं, वह यहाँ शरण लेने आया है, शंभू!"

साधु का अनुमान सुनकर बाप-बेटा एक-दूसरे की ओर देखते रहे, तब लालटेन लेकर खड़े होते साधु ने टोका, "राज का जुल्म सह न पाने पर आदमी की तरह समझदार प्राणी भी धर्मस्थान की शरण में आता है।"

इतने में फिर से घोड़े की हिनहिनाहट सुनाई दी, तब साधु के हाथ से लालटेन लेकर शंभू आगे चलता हुआ कहने लगा, "तब तो उसे हमें आसरा देना ही चाहिए वरना कनकसिंह इस बेचारे को जान से मार डालेंगे।"

स्थिर चाल से चलते हुए साधु ने भड़के हुए घोड़े की गरदन को स्नेहिल हाथ से सहलाना शुरू किया, तब प्यार भरी क्रीड़ा दरशाता घोड़ा साधु के कंधे से अपने जबड़े रगड़ने लगा।

"ये टिल्लू वैसे तो बड़ा हठी है। बग्घी के कोचवान के सिवा किसी को पास फटकने नहीं देता।"

जैसे कुछ सुना न हो ऐसे शंभू के हाथ में लालटेन थमाकर साधु ने दोनों हाथों से घोड़े की पीठ सहलाते हुए, धीरे-धीरे नीचे झुककर घोड़े के अगले पाँव पर हाथ फेरकर देखा। जैसे बाएँ घुटने से साधु का हाथ छुआ कि घोड़े ने झटके के साथ पाँव पीछे हटा लिया। शंभू को लगा, अभी टिल्लू साधु के जबड़े पर अगले पैरों की लात फटकारेगा! परंतु इसकी बजाय घोड़ा जैसे दीन-हीन बनकर खड़ा रहा और साधु ने फिर उसके बाएँ घुटने पर हाथ से दबाया—

"शंभू, आपके कनकसिंह की तरह इस बेचारे का भी पाँव टूट गया है। आँगन में ले जाकर इसका इलाज करना चाहिए।"

"परंतु घोड़ा राजमहल का है। टूटे पाँववाले घोड़े को जान से मार डालने की प्रथा है, नित्यानंदजी!"

"और सभी प्राणियों के प्रति प्रेम दरशाना साधु का धर्म है, पुजारीजी!" कहकर उठते हुए नित्यानंदजी ने घोड़े के मुँह से लगाम हटाकर उसके ललाट के

बीच दिखते टीके पर दुलार भरा चुम्मा लिया।

ठीक उसी वक्त बाड़े के पिछवाड़े किसी के आने की आहट महसूस हुई।

"कौन है ?" काँपती आवाज में शंभू ने पूछते हुए लालटेन आगे बढ़ाया।

"मैं हूँ, महाराज!" कहता वह साधु के कदमों में झुक गया।

"अरे, यह तो कोचवान है!" लालटेन की रोशनी में पहचानकर शंभू बोला। "किसी अप्रिय कर्तव्य का पालन करने के लिए आए हैं ?"

"बाबू ने बहुत ही मुश्किल आदेश दिया है। बछड़ा था तब से मैंने इसे पालकर बड़ा किया है।" कहते-कहते वह गद्‌गद होकर घोड़े के पास पहुँचा, "इसका नाम भी मैंने ही रखा था। दो घंटे से मैं बंदूक लिये इसके पीछे घूम रहा हूँ। शिकार के लिए रखे दो-चार घोड़े, गोली से उड़ाए जाते देखे हैं, परंतु यह…"

फिर जैसे तंद्रा में बोल रहा हो, उसी प्रकार घोड़े की पीठ सहलाता बोल गया, "यह तो हमारे महाराजा का चहेता टिल्लू…मरते-मरते मालिक सलाह देते गए थे कि लँगड़ा हो जाए तो भी टिल्लू को बेमौत नहीं मारना।" कहकर उसने कंधे से बंदूक हाथ में ली, "इसे जान से नहीं मारूँगा तो कनकसिंह बाबू मुझे जान से मार डालेंगे।" उसने बंदूक साधु के चरणों में रख दिया।

बंदूक अभी वे जोरुभा को वापस लौटा देंगे, ऐसा लग रहा था। परंतु इसके बदले बंदूक का सिरा कंधे से सटाकर साधु ने आकाश की ओर उसकी नाली कर—वे तीनों किसी अनुमान पर आ सकें—इसके पहले ही खटके पर उँगली दबाकर गोली छोड़ दी। धमाके से सुनसान माहौल में खलबली-सी मच गई। घोंसले में चैन से सो रहे पक्षी पंख फड़फड़ाते हुए शोर करने लगे। भड़का हुआ घोड़ा दीवार से सटकर खड़ा रह गया और वे तीनों साँस रोके साधु की ओर देखते रहे।

"लीजिए, जोरुभा।" बंदूक उसे लौटाते हुए स्वस्थ आवाज में साधु ने कहा, "धमाका सुनकर महल में बैठे कनकसिंह मान लेंगे कि घोड़े पर गोली चली और वह खत्म हो गया।" फिर शंभू की ओर मुड़कर कहा, "आप लोग टिल्लू को आँगन में ले आइए।"

शंभू ने देखा कि उनके बोलने का लहजा बदल गया था। साधु की सौम्यता के बदले चेहरे पर राजपूत-सा गरूर नजर आ रहा था। वे तेजी से लौटकर चले गए। उनके चलने से जैसे धरती पर धम-धम की आवाज हो रही थी।

'नहीं, वे साधु नहीं हैं। लोग पहचानें, इसके पहले मेरे टिल्लू ने अपने मालिक को पहचान लिया। पहली बार साधु को देखकर वह भड़क उठा था।

दूसरी बार बग्घी से छूटकर यहाँ भाग आया। टिल्लू के टीके का उन्होंने चुम्मा लिया, तभी मुझे शुबहा हो गया था, परंतु बंदूक चलाई तब तो पूरा-पूरा यकीन हो गया।'—जोरुभा बड़बड़ाया।

शंभू की बड़ी आँखें उत्तेजना से और भी बड़ी हो गईं—"किस बात का यकीन, जोरुभा?"

"वे साधु नहीं, हमारे युवराज निर्मल कुमार हैं। तूने देखा नहीं, उन्होंने बाएँ हाथ से बंदूक चलाई। युवराज के सिवा बाएँ हाथ से बंदूक चलानेवाला मैंने आज तक दूसरा नहीं देखा।"

□

: ६ :

"उस नमकहराम की औलाद को रात को ही जान से मार डाला न? शाबाश जोरुभा!" कहकर कनकसिंह खुशी के जोश में करवट बदलने लगा कि पीड़ित पैर पर दबाव पड़ते ही कसक सी निकली। दाँत भींचकर घुटने पर हाथ दबाकर पाँव पर गुस्सा उतारा, "हरामजादा ऐन मौके पर निकम्मा हो गया। जल्दी ठीक नहीं होगा तो पाजी तुझे भी गोली से उड़ा देना पड़ेगा।"

"जोरुभा, आँसुओं की धार तेरी मूँछें गीली करे इसके पहले आँखें पोंछ ले।" कनकसिंह ने बैठकर पलंग से टिकाई बंदूक हाथ में ली। "यह कनकसिंह जिस प्रकार गुस्सा करते हैं उसी प्रकार कद्र करना भी जानते हैं, ले यह बंदूक, टिल्लू को जान से मार डालने का पुरस्कार। खामोश क्यों हो गया, जोरुभा? ले पुरस्कार के अलावा तनख्वाह में पाँच रुपए की वृद्धि भी किए देता हूँ।" कहकर कनकसिंह ने उसकी ओर बंदूक बढ़ा दी, "इसके बदले में तुझे उस साधु की प्रत्येक गतिविधि पर नजर रखनी है।"

"परंतु…"

"जोरुभा! तू जानता है कि मुझे अपने खिलाफ एक शब्द भी सुनने की आदत नहीं है।" कनकसिंह की आवाज में सख्ती आने लगी, "बग्घी चलाने का काम लखुभा सँभाल लेगा। रोज शाम मुझे गुप्त रूप से खबर भेज दिया करना। मेरा पैर ठीक हो जाए, इतने दिन तक यही काम करना होगा, फिर तो उस साधु के बच्चे को…।"

"बाबू, मंदिर पर पहरा देने के लिए मुझे एक बहाना बनाना पड़ेगा, आपने मुझे कोड़े फटकारे, मेरे हाथों ही टिल्लू को जान से मरवा दिया, इसलिए मैंने महल की नौकरी छोड़ दी—ऐसा दिखावा करना पड़ेगा।"

"शाबाश जोरुभा! अब तू कनकसिंह का पिट्ठू बनने के काबिल हो गया।"

वह आगे बोले, इसके पहले ही राजवैद्य को चौखट पर खड़े देखा, इसलिए अचानक मिजाज व आवाज तेज कर दी, "मैं तेरी कोई भी अरज सुनना नहीं

चाहता, जोरुभा। अभी, इसी वक्त तुझे नौकरी से निकाल दिया जाता है, ऐसा समझ ले।''

बाबू का असल रोब देखकर पहले तो जोरुभा घबरा गया, परंतु कनकसिंह ने तिरछा देखकर एक आँख बंद करके इशारा किया, तब वह उसके बदले हुए मिजाज का मतलब समझ गया। बाबू अपनी ओर से अभिनय कर रहे हैं, ऐसे मुझे भी अपनी भूमिका निभानी चाहिए। उसने दोनों हाथ जोड़कर बाबू के पाँव पर माथा टेककर गिड़गिड़ाना शुरू किया, ''अन्नदाता, मुआफ कर दीजिए मेरा एक गुनाह, फिर से कोई साधु तो क्या ऊपरवाला भगवान् भी आने वाले होंगे तो भी मैं ऐसी गलती हरगिज नहीं करूँगा।''

तब कनकसिंह ने पलंग के पास पड़ी जूती उठाकर जोरुभा के सिर पर दे मारी, ''जाता है यहाँ से कि कल की तरह कोड़े फटकारूँ?''

''पधारिए वैद्यराज, आपको अंदर आने के लिए आज्ञा लेने की जरूरत नहीं।''

''महाकालेश्वर मंदिर गया था, इसलिए आने में जरा देरी हो गई।''

''महाकालेश्वर मंदिर!'' कनकसिंह की त्योरियाँ चढ़ गईं, ''वहाँ किसकी हड्डी ठीक करने जाना पड़ा?''

''हें...हें...हें...!'' बेमतलब की खोखली हँसी हँसकर वैद्यराज को कहना पड़ा, ''आज बाबू को अच्छे मजाक सूझ रहे हैं। मंदिर तो दर्शन के लिए ही जाया जाता है न!''

''तब तो उस साधु के बच्चे के भी दर्शन करते आए होंगे?''

''होते हैं बाबू, ऐसे साधु-संन्यासी तो कितने ही चले आते हैं। परंतु मंदिर पर आज भारी भीड़ जमा हुई थी। न जाने उस साधु ने भक्तों पर क्या जादू किया है! कुछेक तो महाकालेश्वर के बदले साधु के दर्शन के लिए ही दौड़े जाते थे। एक औरत तो अपने बारह साल के बेटे को उठाकर ले आई थी। साधु महाराज हाथ से स्पर्श करेंगे तो पुत्र के पाँव का पक्षाघात ठीक हो जाएगा, ऐसा बड़बड़ा रही थी।''

''मतलब कि दो दिन में उस साधु ने लोगों को इस हद तक भरमाया है?''

''भरमाने की तो बात ही छोड़िए, बाबू,'' वैद्यराज ने उकसाया, ''लोग यहाँ तक बोलने लगे हैं कि साधु के भेस में हमारे युवराज लौट आए हैं!''

''वैद्यराज! इस महल में फिर कभी ऐसी बात कही तो जीभ खींच लूँगा।''

''मैं...मैं...नहीं कहता बाबू।'' धोती की लांग ठीक करते हुए वैद्यराज पीछे सरकते गए, ''वो तो पुजारीजी ऐसा कह रहे थे कि उन्हें देखनेवाला हर एक

आदमी ऐसा कहता है।''

''पुजारी की ये मजाल! साधु के साथ-साथ मुझे उस पुजारी को भी हद से बाहर करना पड़ेगा। इन सबों ने मिलकर क्या ढोंग रचा है!''

''बड़े भैया, कौन ढोंग रचाता है?''

लाजवंती की मधुर आवाज सुनकर कनकसिंह ने चेहरे पर सौम्यता का मुखौटा चढ़ा लिया। पिछली शाम पैर टूट जाने के बाद सौतेले भाई की खबर पूछने आई लाजवंती ने दो ही वाक्य कहे थे, ''बड़े भैया, बल प्रयोग के बदले बुद्धि प्रयोग से काम लेना कब सीखेंगे? साधु को सजा देने से पाप लगता कि नहीं, यह तो दूसरी बात है, परंतु राजमाता के हृदय को कितनी ठेस लगती, इस बात का विचार क्यों नहीं किया?''

''इस महल के दरवाजे साधुओं के लिए बंद हो चुके हैं, इसका विचार राजमाता ने क्यों नहीं किया, बहन?''

कनकसिंह ने आवश्यकता से ज्यादा ऊँची आवाज में सुनाया, तो लाजवंती ने सौतेले भाई के क्रोध को उकसाने की बजाय सयानेपन से बात कही, ''बाहर नौकर-चाकर सुन रहे हैं। अभी इस बात को बंद कर दो।''

''लाजू बहना, हमारी प्रजा में आजकल भक्तिभाव उमड़ने लगा है।''

नजदीक आकर लाजवंती ने पहले कनकसिंह और फिर वैद्यराज के हाथ में प्रसाद दिया।

''नहीं रे,'' जबरन प्रसाद लेते हुए सुनाया, ''भगवान् की भक्ति हो रही हो तब तक तो ठीक है, परंतु मंदिर जाकर महाकालेश्वर की बजाय गेरुए वस्त्र पहनकर आए किसी के पाँव पड़ जाने से भगवान् का मूल्य कम हो जाएगा कि नहीं?''

वैद्यराज की उपस्थिति भूलकर भैया कुछ भी ऐसा-वैसा बोल देंगे, ऐसा भय लगने पर लाजवंती को सिफत से कहना पड़ा, ''बड़े भैया, राजगढ़ से करण की चिट्ठी आई है...'' कहते-कहते वैद्यराज की ओर नजर कर ली, ''तुलजाशंकर का काम हो गया हो तो हम आराम से बातें करें।''

वैद्य संकेत से समझ गए, ''रानी साहिबा, आप आराम से बैठिए, तब तक मैं बाबू के पाँव पर लगाने का लेप तैयार कर लेता हूँ।''

वैद्य बाहर चले गए। अकेले भाई-बहन कुछ देर खामोशी से एक-दूसरे की ओर देखते रहे। पहले कनकसिंह को ही बोलना पड़ा, ''बहन, तेरी आँखें लाल-सी क्यों दिख रही हैं?'' एकांत में दुलार दरशाते हुए कनकसिंह ने छोटी बहन से कहा, ''रात नींद नहीं आई थी या फिर रो-रो के यह हाल बना लिया है?''

"दोनों!" लाजवंती ने ठंडी साँस ली, "आपके बहनोई की याद में रात भर सो नहीं पाई और तड़के मन खोलकर रो ली।"

"परंतु बहन, अचानक मेरे बहनोई की याद···" पूछते-पूछते उसके दिमाग में बिजली कौंधी हो, ऐसे कनकसिंह पल भर रुक गया। चेहरे की रेखाएँ तंग होने लगीं, "सच बताना, लाजवंती! वह साधु जब महल में आया तब तूने भी तो उसके दर्शन किए ही होंगे?"

सौतेले भाई के प्रश्न का संकेत वह समझ गई।

"राजमाता ने मुझे जबरन बिठाया था, परंतु ज्यादा देर तक बैठ नहीं पाई थी।"

"फिर भी तूने उसे गौर से देखा तो होगा ही।"

"गौर से न देखने के लिए ही मैं उठकर चली गई थी।" कहते हुए लाजवंती अटकी, "शक्लोसूरत से वे बिलकुल आपके बहनोई जैसे हैं।"

"बहन, मिली-जुली बातें सुनकर मेरा जी जल रहा है। उत्तेजित न हो जाता तो क्या करता? आँखों से न देख पाने के बावजूद राजमाता को साधु के दर्शन करने की इच्छा जगी, उसे निमंत्रण देकर बुलाया और फिर अतीत के बारे में पूछताछ की···।"

"क्योंकि उन्होंने सुना था कि मंदिर में आए हुए साधु हूबहू युवराज से मिलते हैं।"

तब कनकसिंह का खून खौल उठा। दोनों हाथों की मुट्ठियाँ मसोसकर बोलने का जुनून उठा, परंतु सतर्क हो गया। बहन के साथ नरमी से पेश आना था, अब सबके पास नरमी से पेश आए बिना बात बननेवाली नहीं थी—

"तब तो रानी बहना, मेरा अनुमान ठीक ही निकला।"

"कैसा अनुमान?"

"ये साधु का बच्चा पाखंडी होने का···।" कनकसिंह ने जरा रुककर तेजी से दिमाग से बात गढ़ ली, "किसी ने इस आदमी को बताया होगा कि वह हिम्मतगढ़ के युवराज निर्मल सिंह जैसा दिखता है। इसलिए उसके मन में लालच पैदा हुआ। पहले ही यहाँ की सारी जानकारी ले ली। फिर साधु का भेस बनाकर हिम्मतगढ़ में आ धमका। राजमाता के कानों तक अफवाहें पहुँचाईं। मोतियाबिंदवाली आँखें लिये राजमाता कहाँ असली-नकली परख सकने वाली थीं? राजभक्ति की सनक में लोग भी कहाँ उसके खिलाफ जाने वाले थे? ऐसा मानकर युवराज की गद्‍दी हथिया लेने की क्या खूब साजिश की उस पाखंडी ने! भगवान् ने क्या करने

का सोचा है यह तो उसे नहीं मालूम, परंतु राजमाता के दिमाग से जब तक यह भ्रम नहीं निकलेगा तब तक उनके जी को चैन की साँस लेना रास नहीं आएगा।''

''कैसा भ्रम?''

कनकसिंह ने दाँत भींचे, ''उस पाखंडी को सहलाने से कुछ नहीं होगा बहन, मेरे हाथ के दो-चार कोड़े पडेंगे तब अपने आप गेरुए छोड़कर भाग निकलेगा।''

''भाग निकलने की आपकी मान्यता सही न निकली तो?''

''तो...मैं उसे खत्म करके जमीन में गाड़ दूँगा।''

''नहीं बड़े भैया, इस मामले में मैं बल का प्रयोग हरगिज नहीं होने दूँगी।'' लाजवंती के प्रत्येक शब्द में राजरानी के रोब का वजन नजर आया, तब कनकसिंह का कलेजा मुँह को आ गया। आज तक उसकी प्रत्येक बात में हाँ में हाँ मिलानेवाली बहन में इतनी दृढ़ता कहाँ से आई? उस साधु का चमत्कार यहाँ तक पहुँच गया!

''बहन, बल प्रयोग के लिए मना करके तू स्वयं मेरे विरुद्ध बल का प्रयोग करना चाहती है?'' कनकसिंह ने शब्दों को भावनाओं में लपेटने की शुरुआत की, ''तेरे भले के लिए मैं कुछ भी करने के लिए तैयार हो जाऊँगा।''

''परंतु, आपके भले के लिए मैं कुछ भी होने नहीं दूँगी।''

इस अचानक अकल्पनीय बात से कनकसिंह भड़क उठा, ''मेरा भला? बहन, इसमें मैं कहाँ से बीच में आ गया?''

''साधु को कुछ भी हुआ तो यह बात राजमाता सहन नहीं करेंगी। साधु ने अभी तक किसी भी प्रकार का दावा नहीं किया। इसके पहले आप उनपर हाथ उठाएँ तो इसका मतलब क्या होता है, इसके बारे में सोचा? राजमाता को आप पर शक हो सकता है।''

''किस बात का शक?''

''यही कि सत्ता छिन जाने के डर से आपने साधु पर जुल्म किया।''

''सत्ता?'' कनकसिंह फीकी हँसी हँसा, ''क्या तू ऐसा मानती है कि मुझे सत्ता का मोह है? अरी बहना, युवराज के दूर के रिश्तेदार राजमाता के प्यारे बनकर मेरे भानजे के हक को हड़प न लें, इसलिए मैं नौ सालों से इसका बोझ ढोए जा रहा हूँ, इसका...''

''मुझे मालूम है!'' लाजवंती को अधबीच ही बोलना पड़ा, ''आप एक बात भूल गए बड़े भैया कि आपके, मेरे या करण से भी पहले राज्य की सत्ता पर हक राजमाता का बनता है।''

''इससे कौन इनकार करता है, मेरी बहना?''

''तो फिर राजमाता को महल में साधु को आमंत्रण देने का अधिकार तक नहीं?''

अब कनकसिंह को अपनी गलती का एहसास हुआ, राजमाता से मिले बिना, उनके साथ बातचीत किए बिना तैश में जोरुभा-लखुभा पर कोड़े बरसाए और साधु को सजा देने का अधैर्य दरशाया, इसमें उसने बड़ा भारी चकमा खाया है।

''आपका पैर टूटा तब राजमाता क्या बोलीं, यह पता है?'' लाजवंती को भाई की प्रश्नार्थ दृष्टि के साथ नजर मिलाकर बोलना पड़ा, ''उन्होंने कहा कि आपके भाई का पाँव टूटा न होता तो वे साधु को सजा देने मंदिर तक पहुँचे होते, लेकिन उसके बाद इस महल में फिर से पाँव न रखने पाते।''

कनकसिंह के कानों में जैसे दहकता सीसा उड़ेला गया हो, ''उन्होंने तुझे ऐसा सुना दिया?''

''वियोग का आघात स्त्री के लिए बहुत ही कठिन बन जाता है, बड़े भैया! याद है आपको, आपके बहनोई का जीवन-दीप बुझ गया, डॉक्टर ने उनपर चद्दर ओढ़ा दी, फिर भी उनके पैर पकड़कर मैं पागल की तरह पुकारती थी कि वे अभी भी जीवित हैं, उनके पैर अभी भी गरम हैं।''

''हाँ, तब डॉक्टरों को समझाना पड़ा था कि मृत्यु के बाद भी तीन घंटे तक लाश में गरमी रहती है।'' कनकसिंह फर्राटे से बोल गया, ''परंतु इसके बाद बहनोई का दाह-संस्कार किया गया, उनके फूल गंगाजल में बहाए और सब खत्म हो गया। इसके बाद भी उनके जीवित होने का भ्रम तेरे दिमाग में तो नहीं आया?''

''आया था!'' लाजवंती तंद्रावस्था में आ गई हो, इस प्रकार खिड़की के बाहर नजर जमाए रखकर बड़बड़ाई, ''मैं कुंभ मेले में स्नान करने हेतु गई थी, वहाँ एक त्रिकालदर्शी संन्यासी ने मेरा ललाट कोरा होते हुए भी अखंड सौभाग्यवती होने का आशीर्वाद दिया था। तब बहुत दिनों तक महल की खिड़की पर खड़े रहकर, नजरें बिछाकर मैं उनके आने का इंतजार करती थी।''

''फिर इसमें भी संन्यासी ही निकला।'' कनकसिंह की बेचैनी बढ़ी, ''तो फिर वो साधु यही होना चाहिए। तेरे दिमाग में अखंड सौभाग्यवती का भूसा भरकर अब राजमाता को धोखा देने आया है वह लंपट!''

क्रोध वश में न रहा तो कनकसिंह ने दुखते पैर पर खड़े होने की चेष्टा की, ''अब मुझसे बैठा रहा नहीं जाएगा, लँगड़े पाँव से मैं घोड़े पर बैठूँगा और अभी

उसके पास पहुँच जाता हूँ। गरदन पकड़कर उसे यहाँ तेरे सामने घसीटकर ले आता हूँ।''

''बड़े भैया, उस साधु को एक बार तो मेरे सामने आना पड़ेगा, ठीक है; परंतु आपके बल प्रयोग से नहीं, राजमाता के निमंत्रण से!''

''यह नहीं हो सकता, लाजवंती!''

''इसके सिवा और कुछ नहीं हो सकता, बड़े भैया!'' लाजवंती ने अटल फैसला सुनाया, ''इस मामले में जैसा मैं चाहूँगी वैसा ही होगा। आपको घबराने की जरूरत नहीं। राजमाता की उपस्थिति में मेरे सामने खड़े रहकर उन्हें अपना अतीत बताना पड़ेगा। मेरी अग्नि-परीक्षा से गुजरना होगा। इतना याद रखना बड़े भैया, ये राजपूतनी की आँखें नकली पुरुष को परखने में कभी धोखा नहीं खाएँगी।''

□

: ७ :

चमत्कारी साधु की ख्याति चार दिन में ही दूर-दूर तक फैल गई। पहले साधु युवराज निर्मल कुमार जैसे दिखते थे, लेकिन लोगों में जगा यह कुतूहल अब श्रद्धा में पलटने लगा। आस-पास के गाँवों से बैलगाड़ी भर-भरकर लोग उनके दर्शनों के लिए आने लगे। तन, मन या धन की आधि-व्याधि एवं चिंता के निवारण के लिए आनेवाले लोग भक्तिभाव से उनके पैर पड़ जाते, तब नित्यानंद सबको समझाते, 'भगवान् को भक्तिभाव से प्रणाम करना और सभी मनुष्यों को आदर के साथ वंदन करना, यही सच्ची रीति है। मुकुटधारी महाराजा के या काषाय वस्त्रधारी संन्यासी के बिना सोचे-समझे पैर नहीं पड़ना चाहिए। सबसे बड़ा चमत्कार तो मानव का जीवन है, प्रत्येक आधि-व्याधि का कारण अपना मन है। मेरे दर्शन या स्पर्श से आपके दुःख दूर होते हैं, ऐसा भ्रम नहीं बना लेना।'

परंतु आदमी स्वयं कहे कि मैं महान् नहीं हूँ, तब लोगों को उसमें ज्यादा महानता नजर आती है, इसी प्रकार से नित्यानंदजी की वाणी सुनकर दर्शन करने आनेवालों की श्रद्धा और दृढ़ हो जाती थी। साधु जीवन के भ्रमण के दौरान उन्होंने वनस्पति के अनेक चमत्कारक गुण जान लिये थे। कुछेक पौधों की जड़ और उनके उपयोग तो बिलकुल अज्ञान आदिवासी जनजातियों से सीखे थे।

बाड़े में छिपाकर रखे टिल्लू घोड़े का पैर दो ही दिनों की चिकित्सा से ठीक हो गया, तब जोरुभा ने नित्यानंदजी के पैर पकड़ लिये, "अन्नदाता, यह प्रताप दवा का नहीं, आपकी दया का है।"

"ऐसा नहीं है जोरुभा, घोड़े के पाँव को पहली बार जब मैंने हाथ लगाया तब ही मुझे पता चल गया था कि इसके जख्म का इलाज हो सकेगा।" यह कहकर साधु कुछ सोच में डूब गए। वे कुछ याद कर रहे हों ऐसा जोरुभा को लगा, "अरे जोरुभा, महल की घुड़साल में इतने सारे घोड़े होने के बावजूद पशु के बारे में जानकारी रखनेवाला एक आदमी भी नहीं?"

"था अन्नदाता, अभराम साईस, दो-ढाई बरस हुए चल बसा।"

"अभराम!" साधु की पुतलियों में हलकी सी चमक उभर आई, "दलित, लंबी दाढ़ी और कान···"

"हाँ अन्नदाता, वो ही!" जोरुभा उत्तेजित होकर बीच में बोल उठा, "आपको अब भी वह याद है, अभराम खुद कान से बहरा था और घोड़े के कान में बतियाता था। उसकी मौत हुई तब इस टिल्लू ने चार दिन तक घास और चने नहीं खाए थे।" इतना कहकर कुछ देर तक अटककर जोड़ा, "परंतु तब आप कहाँ जीवित थे—मेरा मतलब है कि आप मौजूद नहीं थे।"

एक के बाद एक प्रश्न पूछते साधु की चुंबक-सी दृष्टि के बस में हो रहा जोरुभा आज्ञापालक की तरह उत्तर देता रहा। उसे खुद अपने पर आश्चर्य हो रहा था कि इतनी जल्दी उन प्रश्नों के उत्तर जबान से कैसे झड़ते गए! परंतु साधु के एक प्रश्न ने उसे चौंका दिया—

"युवराज निर्मल कुमार की चिता जलाई तब वहाँ कौन-कौन उपस्थित थे?"

समझ में नहीं आया कि इसका जवाब देने में वह क्यों हिचक रहा था, "उनकी···उनकी मृत्यु आबू में हुई थी। उस समय रानी साहिबा, कनकसिंह बाबू और राज्य के डॉक्टर उपस्थित थे।"

"और राजमाता?"

"वे छोटे युवराज करणसिंह के साथ यहाँ हिम्मतगढ़ में थीं।" कहते-कहते जोरुभा जरा रुका, "अंतिम पल की खबर मिली तब आबू पहुँचने के लिए गाड़ी दौड़ाई थी। परंतु···"

"परंतु क्या? पहुँच नहीं पाए—अंतिम मिलन नहीं हो पाया?"

"हाँ, मैं गाड़ी में उनके साथ ही था। ईड़र पहुँचे कि गाड़ी खराब हो गई। ईड़रगढ़ चार घंटे रुकना पड़ा। घुड़सवार को भेजकर दूसरी गाड़ी बुलवाई, तब तक तो भारी तूफान उठा। पहले कभी नहीं देखा था ऐसा तूफान। उस भयानक तूफान ने राजमाता का रास्ता रोक लिया। साँस रोके, कलेजा मुँह को आ गया था। ऐसे हालात में रात ईड़र में ही बितानी पड़ी। सवेरा हुआ तब आबू से खबर आई कि··" बोलते-बोलते जोरुभा का कंठ रुँध गया।

"युवराज की मृत्यु की खबर आने के बाद ही राजमाता आबू पहुँचीं, ठीक है न?"

"नहीं, खबर सुनते ही राजमाता बेहोश हो गई थीं। जल्दी से उन्हें लेकर हमें हिम्मतगढ़ वापस लौटना पड़ा। चिता कनकसिंह को ही जलानी पड़ी।"

साधु ने आगे पूछा नहीं, फिर भी जोरुभा ने ठंडी साँस भरकर कह दिया, ''राजमाता को इसी बात का गम था कि बेटा होने के बावजूद युवराज की चिता का दाह सौतेले साले के हाथों हुआ, इसलिए मृतक की आत्मा की सद्गति नहीं होगी?''

''माँ का हृदय ऐसा दुःख क्यों दरशाए, परंतु सद्गति या अवगति का आधार मरनेवाले के कर्मों पर आधारित है, जोरुभा!'' कहकर साधु ने आँखें मूँदकर मानो विचार-सागर में गोता लगा दिया हो। उनके चेहरे पर पलटते भाव देखकर जोरुभा स्तब्ध रह गया। देर तक साधु ने आँखें नहीं खोलीं तब वह हाँफता हुआ पुजारीजी के पास पहुँच गया।

''महंतजी, आज पहली बार उन्होंने मुझसे राजमहल के बारे में विविध प्रकार के प्रश्न किए। खासतौर पर युवराज की चिता जलाई गई तब वहाँ कौन-कौन उपस्थित था? राजमाता पहुँची थीं कि नहीं?''

यह सब सुनकर पुजारीजी सोच में डूब गए। उन्हें खामोश देखकर जोरुभा उत्साह के साथ बोल उठा, ''मुझे लगता है कि वे मृत्यु के पहले का सबकुछ याद करने की कोशिश कर रहे हैं और मृत्यु के बाद का जान लेना चाहते हैं।''

''हुँ...!'' पुजारीजी ने आँखें खोलकर उसे टकोर की, ''मूर्ख कोचवान, तेरी अक्ल घोड़े के साथ घास चरने गई है। मरनेवाले को पहले या बाद जैसा कुछ भी याद नहीं होता। एक बार प्राण निकल जाने के बाद काया में फिर वह प्रवेश नहीं करता।''

अंतिम वाक्य बोलकर पुजारीजी खुद ही मंदिर पर फहराते ध्वज को ताकते, जोरुभा की समझ में न आए, ऐसे खयाल में खो गए थे।

आखिर वह विचार असह्य बन गया, चित्तभ्रम हो जाने की सी स्थिति का खयाल आने लगा, तब अस्त होते सूर्य को प्रणाम करके पुजारीजी उस पोथी के साथ साधु के समक्ष उपस्थित हो गए।

''मेरे एक संदेह का निराकरण करना है आपको।''

''दो दिनों से आपको किसी समस्या में उलझे हुए देख रहा हूँ।'' स्वस्थता बनाए रखते हुए साधु ने कहा, ''आपके संदेह के निराकरण में शायद मेरी समस्या का निवारण भी मिल जाए।''

जैसे सुना ही न हो या सुनने का कोई असर नहीं हुआ हो, ऐसे साधु महाराज उसकी ओर तकते रहे। पुजारीजी का अधैर्य उछल पड़ा, ''आप परकाया प्रवेश में श्रद्धा रखते हैं? आप यह विद्या जानते हैं?''

फिर भी साधु स्थितप्रज्ञ ही रहे, तब दो-दो दिनों से झुँझलाता पुजारीजी का मन भूचाल की तरह धधक उठा—"इस पुराण में लिखा है, सतयुग में सिद्धपुरुष परकाया प्रवेश कर पाते थे। किसी की मृत देह में अपनी आत्मा के जरिए प्रवेश करके उसे सजीवन करते थे। नौ साल पहले ऐसा ही हुआ होगा।"

साधु के होंठ पर बिखरी हलकी मुसकान देखकर पुजारीजी का उत्साह और बढ़ गया—"जिस शाम युवराज निर्मल कुमार सिंह की मौत हुई भयंकर तूफान आया था। उनकी मृतदेह के साथ आए लोग तूफान से बचने के लिए अधीर होकर इधर-उधर सरक गए होंगे। जलती चिता बरसते पानी से बुझ गई होगी। हवा से लकड़ियाँ खिसक गई होंगी। ठीक उसी समय साधु रूप में आप वहाँ से गुजर रहे होंगे। एक युवक की मृतदेह देखकर आपके दिल में अनुकंपा जगी होगी। परकाया प्रवेश की विद्या का प्रयोग करने की इच्छा प्रबल हुई होगी। समाधि में लीन होकर आपने साधु की काया में से अपनी आत्मा को मुक्ति दिलाई होगी और जीवंत आत्मा के जरिए युवराज की मृतदेह में प्रवेश किया होगा। वृद्ध साधु से आप युवा बने। साधु की निश्चेतन देह पर से गेरुए वस्त्र उतारकर युवा देह पर धारण कर लिये होंगे। किसी को संदेह न हो, इसलिए साधु की वृद्ध काया को चिता पर चढ़ा दिया होगा। बुझे हुए अग्नि को फिर से प्रदीप्त किया और हवा के झकोरों में धधकती चिता छोड़कर आपने वहाँ से प्रयाण किया।" बोलते हुए पुजारीजी हाँफने लगे, काया उत्तेजना से काँपने लगी, फिर भी घुटते दम से भी बात पूरी किए बिना रह नहीं पाए, "सच-सच बताना, सिर्फ आपकी काया ही युवराज की है और आत्मा साधु की···इसके सिवा ऐसा चमत्कार संभव नहीं है। अन्य किसी भी प्रकार से ऐसा होना संभव नहीं है। बोलिए नित्यानंदजी, यही है न मेरे संदेह का समाधान?"

"नहीं पुजारीजी, समाधान नहीं, यह आपका तर्क है," कहकर वे कुछ रुके। रहस्यमय मुसकान से होंठ हिलाए, "परंतु मैंने आपसे कहा था न कि आपके संदेह में शायद मेरी समस्या का निवारण मिल जाए।"

"कौन सी समस्या?"

"मैं कौन हूँ, यह!"

"कौन हैं आप?" जिज्ञासा के साथ पुजारीजी ने पूछा।

"महाराज, आबू जाकर मैं जाँच करके आ गया।"

तब पुजारीजी की जिज्ञासा फिर से कुलबुलाने लगी। शंभू को किसी काम से बाहर भेजा है इतना ही साधु ने बताया था। अब पता चला कि वह किस बात की जाँच के लिए आबू गया था?

"महात्माजी, काफी मुश्किल के बाद पता चला कि जब युवराज की मृत्यु हुई थी उस शाम तूफान के साथ कुछ देर तक बारिश भी हुई थी।" शंभु ने बताया।

सुनते ही पुजारीजी घुटने तक उठकर बीच में ही बोल उठे, "अब कहिए, मेरा अनुमान सौ प्रतिशत ठीक है न?"

परंतु साधु ने शंभू की ओर दृष्टि रखकर आगे सुनने की उत्कंठा दरशाई।

"मैं श्मशान के चांडाल के पास भी हो आया, उस बूढ़े खूसट को अच्छी तरह से गाँजा दिया तब उसने दिमाग को तकलीफ देकर याद किया कि बैसाख के तूफान की एक शाम चिता जलाकर साथ के लोग जल्दी चले गए थे। हमारे झोंपड़े का छप्पर उड़ गया तथा घनघोर बारिश हुई, सो मैं भी गाँव चला गया था···परंतु घंटे भर के बाद वापस लौटा तो उस वक्त वह चिता धू-धू जल रही थी।"

शंभू बोलना खत्म करे, इसी ताक में रहे पुजारीजी उछल पड़े, "बस, फिर तो मेरी बात में टस-से-मस होने की गुंजाइश नहीं रही। शंभू, हमारे युवराज की काया में इस साधु ने परकाया प्रवेश किया है। इनकी देह केवल निर्मल कुमार की है, परंतु आत्मा गैर की।"

"पुजारीजी, आप पूछ रहे थे न कि मैं कौन हूँ।" पल भर आँखें मूँदकर बोल गए साधु ने बाप-बेटे की ओर एक नजर डाली, "आपके संदेह का समाधान अब होने ही वाला है। परंतु···"

□

'मैं स्वयं ही उस साधु की परख करूँगी।' कनकसिंह के सामने ऐसा दृढ़ संकल्प प्रकट करने के बाद लाजवंती पाँच दिन तक उसे निष्पादित नहीं कर सकी। 'मैं कैसे उनकी परख करने वाली थी? सामने खड़ा पुरुष पति है या गैर, इसकी तसल्ली करने के लिए अपनी लाज-मर्यादा त्यागनी पड़ेगी। क्या मैं उनसे यह पूछ सकूँगी कि युवराज निर्मल सिंह ने अपनी पत्नी के साथ पहली रात किस प्रकार से बिताई थी? क्या मैं यह कह पाऊँगी कि मेरे पेड़ू पर नाभि के नीचे कौन से रंग का दाग है—लाल या काले रंग का? या मेरी छाती पर किस स्थान पर तिल-सा निशान है?'

धीरे-धीरे लाजवंती ने विचार बदला। मैं स्वयं के बदले राजमाता पर ही परख करने का दायित्व छोड़ दूँ तो? अभी भी सासू माँ कभी अतीत की सोचती हैं, तब बड़बड़ाती हैं, निर्मल छोटा था तब ऐसा करता था या वैसा करता था।

परंतु शीघ्र ही लाजवंती का मन बोल उठा। युवराज के बचपन की बातें इतनी गुप्त कहाँ हैं कि किसी और को पता न हों? मान लिया जाए कि यह साधु ये

सारी तैयारियाँ करके ही आया हो।

पाँचवें दिन लाजवंती की उलझन इतनी बढ़ गई कि परख करने का संकल्प पिघलने लगा, 'इसके बदले बड़े भैया को ही कह दूँ कि आप ही धर्मसंकट से बाहर निकलने का ऐसा रास्ता निकालिए, जिससे राजमाता के दिल को ठेस भी न पहुँचे और साधु अपने आप नगर छोड़कर चला जाए।'

"बड़े भैया दिखाई नहीं दे रहे?" लाजवंती जानती थी कि कनकसिंह की गतिविधियों से मधुमती सबसे ज्यादा वाकिफ रहती थी। "तुझे तो पता होगा कि वे कहाँ गए? कब गए?"

"रानी साहिबा, बाबू कह रहे थे कि पाँच दिनों से बिस्तर में पड़े-पड़े तंग आ चुका हूँ।"

"परंतु वैद्यराज ने उन्हें ज्यादा घूमने-फिरने से मना किया है, फिर भी···"

"कह रहे थे कि अपने पाँव का बोझ कहाँ मुझे उठाना है। घोड़े पर बड़ी बाड़ी तक सवारी करके आता हूँ।"

लाजवंती ने मन-ही-मन चैन की साँस ली। "बड़ी बाड़ी पर ही गए हों तो अच्छा है!"

परंतु कनकसिंह ने घोड़ा मंदिर की ओर दौड़ाया। वेग से आता घोड़ा जब पुजारीजी ने देखा तो उनके पाँव थर-थर काँपने लगे। संध्या-आरती की तैयारी छोड़कर कनकसिंह का सत्कार करने के लिए उन्हें दौड़कर जाना पड़ा। पसीने से तर बाबू का सुर्ख चेहरा देखकर कलेजा मुँह को आ गया, "पधारिए, आज आपके चरण मंदिर पर पड़े, हमारे सद्‌भाग्य!"

"क्यों, आप मुझे नास्तिक मानते हैं, पुजारीजी?" सख्ती भरा व्यंग्य फेंक कनकसिंह ने आस-पास नजर घुमाई। "मैंने तो सुना था कि आजकल मंदिर में भक्तों की भारी भीड़ जमा होती है, पर यहाँ तो सब सुनसान सा दिखता है।"

"आप तो जानते हैं, शाम को रानी साहिबा दर्शन के लिए आती हैं, इसलिए बाहर के लोगों का निषेध रखा गया है।"

"हँ!" कनकसिंह ने नीचे का होंठ चबाया, "फिर भी आप राजमहल की आज्ञा के बिना बाहर के लोगों को मंदिर में आसरा देते हैं, क्या यह ठीक है?"

साधु के बारे में उसका यह संकेत पुजारीजी समझ गए, परंतु जवाब देकर कनकसिंह को उत्तेजित होने का मौका नहीं देना चाहते थे, इसलिए पूछा, "आपका पैर अब कैसा है?"

"कहाँ है वह धूर्त साधु?"

"धूर्त!" पुजारीजी ने दो कदम पीछे हटकर स्थिति सँभाली, "आप उन साधु के बारे में पूछ रहे हैं? वे तो समाधि में बैठे हैं।"

"समाधि!" कहकर कनकसिंह ने धिक्कार उछाला, "तब उसकी समाधि मुझे ही भंग करनी पड़ेगी।" कहते हुए कनकसिंह ने लगाम को झटका दिया। घोड़ा सामने दूसरे मकान के दरवाजे के पास जाकर खड़ा हो गया। कनकसिंह का क्रोध तो ऐसा था कि नीचे छलाँग लगाकर सीधे किवाड़ पर लात फटकारकर समाधि में बैठे हुए साधु पर कोड़े बरसाने लगे···परंतु लँगड़ा पैर साथ देनेवाला नहीं था, इसलिए दहाड़कर बोला, "पुजारी, उस धूर्त से कहो कि बाहर आए।"

"नित्यानंदजी! कनकसिंह बाबू पधारे हैं। आपको बाहर बुला रहे हैं!"

तीनों खुले द्वार की ओर फटी आँखों से देखते रहे, परंतु अंदर से कोई जवाब नहीं मिला, तब पुजारीजी आपत्ति टालने के लिए बड़बड़ाते हुए अंदर गए, दूसरे ही पल वे हक्के-बक्के से अकेले ही वापस आए, "बाबू, साधु तो अंदर नहीं हैं।"

"अंदर नहीं है?" होंठ भींचकर कनकसिंह ने घोड़े से छलाँग भरी, "बाप-बेटा दोनों मिलकर मुझे मूर्ख बनाने की कोशिश कर रहे हैं?" कहता हुआ दुःखते पाँव के साथ हाथ में कोड़ा घुमाता अंदर गया। कनकसिंह की दहाड़ सुनाई दी, "कायर भाग निकला!" आकुल-व्याकुल होते हुए वह बाहर आया, "मेरे आने की खबर उसे किसने दी?"

तब शंभू बोला, "बाबू, वे त्रिकालदर्शी साधु हैं।"

"अपनी बकवास बंद कर वरना चमड़ी उधेड़ दूँगा।" कनकसिंह को लगा कि उसका गुस्सा नपुंसक सा होता जा रहा है, "भागकर वह जाएगा कहाँ?"

"आप दोनों को कहे देता हूँ।" खुनस से सराबोर कनकसिंह ने दुःखते पैर की परवाह किए बिना घोड़े पर बैठते हुए फरमान सुनाया, "मेरे कदम पड़ते ही पलायन हो गया, परंतु यदि वो धूर्त फिर से आने की हिम्मत करे, तो मुझे तुरंत खबर करना, वरना मैं तुम दोनों को गोली से उड़ा दूँगा।"

□

: ८ :

"परंतु बड़े भैया, दिवाली की छुट्टियों में भी करण यहाँ आ नहीं पाया था।" लाजवंती को चार दिन से आए पुत्र के पत्र की तह खोल-बंद करते हुए कहना पड़ा, "गरमी की छुट्टियों में भले वह हम सबके साथ रह लेता···उसे अब आने देने में दिक्कत भी क्या है?"

"बहना चुप क्यों हो गई?"

"करण अभी बच्चा है। साधु के बारे में नौकर-चाकरों से सच्ची-झूठी बातें सुनकर सोच में पड़ जाता, जवाब न दे सकूँ ऐसे प्रश्न करता, इस बात का मुझे डर था।"

इसी बात पर तो मेरा विरोध है—

"कितनी बार मैंने कहा, बच्चा है, बच्चा है कहकर तू करण को डरपोक ही रहने देना चाहती है!" कनकसिंह ने उत्साह से जोड़ा, "करण को तो मैं उसके बाप से भी बढ़कर बनाना चाहता हूँ, इस गौरवशाली गुजरात में उसकी हैसियत का कोई राजकुमार नहीं होना चाहिए।

"बड़े भैया, वह यहाँ छुट्टियों में भी बहुत कुछ सीख सकता है।" लाजवंती को चिरौरी करनी पड़ी, "आपके कहने पर ही तो मैं छह साल के बेटे को अपने से जुदा करने के लिए तैयार हुई थी। माँ-दादी के प्यार-दुलार से वह डरपोक बन जाए, ऐसा मैं नहीं चाहती, परंतु···"

बोलते-बोलते उसका गला भर आया, फिर भी वह रुकी नहीं, "डरपोक न हो जाए, इसी डर से उसे बिना माँ के भी नहीं किया जा सकता न, बड़े भैया। उसने चिट्ठी में लिखा है कि इस बार तो अपने साथ चंदन को भी लेकर आऊँगा।"

"चंदन!" कनकसिंह के कान खड़े हुए, "यह नया दोस्त कौन है, भला?"

"दोस्त नहीं बड़े भैया, आप भी बड़े भुलक्कड़ हैं।" लाजवंती ने हलकेपन के साथ कहा, "जामबंदर के राजा के चचेरे भाई को भूल गए, उनकी बेटी चंदन।"

"वो धर्मभ्रष्ट राजपूत की बेटी!" कनकसिंह की मुखमुद्रा तंग हो गई

''करण उसे यहाँ लेकर आना चाहता है? उसके साथ कुँवर भानजे ने जान-पहचान बना रखी है?''

''मुझे लगता था कि आप गुस्सा हो जाएँगे।''

''मेरे से छिपाकर कुछ भी हो, यह मैं सहन नहीं कर सकता, तूने मुझे आज तक यह बात क्यों नहीं बताई?''

''इसमें छिपाने जैसा क्या है?'' लाजवंती की बेचैनी अप्रकट नहीं रही, ''आपके बहनोई के दोस्त की बेटी है वह। करण के पिता जीवित होते तो शायद चंदन इस महल में रानी···।''

''बहन!'' कनकसिंह क्रोध से तिलमिला उठा, ''हर बार बात-बात पर बहनोई जीवित होते तो ऐसा होता या वैसा होता—यह सुनाने की जरूरत नहीं है। विजयसिंह और युवराज के बीच की दोस्ती अब अतीत की यानी भूल जाने जैसी बात हो गई। आज विजयसिंह की हैसियत ही क्या है? उसकी इज्जत क्या है? खुद जामबंदर के राजा ने भी जिस सगे छोटे भाई के साथ बोलने तक का व्यवहार नहीं रखा है, उसकी पत्नी तक ने जिसके साथ रहना छोड़ दिया, उसकी बेटी इस महल में रानी तो क्या, मेहमान बनकर भी नहीं आ सकती।''

निषेधाज्ञा करने की बड़े भैया की आदत लाजवंती को कभी-कभी बहुत ही अखर जाती थी। गले में आई उसाँस मुश्किल से रोककर उसने कनकसिंह की ओर देखा, ''कनकभाई, आपका निषेध और राजमाता की ममता मेरे लिए बार-बार धर्मसंकट बन जाता है। दोनों तरफ से बात सँभाल लेने की शक्ति अब मुझमें नहीं रही।''

''ऐसी बात है!'' कनकसिंह बाएँ हाथ की चुटकी से कान की लोलकी मसलने लगा। ''बहना, तेरी शक्ति खत्म हो गई है, ऐसा कहती है; परंतु तेरी होशियारी बढ़ रही है, मुझे ऐसा लगता है। ऐसा क्यों नहीं कहती कि तेरी इच्छा के अनुसार कुछ करना हो तब राजमाता को बीच में ले आती है? उस साधु की कसौटी करने की बात में राजमाता के नाम पर तूने मुझे झुका दिया, और चार दिन हो गए फिर भी तू आगे नहीं बढ़ी और बहुत ही चालाकी से बात को भुला दिया।''

''क्योंकि राजमाता दो दिनों से यह बात कहती हीं नहीं हैं, न जाने क्यों? परंतु आजकल वे बहुत खुश रहती हैं। मुझे लगा कि करण छुट्टियों में आने वाला है, इसी खुशी से मन-ही-मन में लड्डू फूट रहे होंगे।''

''केवल करण नहीं रानी बहना, उसके साथ वह नई-नवेली राजकुँवरी

आने वाली है। इसकी खुशी होनी चाहिए।'' कनकसिंह ने ताना मारा, ''अब याद आया, उस लड़की की नानी माँ और राजमाता के बीच कोई नजदीक का रिश्ता है, ठीक है न?''

''हाँ, दोनों मौसेरी बहनें लगती हैं।''

''आखिर औरतों को तो मौसी-मामा ही पहले नजर आते हैं।''

''ऐसे तिरछा क्यों बोलते हैं, बड़े भैया?''

''तो अब सीधा बोलता हूँ, सुन, अपने राजकुँवर के लिए हमारे से भी बढ़कर खानदान मेरे ध्यान में है। विलासपुर के राजा की कन्या ग्यारह साल की है। बोल, करण को विलासपुर का जमाईराजा बनाना है?''

इतने में मधुमती ने 'बाबू-बाबू' कहते हुए प्रवेश किया। किंतु रानी साहिबा की उपस्थिति में उसकी उलझन और बढ़ गई। न कहे तो रानी साहिबा के मन में कुछ 'गुप्त' होने का संदेह उत्पन्न हो जाए और यदि कह दे तो कनकसिंह''' ।

''बोल मुधमती! जो कहने आई है, वह कह दे। रानी साहिबा नाराज नहीं होंगी।'' कनकसिंह ने कहा।

''मैंने''' मैंने''' '' दासी को हड़बड़ाती और लड़खड़ाती जीभ से कहना पड़ा, ''राजमाता को मैंने पिटारेवाले कक्ष में किसी के साथ बातें करते सुना!''

''पिटारेवाले कक्ष में!'' कनक और लाजवंती दोनों ने एक साथ धक्का सा अनुभव किया।

आज अचानक पिटारेवाले कक्ष में जाने का राजमाता को कैसे ध्यान में आया? लाजवंती और कनकसिंह एक-दूसरे के सामने प्रश्नसूचक दृष्टि से देखते रहे।

कनकसिंह संकेत में जैसे सुना रहा था, 'देखा न, उस साधु ने उनके दिमाग को फिर युवराज की स्मृतियों के पीछे लगा दिया और अभी तू कह रही थी कि राजमाता दो दिन से खुश दिखती हैं! यों ही बुढ़िया के दिमाग पर पागलपन सवार हो जाएगा।'

आखिरी विचार के कौंधते ही कनकसिंह की आँखों में चमक उठी, 'ठीक है, मेरी बातों में ज्यादा टाँग अड़ाएगी तो उसे पागलपन के दौरे में घसीटे बिना और कोई चारा नहीं रह जाएगा। एक तो अंधी और ऊपर से चित्तभ्रम, बस फिर तो बात खत्म हो जाएगी!'

''वे पिटारा-कक्ष में कब से गई हैं?'' लाजवंती ने सचिंत मन से पूछा, ''शायद किसी से सफाई करा रही होंगी।''

"नहीं रानी साहिबा, वे अंदर अकेली ही हैं।" दासी ने कनकसिंह की ओर देखकर सफाई दी, "मैं गुजर रही थी कि पिटारेवाले कक्ष में कुछ खड़खड़ाहट की आवाज सुनाई दी। रुककर देखा तो खुला ताला लटक रहा था। द्वार के पास जाकर धक्का लगाकर देखा तो द्वार अंदर से बंद था। मेरे कानों में राजमाता की आवाज सुनाई पड़ी। पूछताछ करने मालती के पास गई तो उसने इतराकर कहा, 'इसमें बावली-सी क्यों हो गई? राजमाता तो दो दिनों से कक्ष में जाकर घंटे भर के लिए बैठती हैं।' फिर भी मुझे लगा कि रानी साहिबा को बताना चाहिए। आप नहीं मिलीं सो यहाँ बाबू के पास…"

"ठीक है!" कहकर लाजवंती खड़ी हो गई, "मैं स्वयं जाकर देखती हूँ।" जरा चलकर जैसे याद आया हो, कनकसिंह से पूछा, "तो फिर करण को जवाब लिख देती हूँ कि इस बार वैकेशन में यहीं पर ही आ जाए, ठीक है न?"

"जैसी आपकी और राजमाता की मरजी।" कहकर तुरंत जोड़ भी दिया, "लिखने से पहले विलासपुरवाली बात राजमाता के कानों तक पहुँचाना मत भूलना।"

"ठीक है।" कहकर लाजवंती तेज कदमों से बाहर निकल गई। रानी साहिबा जब दिखाई देना बंद हो गईं तो मधुमती दबे पाँव कनकसिंह के पास आ गई।

"मधु, राजमाता के मायके में किसी बुजुर्ग को पागलपन का दौरा पड़ा हो ऐसा कुछ ध्यान में है तेरे?"

"ऐसा क्यों पूछना पड़ा, बाबू?" वह इशारा समझ चुकी थी, फिर भी प्यार छौंका, "दो-तीन पुश्तों के बाद दीवानापन पुश्तैनी हिसाब से उभर आए, ऐसा सुना है कहीं?"

दूसरा बहाना भी ऐसे ही हाथ लग गया। कनकसिंह के मन में कपट आकार लेने लगा, "युवराज की मौत हुई तब तो राजमाता ने आघात झेल लिया था। धीरे-धीरे दुःख झेलने की आदत सी हो गई। इतने सालों के बाद उस पाजी साधु ने आकर भूली यादें ताजा करा दीं, फिर से चित्तभ्रम न हो जाए! पिटारेवाले कक्ष में अकेले-अकेले बतियाती हैं, यह बात तुझे चारों ओर जल्दी से फैलानी होगी—क्या समझी?"

कनक सिंह का कपटपूर्ण हर्ष कम होने लगा, "अच्छा अब बता, राजमाता किससे बातें कर रही थीं?"

"किसी मर्द से।"

सुनते ही कनकसिंह चौंककर खड़ा हो गया, "तू क्या बोल रही है, इसका कुछ खयाल है? रनिवास में दाखिल होने की किसी मरद की क्या मजाल?"

"इसीलिए तो आपको बताने दौड़ी आई।" "वह आवाज जानी-पहचानी सी थी।"

"जानी-पहचानी आवाज! वह भी पुरुष की!" कनकसिंह की पुतलियों पर क्रोध की परत छाने लगी, "किसकी थी वह आवाज, जल्दी बता क्यों नहीं देती?"

"हमारे युवराज की···!"

मधुमती अभी इतना बोली ही थी कि कनकसिंह के पंजे ने उसका गला पकड़ लिया, "क्या बकवास करती है तू? तेरा दिमाग तो ठिकाने पर है। मृत व्यक्ति की आवाज नौ साल बाद तुझे सुनाई दी?"

मधुमती ने मुश्किल से उसके पंजे से अपनी गरदन छुड़ाई। कनकसिंह के फौलादी पंजे ने उसकी गरदन पर लाल निशान बना दिया। कुछ देर के बाद मुश्किल से वह बोल पाई, "यदि मानते नहीं तो आप स्वयं जाकर तसल्ली कर आइए बाबू, मेरा गला घोंटने में वक्त जाया न करें।"

"तसल्ली करने के लिए मुझे जाने को कह रही है?" मधुमती को हलका सा धक्का देते हुए उसने कहा, "जा, जब तक लाजवंती जाकर पूछताछ करे तब तक तू पहुँच जा। मेरे बदले तू तसल्ली करके आ, नहीं तो गलत-सलत सुनने के जुर्म में तेरे कान काट दूँगा।"

तब मधुमती भाग निकली। उसकी पीठ से कनकसिंह की आज्ञा टकराई, "लाजवंती के सामने अपनी गरदन ढक लेना, वरना मेरे पंजे के निशान चुगली खाएँगे।"

तसल्ली करने के लिए भेजी गई मधुमती लौट रही थी। उसे दाखिल होते देखकर ही कनकसिंह का मिजाज फिर बदल गया, "क्यों री फूटे कान की! हो गई तसल्ली!"

"हाँ!" मधुमती ने गरदन झुकाकर सफाई पेश की, "मैं ठीक वक्त पर पहुँच गई थी। राजमाता रानी साहिबा से कह रही थीं कि लाजू बहू, जब ऊब जाती हूँ तो पिटारा-कक्ष में जाकर दो पल के लिए जूड़ीबाजा (ग्रामोफोन) सुन लेती हूँ।"

"जूड़ीबाजा!" कनकसिंह के ठहाके से कमरा भर गया, "राजमाताजी को अब जूड़ीबाजा सुनने का पागलपन लिपट गया। आखिर तू धोखा खा गई न!" कनकसिंह ने जी भरकर हँसना चाहा। "जूड़ीबाजे पर हमारी सयानी राजमाता कौन सा गीत सुन रही थीं, यह बताया कि नहीं?"

"हाँ बताया।" मधुमती ने तीक्ष्ण नजरों से देखते हुए कहा, "राजा भरथरी नाटक से 'भिक्षा दे दे मैया पिंगला' वाला गीत सुन रही थीं।"

"और कुछ कहा राजमाता ने?"

"हाँ, रानी साहिबा ने यह भी कहा कि 'मेरा निर्मल बीमारी के दिनों में यह गीत बहुत सुनता था, इसलिए इतने बरसों के बाद मुझे भी सुनने की इच्छा हुई।' "

अब कनकसिंह की खुशी का ठिकाना न रहा।

"सुनिए राजमाता, आप वो गीत ही सुनती रहिए।" कहते-कहते उसने नीचेवाला होंठ चबा लिया, "अब लोगों को हम आपके दीवानेपन का गीत सुनाने लग जाएँगे, क्यों री मधु?"

□

"उठिए बाबू, सूर्योदय होने को है।" हमेशा सूरज निकलने के बाद आँखें खोलनेवाले कनकसिंह को जगाने के लिए मधुमती को बहुत माथापच्ची करनी पड़ी।

"सूर्य उदय हो या अस्त, मुझे उससे क्या लेना-देना?"

"रात जोरुभा ने खबर भेजी थी, उसे भूल गए हैं क्या?" मधुमती को बाबू की मजबूत पीठ पर हाथ फिराते हुए याद दिलानी पड़ी, "कल शाम से दूर-दराज के गाँवों से लोग बैलगाड़ियों में लगातार उमड़ रहे हैं। सूरज के निकलते ही साधु महाराज समाधि से उठकर अद्‌भुत चमत्कार दिखाने वाले हैं, यह बात हर जगह फैल गई लगती है। तड़के लखुभा को भी मैंने तसल्ली करने के लिए दौड़ाया था। वह तो मंदिर पर लोगों की भीड़ देखकर दंग रह गया। कहता है कि सावन के मेले में भी इतनी दूर से लोग नहीं आते।"

तब कनकसिंह को मुलायम बिस्तर से चौंककर उठना पड़ा, "बैलगाड़ियाँ भरकर आए हुए लोग निराश होकर लौटेंगे तब देखनेवाली बात बनेगी। कैसा साधु और कैसी समाधि?" कनकसिंह ने खोखली हँसी का ठहाका लगाया, परंतु उसके अंदर दहशत जम ही गई। "पता नहीं चलता, दूर-दूर तक साधु की समाधि की अफवाह किसने फैलाई? चमत्कार के ढोल किसने पीटे?"

"बाबू, दुश्मन उतना कमजोर नहीं लगता।"

तब कनकसिंह तैश में आ गया। पास ही पड़ी शराब की बोतल उठाकर दो-चार घूँट गटागट पी लिये, "ला मेरे कपड़े और लखुभा से कहना कि घोड़ा तैयार रखे।"

"कपड़े तैयार ही हैं और लखुभा घोड़े के साथ पिछवाड़े के दरवाजे पर

खड़ा है।''

''आजकल तू ज्यादा पटु हो गई है?''

''कुशल मर्द के संग का असर है। जरा दया रखा कीजिए, वही इस दासी के लिए काफी है।''

''भूले से भी वह साधु वापस आया होगा तो आज मंदिर के आँगन में उसकी लाश ही गिरेगी! चमत्कार देखने आनेवाले भले ही उसकी अंतिम यात्रा निकालें।''

''परंतु बाबू, साधु की हत्या आपके हाथों हुई है, ऐसा दिखाने की क्या जरूरत है?''

''हत्या का सवाल तो वहाँ जाकर उठेगा न! मूर्ख लोगों की तरह तू भी चमत्कार में विश्वास करने लगी?'' कहता हुआ कनकसिंह जोश में बाहर निकल गया।

परंतु तेजी से दौड़ाए हुए घोड़े के साथ मधुमती द्वारा कहे गए शब्द उसके दिमाग से टकराने लगे, 'साधु की हत्या आपके हाथों से हुई है, ऐसा दिखाने की क्या जरूरत है?'

टेकरी की चोटी ज्यों-ज्यों नजदीक आती गई त्यों-त्यों कनकसिंह को लोगों का शोरगुल और भजन-कीर्तन की आवाजें सुनाई देने लगीं। कठिन आरोहण के समय उसे घोड़े से नीचे उतर जाना पड़ा। दिमाग में उबल रहे जुनून के साथ उसने चोटी पर पहुँचकर देखा तो सुनी हुई बात में किंचित् भी अतिशयोक्ति नहीं थी। असंख्य भीड़ को जगह देने के लिए मंदिर का विशाल आँगन भी संकीर्ण लग रहा था। ऊँट, घोड़े और बैलगाड़ियाँ देखते ही समझ में आ गया कि दूर-दूर से लोग चमत्कार की आस लिये आए हैं। मंदिर के द्वार खुलने की उत्सुकता से प्रतीक्षा कर रहे कमरे की सीढ़ियों पर समूह में बैठे साधु-संन्यासी ऊँची आवाज में भजन गा रहे थे। कनकसिंह ने जबड़े सख्ती से बंद करते हुए सोचा, 'उस पाखंडी ने टोली जमाई है।'

वातावरण में उत्तेजना देखकर कनकसिंह को यकीन हो गया कि साधु अवश्य बाहर आएँगे। कंधे से बंदूक उतारकर संतुलन से खड़े रहने के लिए दस कदमों तक की ढलान उतरनी पड़ी। लोगों की नजर से बचने के लिए कँटीले वृक्ष की आड़ में छिपना पड़ा।

कुतूहलवश बंदूक की नाली आगे करके निशाना साधने के सूराख पर उसने एक आँख धरी। जहाँ पर दरवाजा खुलने की प्रतीक्षा की जा रही थी, उसके ठीक

मध्य भाग का निशाना लिया। उसका क्रोध बढ़ता जा रहा था।

तभी दरवाजा खुलता दिखाई दिया। बंदूक की ट्रिगर पर टिकाई कनकसिंह की उँगली के सिरे पर झुनझुनाहट पैदा हो गई। गुफा से बाहर निकल रहे शेर को गोली से उड़ा देने को तत्पर शिकारी की तरह कनकसिंह एकाग्र हो गया।

परंतु यह क्या? खुल रहे दरवाजे के बीच आकर खड़े साधु को देखकर उसकी गरदन पर जोर का झटका लगा। 'स्वामी नित्यानंद की जय' की पुकार और अभिवादन स्वीकार करते, गेरुए वस्त्र में खड़े साधु के चेहरे ने इतनी दूर से भी उसे चौंका दिया—वही आँखें, नाक, होंठ, ठोड़ी, जबड़े का आकार, विशाल ललाट, सबकुछ बिलकुल निर्मल कुमार जैसा है। जरा सा भी फर्क नजर नहीं आता! बंदूक की ट्रिगर पर जमाई उँगली अपने आप शिथिल पड़ गई। गरदन से पसीने की धार बहने लगी। उसका हृदय जैसे पल भर के लिए धड़कना भूल गया, ऐसे कनकसिंह बुत बना बैठा रहा।

तो क्या साधु ने दाढ़ी-मूँछ उतार दिए! मगर क्यों?

इतनी देर में साधु को आगे बढ़ने के लिए लोगों की भीड़ में से अपने आप रास्ता बन गया। साधु महाराज स्वस्थ कदमों से मंदिर के सोपान की ओर आगे बढ़ते दिखाई दिए। निकट खड़े श्रद्धालु उनके पैर पड़कर चरण-स्पर्श कर रहे थे और दूर खड़े लोग केवल उनके चेहरे को ही टकटकी लगाए देख रहे थे। उनकी उपस्थिति के प्रभाव मात्र से दो ही पल में सारा शोरगुल बंद हो गया।

सोपान चढ़कर साधु मंदिर के आगेवाले पत्थर पर खड़े हो गए। स्तब्ध भाव से गरदन उठाए उन्हें देख रहे लोगों पर साधु ने दूर-दूर तक दृष्टि डाली, फिर दोनों हाथ उठाकर वे कुछ बोलने जा रहे थे कि उनकी नजर टेकरी पर जा पहुँची। बंदूक के साथ खड़े कनकसिंह को पल भर में पहचान लेने के बावजूद उनके चेहरे की एक भी रेखा नहीं बदली, केवल मधुर मुसकान फेंककर दृष्टि झुका ली।

"प्रजाजनो!" ऊँची आवाज में बोले गए उस संबोधन ने कनकसिंह के कान खड़े कर दिए। नाजुक वक्त आया हुआ जानकर, उसी उत्तेजना के साथ उसने बंदूक की नाली आगे बढ़ाकर साधु के सीने का निशाना साधा।

"नौ साल से मैं साधु भेस में भटकता रहा, अपना अतीत खोजता रहा, परंतु मेरे पूर्व-जीवन की कोई पहचान मुझे नहीं मिल रही थी। नौ दिन पहले हिम्मतगढ़ की धरती पर मैंने पाँव रखा, तब से मेरे मन में, समझ में न आनेवाले आंदोलन उठने शुरू हुए। लोग मुझे देखकर तर्क करने लगे कि देखने में मैं युवराज निर्मल कुमार से बिलकुल मिलता हूँ।"

साधु महाराज कुछ देर रुके। चारों ओर लोगों पर फिर एक बार दृष्टि डालकर टेकरी की ओर दृष्टि घुमाई। फिर एक मुसकान होंठों पर फड़की और गहरी साँस लेकर फिर से बोलना शुरू किया—

"आप सबका संदेह और कुतूहल मेरे लिए विकट समस्या बन गए। वास्तव में मैं कौन हूँ, यह जानने की जिज्ञासा तीव्र हो गई, तब मुझे तीन दिन की समाधि में बैठना पड़ा। एक बार मरा हुआ तथा चिता पर जलकर भस्म होनेवाला मानव कभी पुनः जीवित नहीं हुआ; परंतु ईश्वर जिसे जीवित रखना चाहते हैं उसे कोई मार नहीं सकता।"

साधु की आवाज ज्यादा गंभीर होती जा रही थी। दूर तक सुनी जा सके, इतनी ऊँचाई तक जाती थी।

"मनुष्य के जीवन में कभी चमत्कार हो जाता है और चमत्कार करनेवाला मनुष्य नहीं, सृष्टिकर्ता ईश्वर है, जिसे हम कभी देख नहीं सकते। मेरे जीवन में ऐसा ही चमत्कार हुआ है। आपके सामने साधु भेस में खड़ा नित्यानंद नामवाला मैं और कोई नहीं, हिम्मतगढ़ का युवराज निर्मल कुमार ही हूँ ?"

साधु ने वक्तव्य पूरा किया, तब एक पल के लिए समग्र वातावरण में सन्नाटा छा गया और दूसरे पल चारों ओर एक ही आवाज गूँज उठी, "युवराज निर्मल कुमार की जय! हमारे अन्नदाता की आयु लंबी हो!"

परंतु उस जयनाद की गूँज अभी पूरी तरह सुनाई दे, उसके पहले ही बंदूक का धमाका सुनाई दिया, सन्न सी आई गोली साधु के सीने से टकराई। उसके धक्के से साधु दो कदम पीछे हट गए और दीवार से सट गए। हतप्रभ लोग साधु की देह गिर जाने की कल्पना से धड़कते हृदय के साथ साँस रोके आँखें फाड़कर देखते रहे।

परंतु यह क्या ? गोली लगने के बाद भी वे फिर से पहले की तरह स्वस्थ चित्त एवं सौम्य चेहरे के साथ खड़े दिखाई दिए।

लोगों की गरदनें एक साथ बंदूक के धमाके की दिशा की ओर मुड़ीं, साथ ही साधु की ऊँची आवाज भी टेकरी की चोटी से टकराई—"कनकसिंह जाडेजा ? भागते कहाँ हो ? आपके बहनोई दूसरी बार भी मौत के फंदे से बच गए हैं, इसकी पक्की तसल्ली तो करते जाइए!"

कनकसिंह के सिर पर जैसे सारा आकाश टूट पड़ा। रोम-रोम में क्रोध धधक उठा। मेरा निशाना ठिकाने पर लगा होने के बावजूद वह ज्यों-का-त्यों कैसे खड़ा है ? ऊपर से मेरे बहनोई के नाते से चुनौती दे रहा है !

"प्रजाजनो!" साधु के संबोधन से सबका ध्यान फिर से उनकी ओर गया।

"इस भुलावे में मत रहना कि यह कोई चमत्कार है।" कहते हुए साधु ने अपना गेरुआ चोला ऊपर उठाया, "मुझे मौत से बचानेवाले इस कवच को देखिए!"

फौलाद के कवच को देखकर लोगों की आँखें खुली-की-खुली रह गईं।

"कनकसिंह!" साधु ने फिर से चुनौती दी, "युवराज शिकार पर जाते थे तब यह अचूक कवच पहनते थे, यह याद है न? आप यह भी नहीं भूले होंगे कि एक बार बाघ के शिकार के समय आपकी गोली तिरछी निकलकर इस कवच को छूती चली गई थी! देखिए, यह रहा वह निशान!"

साधु ने कवच के दाहिने पहलू पर उँगली रखकर निशान दिखाया, तब तो कनकसिंह ऐसे भड़का जैसे भूत देखा हो और वहाँ से निकल भागा। छलाँग लगाकर घोड़े पर सवार हुआ। तूफान की गति से महल की ओर घोड़ा दौड़ाया। उसके दिमाग में एक ही विचार था, साधु के पास वह कवच कहाँ से आया? जल्दी से महल में जाकर पिटारेवाले कक्ष को खुलवाकर देखूँ। मधुमती सच ही कह रही थी कि दुश्मन उतना कमजोर नहीं है।

□

: ९ :

"आपकी एक ही गलती का नतीजा है यह सारा।" आग-बबूला होकर कनकसिंह राजमाता और लाजवंती पर दोष थोपने लगा, "मेरी अनुपस्थिति में उस साधु को आमंत्रण देकर महल में बुलाया, इतने से जी नहीं भरा तो आपने उसके सामने एकांत में पुत्र-वियोग की व्यथा प्रकट की, साधु के अतीत के बारे में जिज्ञासा दरशाई। बस, उसे इतना ही तो चाहिए था। मंदिर में हजारों लोगों के बीच अपने आपको निर्मल कुमार बताकर उस धूर्त साधु ने हमारी खिल्ली उड़ाई।"

लाजवंती उसका क्रोधित चेहरा देखकर भयभीत हो गई, "कहाँ है पिटारेवाले कक्ष की चाबी?" बहन के सामने हाथ फैलाकर उसने दहाड़ मारी थी। "जल्दी चाबी दे, मैं तसल्ली करना चाहता हूँ।"

"बड़े भैया, पूजाघर का दरवाजा खुलने से पहले पिटारा-कक्ष की चाबी आपको नहीं मिल पाएगी। राजमाता ठाकुरजी की सेवा में हैं।"

"जहन्नुम में जाएँ ठाकुरजी।" कनकसिंह चिल्लाया।

"बड़े भैया, भगवान् को भला-बुरा कहने की हद तक पहुँच गए?"

"तुझे पता नहीं लाजवंती, मुझ पर क्या कुछ नहीं बीता।"

"आप कुछ कहें तो बात समझ में आए न!" लाजवंती का इरादा राजमाता की पूजा पूरी होने तक कनकसिंह के क्रोध पर नियंत्रण रखने का था।

"तेरी तरफ से तो मुझे पूरा भरोसा है, बहना।" कनकसिंह जरा नरम होने लगा, "हम चाहे सौतेले ठहरे, परंतु भाई-बहन तो हैं ही, लेकिन मुझे राजमाता पर बिलकुल भरोसा नहीं है।"

"फिर आपने बात का विषय बदल दिया। आप पर कैसी बीती, इसके बारे में तो कुछ कहिए। बंदूक की गोली छूटने की आवाज से मेरा भी जी घबरा रहा था।"

"अरे, गोली लगने के बाद भी वह साधु हट्टा-कट्टा खड़ा था!"

"क्या कह रहे हैं? आपने उनपर गोली चलाई? राजमाता को पता चलेगा तो…"

"पूरी बात तो सुन, लोगों के बीच इस साधु ने कहा कि मैं स्वयं निर्मल कुमार हूँ।" लाजवंती का हाथ अपनी धड़कती छाती तक पहुँच गया था। वह सिहर उठी। कनकसिंह कहता गया और उसकी साँस घुटती गई। शिकार में उसकी गोली युवराज के कवच को छूती हुई चली गई थी, इस बात को छोड़कर सारी बातें कनकसिंह ने आवेश में आकर कहीं, तब लाजवंती के लिए खड़े रह पाना असह्य हो गया। उसे पलंग पर बैठ जाना पड़ा।

"अब तू ही बता बहना! एक उचक्का, भिखमंगा नौ साल बाद निर्मल कुमार का अवतार बनकर इस राजपाट, महल-संपत्ति और मेरी विधवा बहन पर हक-दावा करे, तब तेरा भैया क्रोध से आग-बबूला नहीं हो जाता तो क्या करता?"

"परंतु···" मुश्किल से लाजवंती होंठ हिला पाई थी, "पिटारा-कक्ष खोलने से आपको किस बात की तसल्ली होगी?"

"वह कवच, युवराज की हर एक चीज पिटारे में सँजोकर रखी है, ऐसा तूने कहा था। उस साधु ने सबके बीच दावा किया कि उसके द्वारा पहना हुआ कवच युवराज निर्मल कुमार का था। उसके षड्यंत्र का पर्दाफाश करने के लिए मुझे प्रमाण चाहिए। पिटारा-कक्ष की चाबी चाहिए।"

"यह क्या कोहराम मचा रखा है।" सहसा राजमाता पूजाघर के द्वार खोलकर लाजवंती के शयनकक्ष की चौखट पर आकर खड़ी हो गईं, तब दोनों भाई-बहन चौंक उठे थे। "कौन सी चाबी के लिए हो-हल्ला मचा रहा है, कनकसिंह?" उनकी आवाज में उग्रता छलक रही थी, आप लोग मुझे एकचित्त होकर पूजा भी नहीं करने देते?"

"क्षमा करना राजमाता!" कनकसिंह भीतर-ही-भीतर झुँझलाता रहा, फिर भी विनम्रता का मुखौटा धारण करते हुए बोला, "उस भिखमंगे ने तो हद कर दी। मुझे पहले पिटारा-कक्ष की चाबी दीजिए। बाकी बातें लाजवंती आपको समझाएगी।"

राजमाता ने बेहिचक कमर से चाबी का गुच्छा निकालकर कनकसिंह को सौंप दिया। प्रमत्त साँड़ की तरह पिटारा-कक्ष का द्वार खोलकर कनकसिंह अंदर की चीजें उठाकर पिटारें के बाहर पटक दीं। उतने में वह कवच उसकी नजरों के सामने चमक उठा था। कवच तो निर्मल कुमार का ही था, परंतु उसके सीने के हिस्से पर गोली का ताजा निशान कहाँ से आ गया? साधु का पहना हुआ कवच देखते-ही-देखते पिटारे में कैसे पहुँच गया?

कनकसिंह काँप उठा था। दुश्मन केवल होशियार ही नहीं, बल्कि दैवीशक्ति प्राप्त सिद्ध भी है।

''क्या हुआ बड़े भैया, कवच मिला?'' लाजवंती राजमाता को लिये वहाँ आ पहुँची थी, ''मैंने सासू माँ से सारी बातें कहीं। उनके दिमाग में यह बात बैठती ही नहीं। आपने साधु पर गोली चलाई, इसीलिए वे और भी नाराज हुईं।''

''परंतु एक अज्ञात साधु कहीं से भी आ धमके और ऐसे खुलेआम मेरा बहनोई होने की चुनौती दे, इसे कैसे सहा जा सकता है?''

''कनकसिंह, आपका बहनोई बाद में, पहले तो वह मेरा पुत्र, इस राज का स्वामी है। निर्मल भगवान् के घर चला गया। उसकी चिता को आप ही ने जलाया तो फिर झूठा आदमी आकर असली का स्थान किस प्रकार से हथिया सकता है?'' राजमाता की आवाज में दृढ़ता थी।

कनकसिंह विचारों में उलझ गया। उनके अंतिम वाक्य का अर्थ क्या समझे?

''माताजी, मैंने तो सोचा था कि सब सुनकर आप उस साधु पर क्रोध करेंगी। इसके बदले आप सच-झूठ का फैसला करने की बात कह रही हैं।'' कनकसिंह ने उनके मन की थाह लेने की कोशिश की, ''आप जानती नहीं, वह साधु मंत्र-तंत्र विद्या में पारंगत है। सम्मोहन भी कर सकता है। एक मुलाकात में ही उसने आप पर अपना प्रभाव जमा लिया है। युवा पुत्र के वियोग में कलपती माँ पर सम्मोहन किया हो, ऐसा संभव है।''

''सम्मोहन तो जो आँखों से देख सकता है, उसी पर हो सकता है!''

''कुछ के पास ऐसी सिद्धि होती है कि आवाज से, स्पर्शमात्र से सामनेवाले को अपने वश में कर सकता है। अपने मन की बात उसके मन में जमा दे।'' कनकसिंह ने अपने तर्क का प्रमाण भी पेश कर दिया, ''वरना आप ही कहिए, मंदिर में एकत्रित हजारों लोग निर्मल कुमार की मृत्यु के बारे में जानते हुए भी साधु के प्रभाव में आकर 'निर्मल कुमार की जय' बोलते क्या?''

''तब तो वह साधु वाकई सिद्धपुरुष है।''

''राजमाता, आप भी उसकी सराहना कर रही हैं।''

''सराहना नहीं, संदेह प्रकट कर रही हूँ।''

कनकसिंह उलझ गया, ''कैसा संदेह?''

''इस कवच पर हाथ फेरते ही लगा कि इसपर ताजा वार हुआ है। आप ही देखकर बताइए, यह आपकी गोली का निशान है क्या?''

हाँ करे या ना, कनकसिंह दुविधा में पड़ गया।

''मेरी समझ में तो यह नहीं आ रहा है कि साधु द्वारा पहना हुआ कवच यहाँ पिटारे में आया कहाँ से?''

"मैं जवाब चाहती हूँ कनकसिंह, और उलटा आप प्रश्न कर रहे हैं!" राजमाता की सख्ती देखकर लाजवंती भी सन्न रह गई। कनकसिंह को संदेह का निवारण खोज़ना पड़ा।

"हो सकता है कि इस साजिश में साधु अकेला न हो। उसके किसी साथी ने पिटारे से कवच चुराया हो या महल के किसी आदमी को साधकर चुरवाया हो और..."

"और आप सबकी उपस्थिति में चोरी किया गया कवच इस बंद पिटारे में फिर कोई रख गया होगा, यही न?" राजमाता ने पैना व्यंग्य कसकर बहू की ओर देखा, "लाजू बहू, तुम मान सकती हो क्या यह बात?"

"माताजी!" लाजवंती अभी स्वस्थ नहीं हो पाई थी, "मेरा तो जी घबरा रहा है। मेरे पैर काँप रहे हैं। भगवान् ने एक विधवा की ऐसी कठिन परीक्षा क्यों लेनी चाही, यही समझ में नहीं आ रहा?"

अब राजमाता को लगा कि बात की दिशा बदलनी होगी, "धैर्य रखो लाजवंती, ईश्वर की कसौटी में भी कभी आशीर्वाद ही छिपे होते हैं। उनकी पूजा से मुझे नित्य नई-नई हिम्मत मिलती है। मैं पुत्र के वियोग में भले ही कलपती रही हूँ, परंतु मेरी कोख से जन्म लेनेवाले के सिवा किसी और को बेटा मान लूँ, इतनी कच्चे दिमाग की नहीं हूँ। और कनकसिंह, आप तिल का ताड़ न बनाएँ! तंत्र विद्या या बुरी मनशा रखनेवाला कोई भी इस राजपूतनी को कभी धोखा नहीं दे सकता।"

"मैं तिल का ताड़ बना रहा हूँ! सच-झूठ की परख करने का धैर्य मुझमें नहीं। अपनी बहन के हित की रक्षा के लिए मैं उस साधु की खोपड़ी उड़ा दूँगा। फिर देखता हूँ कि कौन सा कवच मेरी गोली को रोक पाता है!" कहता हुआ वह फर्राटे से बाहर निकला। राजमाता चिल्ला उठीं, "कनकसिंह, रुक जाइए!"

उनका हुक्म मानो फौलाद की बेड़ी बन गया, कनकसिंह को रुकना पड़ा; परंतु रोष बनाए रखने के लिए उसने बदन घुमाया नहीं।

"लाजवंती," राजमाता की आवाज में आश्चर्यजनक परिवर्तन आ गया, "तुम बाहर झाँककर देखो, कोई हमारी बातें सुन तो नहीं रहा है?"

अब कनकसिंह की समझ में आया कि राजमाता कोई महत्त्वपूर्ण बात कहना चाहती हैं। उसने ही आस-पास नजर दौड़ाई और फिर अंदर वापस आया, "बाहर कोई नहीं है। कहिए, आपको क्या कहना है?"

"आज तक कभी यह बात किसी ने अपने कुल से बाहर के व्यक्ति को बताई नहीं।" इतना कहकर राजमाता अटकीं। तब कनकसिंह की जिज्ञासा तीव्र हो

उठी, ''परंतु माताजी, मैं बाहर का होते हुए भी घर का सा ही हूँ। आप बेहिचक कहिए।''

''वैसे तो कुलदेवी के नाम पर कहने को मना किया गया है, फिर भी धर्मसंकट में कभी मनाही का उल्लंघन भी करना पड़ सकता है।''

वे फिर रुकीं तो कनकसिंह की छटपटाहट बढ़ गई। उसे लगा कि राजमाता के मुँह तक आई बात भीतर ही रह जाएगी।

''मैं आपकी कुलदेवी की शपथ लेकर कहता हूँ कि दूसरों के सामने यह बात उच्चारित नहीं करूँगा। कहिए, इतनी महत्त्वपूर्ण बात क्या है?''

''राज्य के खजाने की,'' न कहना चाहते हुए भी जैसे मुँह से निकल पड़ा हो, राजमाता ने होंठ भींच लिये। खजाना शब्द सुनते ही कनकसिंह के दिमाग में जैसे तूफान सा उठा। मौका यदि हाथ से निकल गया तो लाखों-करोड़ों का खजाना गँवा बैठनेवाला हो, कुछ इस तरह वह राजमाता के पैर पकड़ने तक को तैयार हो गया, परंतु कपटी मन ने उसे सतर्क कर दिया।

''राज्य के खजाने की क्या बात, माताजी? मुझे तो उसके बारे में बिलकुल पता नहीं।''

''इसीलिए तो आज बता रही हूँ।'' राजमाता सावधानी बरतती हुई आगे बढ़ीं, ''सुन लाजवंती, शायद तुझे थोड़ा-बहुत पता होगा। हमारे पुरखों ने आस-पास के किसी पर्वत के नीचे करोड़ों के मूल्यवान् हीरे, मोती, माणिक और सोने का खजाना गाड़कर छिपाया है। गद्दी पर बैठनेवाले राजा के अलावा और किसी को उसके ठिकाने की जानकारी नहीं दी जाती, बहू-बेटियों को भी नहीं।''

कनकसिंह और लाजवंती राजमाता के होंठों पर नजर जमाए ध्यान से सुन रहे थे।

''उस खजाने का कोई जानकार हमारे बीच जीवित नहीं है। मरते समय राजगद्दी का वारिस पुत्र अवयस्क हो तो खजाने का नक्शा राजमाता या महारानी को सौंपकर जाने का विधान है।''

''ऐसा हमें मालूम ही कहाँ था? वरना हम युवराज से पूछ लेते कि नक्शा कहाँ सँभालकर रखा हुआ है।''

''और तब मैं उपस्थित नहीं थी।'' राजमाता ने ठंडी साँस ली, ''जब मेरा करण गद्दी पर आएगा तब उसे खजाने की जानकारी नहीं होगी और कई पुश्तों से गाड़कर छिपाया हुआ करोड़ों का खजाना कभी किसी को देखने को भी नहीं मिलेगा। किसी के काम नहीं आएगा। हमेशा के लिए जमीन में ही रह जाएगा।''

"परंतु, आपको यह बात इस समय कैसे याद आई?" कनकसिंह ने पूछना चाहा, परंतु जरूरत नहीं रही।

"यह साधु अपने आपको निर्मल कुमार बता रहा है, यह जानकर मेरे मन में एक आस जगी है।"

"परंतु, यदि वह सचमुच में निर्मल कुमार है तो हमें खजाने का नक्शा बताए न।" अधैर्य में कनकसिंह के मुँह से निकल पड़ा, "खजाने की लालसा में मृतक फिर से जिंदा हो गया, ऐसा कैसे माना जा सकता है?"

"यही तो उसकी सच्ची कसौटी है।" मुसकराते हुए राजमाता ने कहा, "साधु निर्मल कुमार नहीं है, ऐसा मान लेने पर भी यदि वह सचमुच का सिद्धपुरुष होगा तो खजाने का ठिकाना खोजने में हम उसका इस्तेमाल कर सकते हैं कि नहीं?"

"नहीं, कभी नहीं।" कनकसिंह जैसे झुकना न चाहता हो, ऐसे बोल उठा, "कहीं अपने जाल में हम खुद न फँस जाएँ?"

"कैसे?" लाजवंती ने पहली बार इस मामले में दिलचस्पी दिखाई, "बड़े भैया, इसी बहाने साधु की कसौटी भी हो जाएगी। वह लालची होगा तो अपने आप प्रकट हो जाएगा।"

राजमाता ने सतर्क रहकर स्थिति को सँभाल लिया, "कनकसिंह और हम साधु का मामला निपटा लेंगे। बहू को इसमें शरीक करने की जरूरत नहीं है।"

□

"विजयसिंह बाबू हवेली में हैं?"

उतरते अंधकार में जामबंदर नगर के आखिरी इलाके में नारियल के झुंड के बीच स्थित हवेली के दरवाजे से उसने आवाज दी। पहले तो कोई जवाब नहीं मिला। सबकुछ सुनसान व भयानक प्रतीत हो रहा था। बंद खिड़की-दरवाजोंवाली हवेली में दीया-बत्ती भी नहीं हुई थी। आवाज देनेवाले को अपनी आवाज का प्रतिघोष भी डरावना लगा। फिर भी, दूसरी बार आवाज दी—"हवेली में कोई है क्या?"

"कौन?" बिलकुल पीछे से अंधकार को चीरती लँगड़ाती आवाज में जवाब मिला। इसके साथ ही लालटेन लिये लँगड़ाता झुकी कमरवाला एक आदमी आता दिखाई दिया। चौगान के दरवाजे पर पहुँचकर उसने जरा कमर सीधी करते हुए लालटेनवाला हाथ ऊपर उठाकर आनेवाले से पूछा, "कौन हैं जी आप?"

"विजयसिंह बाबू हैं?"

चौकीदार साधुवेशधारी पुरुष को एकटक देखते हुए बोला, "महाराज, आपको यह ठिकाना किसने बताया?" काफी देर बाद चौकीदार के मुँह से शब्द निकले, "आपके नसीब अच्छे हैं कि बाबू हवेली में नहीं हैं। वरना…।"

"हवेली में नहीं तो कहाँ हैं?" नित्यानंदजी को अधैर्य के साथ कहना पड़ा, "मुझे उनसे बहुत जरूरी काम है। हम पुराने दोस्त हैं।"

चौकीदार को जैसे झटका लगा। वह लालटेन नीचे करके चला गया। 'बाबू का दोस्त एक साधु! गजब हो गया! डींग मारकर यह साधु अपनी मौत को दावत देना चाहता है!'

नित्यानंद से यह विलंब सहा नहीं गया। आवाज में सख्ती लाकर कहना पड़ा, "चौकीदार, बाबू के मिजाज को मैं जानता हूँ। वे जहाँ कहीं भी हैं, उनका ठिकाना बता दो, अन्यथा दरवाजा खोलकर मुझे हवेली में ठहरने दो। बाबू को जब पता चलेगा कि तूने मुझे दरवाजे से ही लौटा दिया है तो उनकी बेंत से तेरी पीठ की चमड़ी उधड़ जाएगी।"

"बेंत!" चौकीदार के कंधे से कमर तक सिहरन दौड़ गई। बाबू को जब गुस्सा आता तब नौकर को बेंत से सजा देते थे।

"अरे बाप रे!" चौकीदार के मुख से आश्चर्य उछल पड़ा, "साधु होते हुए भी बाबू की तमाम हरकतों से परिचित हैं। नहीं, अब बूढ़ी पीठ पर बेंत की मार सही नहीं जाती।

चौकीदार ने लालटेन नीचे रखकर फौलाद का दरवाजा खोलकर साधु से हाथ जोड़ते हुए कहा, "महाराज, आप जो भी हैं, किंतु ऐसा नहीं लगता कि आप बाबू से मेरी शिकायत करेंगे। बरसों हो गए, उन्होंने कसम खाने के लिए भी कोई दोस्त नहीं रखा, बाड़ी देखी हो तो पहुँच जाइए! मैंने पता बताया है, ऐसा मत कहना। और बाबू नशे में हों तो अभी मत मिलना! वरना…।"

"नशे में होंगे तो भी मुझे गोली से नहीं उड़ा देंगे, चौकीदार।" कहते हुए टिल्लू घोड़े को एड़ लगाकर साधु महाराज अंधकार में अदृश्य हो गए। चौकीदार को घोड़े की टाप सुनाई देती रही।

चार कोस दूर स्थित बाड़ी में टिल्लू प्रवेश कर ही रहा था कि शिकारी कुत्ते की भौंकने की आवाज ने घोड़े को चौंका दिया।

"टिल्लू! निर्भय होकर आगे बढ़!" साधु ने उसकी गरदन थपथपाकर समझाया, "यह तो हमारे दोस्त का आँगन है।"

जैसे मालिक के शब्दों का असर हुआ हो, टिल्लू गरदन सीधी करके बाड़ी

की पगडंडी पर एक सी गति से आगे बढ़ता गया। कुत्ते और जोर से भौंकने लगे। बाड़ी से दो-तीन आदमी आकर बीच में खड़े हो गए। घोड़े पर साधु को देखकर ऊँची आवाज में बात करने की बजाय धीमी आवाज में पूछताछ की, ''महाराज, शायद आप रास्ता भूल गए हैं।''

''नहीं, विजयसिंह से मिलने आया हूँ।'' साधु ने दूर एक मकान की ओर दृष्टि फेरते हुए कहा, ''बाबू नशा कर रहे हों तो भी उनसे मिले बिना नहीं रह सकता।''

बाड़ी का युवा चौकीदार उलझन में फँस गया। साधु ने घोड़े को एक तरफ से पगडंडी छोड़कर दूसरी तरफ से आगे बढ़ाया तब चौकीदार दौड़ पड़ा, ''पहले मैं बाबू को खबर करता हूँ, तब तक आप आगे न बढ़ें, महाराज।''

कुत्ते का भौंकना रुका नहीं, साधु ने टिल्लू को भी नहीं रोका। हाँफता हुआ युवक बाबू के बँगले में दाखिल हुआ, तब तक साधु का घोड़ा भी सीढ़ी के पास पहुँचकर रुक गया था।

''तुझे मालूम नहीं कि मैं नशे में बैठा हूँ, इस हालत में साधु तो क्या शैतान की संगति भी नहीं करता।''

तब तक घोड़े से उछलकर साधु फर्राटे से अंदर पहुँच गया। उसे अंदर आता देख नौकर थरथराता हुआ बाहर निकल गया।

बंदूक में कारतूस भरते हुए विजयसिंह ने गर्जना की, ''नजर के सामने से हट जा, भिखारी! वरना मेरे हाथों साधु की हत्या हो जाएगी।'' फिर भी नित्यानंद आगे बढ़ता रहा। ''साधु की हत्या का शायद पाप न भी लगे, किंतु दोस्त की हत्या का कलंक अवश्य लगेगा।''

''दोस्त?'' विजयसिंह नशे में चकराया, ''मैं सभी दोस्तों को भूल चुका हूँ।''

''परंतु एक दोस्त आज नौ साल के बाद वापस आ रहा है। मुझे पहचाना नहीं वनराज विजय?''

''वनराज विजय!'' ऐसा कहनेवाला तो एक जिगरी यार था। कौन? अरे हाँ, निर्मल।

और पल भर में जैसे नशा उतर गया। परंतु जीभ पर से सख्ती कम नहीं हुई, ''निर्मल, तू गेरुए वस्त्र धारण कर भूत बनकर आया है?''

''भूत नहीं विजय, जीता-जागता निर्मल!'' सुनकर मानो झटका लगा हो, ''मैं जीवित होते हुए भी भूत की तरह भटक रहा हूँ।''

"और तू मरकर जीता-जागता मेरे पास आया? खैर कोई बात नहीं, भूत को गोली नहीं लगती, मृतक को फिर से मौत नहीं आती। चल आज इस बात की भी तसल्ली कर लूँ।" कहते हुए विजय बंदूक की नाली से साधु का कषाय चोला धीरे-धीरे ऊपर उठाने लगा। जंघा तक चोला ऊपर उठा, तब साधु ने ठंडे दिमाग से कहा, "हाँ विजय, तेरे शिकारी कुत्ते ने काटा था, उसका निशान अब भी मौजूद है। याद है न, बारह बरस पहले यहीं इस बाड़ी में तुझसे मिलने आया था तब शिकारी कुत्ते ने झपटकर मेरी जंघा पर दाँत गड़ाए थे। तूने बंदूक का निशाना साधकर उसे खत्म कर दिया था। लाजवंती ने जख्म देखकर मुझसे पूछा था, 'कौन सी डाइन के पास से आ रहे हैं कि यहाँ पर काट खाया?' "

और नित्यानंद ठहाका मारकर हँस पड़ा, तब विजय से रहा नहीं गया। दोनों हाथ फैलाकर उसने दोस्त को बाँहों में भर लिया, "निर्मल, मैं बिलकुल अकेला हो गया था। ईश्वर पर विश्वास नहीं करता, फिर भी कहता हूँ कि उसने मेरी खातिर तुझे वापस भेजा, निर्मल! उन्होंने मुझ शैतान को सुधारने के लिए तुझे साधु भेस में भेजा है।"

और विजय देर तक फफक-फफककर रोता हुआ दोस्त से लिपटा रहा।

किसी ने देखा होता तो विश्वास भी न करता कि कठोर हृदयवाला यह शिकारी जिंदगी में कभी रो भी सकता है!

□

: १० :

बड़ी बाड़ी के बँगले पर चिलचिलाती दोपहरी में कनकसिंह को मानो मुलायम सेज पर अधीरता के काँटे चुभ रहे थे। पलंग के आस-पास बिखरे कागज के गोले पंखे की हवा में बार-बार छटपटा रहे थे। दो दिन से समाचार-पत्र में छपती खबरें पढ़कर कनकसिंह अधीर हो उठा था। समाचार-पत्र पढ़कर दोनों हाथों की मुट्ठी में उसे इस प्रकार मसल देता था जैसे पत्रकार की गरदन मरोड़ रहा हो। राजगढ़ के 'फूलथाल' के प्रथम पृष्ठ पर छपे शीर्षक ने तो जैसे उसकी आँखों में भाला ही भोंक दिया था।

नौ साल के बाद साधु के भेस में लौट रहे हैं हिम्मतगढ़ के युवराज! पॉलिटिकल एजेंट के सामने आई अजीब उलझन…।

'हरामजादे ने पॉलिटिकल एजेंट को इस मामले में क्यों घसीटा?' दाँत भींचकर कनकसिंह ने समाचार-पत्र की धज्जियाँ उड़ा दी थीं, परंतु तुरंत खयाल आया कि अंदर के समाचार तो पढ़े नहीं। बड़बड़ाते हुए तथा टुकड़े जोड़कर उसे पूरा वृत्तांत पढ़ना पड़ा। अखबार पढ़ता जाता और मन-ही-मन बड़बड़ाता जाता।

वृत्तांत के अंतिम वाक्य ने तो कनकसिंह के रोम-रोम में सनसनी फैला दी, विश्वस्त सूत्रों से प्राप्त खबर के अनुसार हिम्मतगढ़ की राजमाता साधु की परख करने के लिए अपनी तरफ से उसे महल में आने का न्योता देने जा रही हैं?

मेरी मरजी के खिलाफ एक परिंदा भी पर नहीं मार सकता, इस बात का इस संपादक बन बैठे रेवाचंद मेवाणी को बिलकुल पता नहीं!

परंतु कनकसिंह जैसे-जैसे सोचता गया वैसे-वैसे उसके मन में गूँज सुनाई देती रही कि अब तक ज्यादातर उसकी मरजी के खिलाफ ही होता रहा है।

अब इस बाड़ी को पैतरेबाजी का अड्डा बनाकर दुश्मन के दाँव को खोखला करना पड़ेगा।

वैसे तो बड़ी बाड़ी निर्मल कुमार के पिता ने अंग्रेज मेहमानों की आवभगत के लिए बनवाई थी।

बड़ी बाड़ी का सबसे बड़ा आश्चर्य था उसका विशाल हौज। वह खुला ही नहीं, ऊँची दीवारों से घिरा हुआ भी था, जिसका उपयोग केवल दिन में ही नहीं, रात्रि में भी किया जा सके, इसके लिए हौज के चारों ओर रंगबिरंगी रोशनी का प्रबंध किया गया था। जहाँ अंग्रेज मेहमान अपनी गोरी मेमों के साथ पानी की सतह पर रबर के बिछौने पर पड़े-पड़े जलक्रीड़ा करते। एक बार झिलमिलाती रोशनी में स्नान कर रही दिल्ली के चाँदनी चौक से खासतौर पर बुलाई गई तवायफ को देखकर विलासपुर के अधेड़ राजा नशे में चूर होकर एवं उत्तेजना के आवेश में आँखें मूँदकर हौज में छलाँग लगा बैठे थे। पानी से उनकी लाश ही निकाली गई थी और इज्जत बचाए रखने के लिए सबकुछ दबा दिया गया था। बस तब से वर्ष में दो बार होनेवाले वे जलसे भी बंद हो गए।

कनकसिंह के सामने उस बड़ी बाड़ी को फिर से रौनकदार व चहल-पहल भरी बनाने की नौबत आ गई थी। शिकार के शौकीन पॉलिटिकल एजेंट विलियम साहब को दो दिन के लिए आराम फरमाने को पधारने का निमंत्रण देने हेतु स्वयं ही राजगढ़ हो आएँगे, ऐसा तय कर लिया था। कानूनी सलाह के लिए बंबई के जाने-माने बैरिस्टर वाडिया को मोटी फीस देने पर एक बार हिम्मतगढ़ आ जाने के लिए कहा जा चुका था। हिम्मतगढ़ के हित की तरफदारी करनेवाले चार-पाँच राजाओं को बगल में बिठाने की बाजी जमाई जा रही थी। उस घटना की शाम आबू में पानी बरसा ही नहीं था, ऐसे सबूत के लिए वहाँ के तहसीलदार को हजार रुपए भेजने का प्रबंध भी हो चुका था। 'फूलथाल' को मात कर दे, ऐसी पत्रिका के प्रकाशन के लिए राजगढ़ के लवजी नागड़ा को होशियार व तैयार कर दिया गया था।

इतने सारे हथकंडे आजमाकर सतर्क बैठे होने के बावजूद कनकसिंह अधीर होकर बिस्तर में बुरी तरह छटपटाता था, राजमाता का क्या करें? चौसर की बाजी में केवल यही एक ऐसी गोटी है, जो मेरी हर चाल को नाकाम कर देती है।

दीवारघड़ी ने साढ़े तीन का घंटा बजाया। उसकी गूँज शांत हो, उसके पहले ही ब्यूक कार का हॉर्न बज उठा। कनकसिंह की आँखों में चमक कौंध गई। पलंग से उठकर परदा हटाकर उसने बाहर नजर दौड़ाई। बड़ी बाड़ी का माली दरवाजा खोल रहा था, काली ब्यूक धीरे से अंदर प्रवेश कर रही थी। अधीरता के साथ जिसकी प्रतीक्षा की जा रही थी, उससे मिलने के लिए कनकसिंह की इच्छा उछल पड़ी; परंतु नहीं, आनेवाले को गरजमंदी की बू नहीं आनी चाहिए।

"बाबू, अहमदाबाद से अतिथि आ गए हैं।" अरजण ने ऊपर आकर खबर दी।

''उनको दीवानखाने में बिठा और कह दे कि मुझे आने में जरा देर लगेगी, तब तक तू हमारे लिए चाय बनाकर ला।'' कहते हुए कनकसिंह ने धैर्य बनाए रखा।

चाय पीकर वह इस प्रकार निश्चिंत भाव से, मंद गति से सीढ़ी का एक-एक सोपान उतरते हुए नीचे आ पहुँचे, मानो वह काफी खुश व सुखी हों। दीवानखाने में आकर संतुष्ट शेर की भाँति जँभाई ली। सोफे पर बैठने तक स्वागत करने की जल्दी नहीं दिखाई।

''आ गए डॉक्टर दीक्षित!''

''हाँ बाबू!'' आगंतुक ने जरा खड़े होकर सम्मान दरशाते हुए कहा, ''आपका हुक्म मिलते ही ट्रेन में बैठ गया।''

''ट्रेन की यात्रा के दौरान समाचार-पत्र तो पढ़ ही लिये होंगे।'' कनकसिंह ने देख लिया था कि डॉक्टर के पास तह लगाए हुए दो-तीन अखबार पड़े हैं।

''लो, चाय पियो। हाँ डॉक्टर, आपका बायनेकोलॉजी कैसा चल रहा है?''

''बाबू, बायनेकोलॉजी नहीं, गायनेकोलॉजी।''

''वह तो विलायती नाम हुआ, देश में बाइयों के मर्ज के कामधाम को बायनेकोलॉजी ही कहते हैं।'' कहते हुए कनकसिंह ने धूर्तता के साथ जोड़ा, ''कैसा चल रहा है वह?''

''आपकी दुआ से प्रैक्टिस तो बढ़िया चल रही है बाबू, परंतु विलायत की तरह अभी हमारे यहाँ औरतें पुरुष डॉक्टर के पास जल्दी नहीं जातीं।''

''अहमदाबाद के मिल-मालिकों की सेठानियाँ भी नहीं?''

''हाँ, ऐसे सुधरे हुए पेशंट दो-चार ही हैं।''

''उन्हें ठीक से झाड़ते हो न?'' आँख मारकर कनकसिंह ने पूछा और डॉक्टर ने नजर चुरा ली, तो पास पड़ी चुरुट की डिबिया खोलते हुए बोला, ''लो, कश लगाओ, यह भी विलायती है।''

''डॉक्टर, अब तक तुम्हारे हाथों कितने मरीजों की मौत हुई?'' सुनते ही दीक्षित साहब चौंके, ''मेरे हाथों··· ?''

''मतलब यह कि आपकी चिकित्सा से ठीक न हुए हों, ऐसे कितने मरीजों के डेथ-सर्टिफिकेट आपने लिखे होंगे?''

''बहुत कम।''

''तब डेथ-सर्टिफिकेट के मामले में आप ज्यादा अनुभवी नहीं हैं।''

''यह क्या कह रहे हैं, बाबू। नहीं-नहीं, वैसे तो बारह साल की दफ्तरी में

ऐसे पाँच सौ सर्टिफिकेट बनाए ही होंगे।''

''तो फिर यों कहिए न!'' कनकसिंह ने चुरुट के जलते छोर पर जमी राख की ओर नजर रखकर बात आगे बढ़ाई, ''ऐसा सर्टिफिकेट देने के बाद कोई आदमी फिर से जिंदा हो जाए तो आपकी आबरू को कितना नुकसान पहुँच सकता है, डॉक्टर?''

''परंतु···परंतु···ऐसा···'' डॉक्टर दीक्षित हिचकिचाने लगे, तब कनकसिंह धूर्तता से हँसा, ''भले आदमी, आप एम.डी. होकर भी इस प्रकार घबराओगे तो कैसे चलेगा? हाँ, यह बात सही है कि युवराज की चिकित्सा करते थे तब आप नौसिखिए डॉक्टर थे, सिर्फ एम.बी.बी.एस.।''

''परंतु मरीज मर चुका है, इसकी तसल्ली तो किसी सामान्य डॉक्टर को भी पल भर में हो सकती है। डेथ-सर्टिफिकेट का डिग्री से क्या लेना-देना?''

''हुँ, ये हुई मरदोंवाली बात। तो फ़िर अपनी याददाश्त में ठीक से झाँककर कहो, निर्मल कुमार का डेथ-सर्टिफिकेट जब बनाया तब युवराज सौ प्रतिशत मर चुके थे न?''

''बाबू!'' डॉक्टर ने ढुलमुल भाव से कहा, ''मृत्यु होने में प्रतिशत नहीं होते। जब तक आदमी पूर्ण रूप से मृत नहीं होता तब तक वह जीवित ही कहलाता है।''

''ऐसे जल्दबाजी मत कीजिए, दीक्षित साहब।'' कनकसिंह ने त्योरियाँ चढ़ाईं, ''क्या ऐसा हो सकता है कि डॉक्टर की दृष्टि से मरा हुआ आदमी भीतर से जीवित हो?''

''भीतर से? साँस बंद हो जाए, हृदय की धड़कनें सुनाई न दें, नब्ज डूब गई हो और फिर भी देह में जान रह गई हो, ऐसा शायद ही कभी होता है, कनकसिंहजी!''

''डॉक्टर दीक्षित, हमारे यहाँ तो जो कभी न घटे, ऐसा कुछ घट रहा है।''

''मेरे दिए हुए डेथ-सर्टिफिकेट की बात जाने दीजिए।'' डॉक्टर ने पहली बार सिर उठाया, ''बाबू, युवराज का दाह-संस्कार आपने अपने हाथों से किया था, फिर उसकी देह में जान रह जाने का प्रश्न ही कहाँ उठता है?''

''हूँ!'' कनकसिंह के गले में चुरुट का धुआँ अटका, खाँसने लगे। उत्तर देनेवाला प्रश्न पूछने लगे तब उसे सँभाल लेना चाहिए, ''मान लीजिए कि युवराज का शाम की बजाय दूसरे दिन सुबह दाह-संस्कार किया गया होता तो?''

''तो···तो···'' डॉक्टर ने बेचैनी महसूस की। ''बाबू, आपने मुझे तत्काल यहाँ बुलाया, तब मैंने सोचा था कि आप मुझसे सलाह-मशवरा करना चाहते हैं,

इसके बदले आप तो जिरह करने लगे!''

''अब आए ठिकाने पर डॉक्टर!'' कनकसिंह ने कड़वी बात सह ली, ''आखिरकार आपकी समझ में आ ही गया कि इससे भी कड़ी जिरह होगी आपकी, ऐसी परिस्थिति उत्पन्न हो गई है।'' कहकर वह जरा रुका। डॉक्टर कुछ कहने जा रहे थे कि उन्हें रोककर जल्दी से आगे कहा, ''मैंने तो आपको चिकित्सा के लिए बुलाया है। आपने राज्य का नमक खाया है। राज्य के धन से आप परदेश जाकर बड़ी डिग्री ले आए। अहमदाबाद में दवाखाना शुरू किया तब भी सगुन के पाँच हजार ले गए थे।''

''यह एहसान मैं कभी नहीं भूलूँगा।'' डॉक्टर ने बोलने में जल्दबाजी कर दी और कनकसिंह ने मौका देखकर कहा, ''एहसान केवल याद रखने के लिए नहीं होता डॉक्टर, वक्त आने पर इसे चुकाना पड़ता है।''

''कहिए, मुझे क्या खिदमत करनी होगी?''

''खिदमत नहीं, चिकित्सा करनी है राजमाता की, क्योंकि कुछ समय से वे अपना मानसिक संतुलन खो बैठी हैं!''

''परंतु, राजमाता मेरी चिकित्सा के लिए राजी न हुईं तो?'' डॉक्टर ने दबी जबान से कहा, ''मेरी चिकित्सा से युवराज ठीक नहीं हुए थे, इसलिए शायद···।''

''शायद शब्द को कहीं भी बीच में नहीं लाना है, डॉक्टर।'' कनकसिंह ने दृढ़ता के साथ कहा, ''युवराज की चिकित्सा के बाद आप इंग्लैंड जाकर आगे पढ़ाई कर आए हैं। अहमदाबाद के एक मिल-मालिक की पत्नी को आपने स्वस्थ कर दिया था। ऐसे तो न जाने कितने किस्से होंगे। शेष लाजवंती बहन सँभाल लेगी।''

''बाबू, राजरानी को तो मेरे ऊपर पूरा भरोसा होगा ही···जो कुछ हो रहा है, इसे देखते हुए लगता है कि रानी माँ की मानसिक हालत कुछ ज्यादा अच्छी तो नहीं होगी।''

''हाँ, इसी बात की तो बड़ी चिंता है मुझे। कभी-कभी बहन ज्यादा घबरा जाती है, उसका मन ढीला हो जाए, तब सच-झूठ की परख करते समय भुलावे में पड़ सकती है। आपको इसका भी इलाज करना पड़ेगा।''

डॉक्टर को आगा-पीछा करने जैसा कुछ नहीं लगा। यह देखते हुए कनकसिंह ने पासा फेंका, ''विलायत जाकर आप रोगियों की चिकित्सा के बारे में कुछ नया सीख आने का कह रहे थे, क्या नाम है उसका?''

'''हिप्नोटिज्म!''

''हुँ, उस सम्मोहन विद्या में आप कितने माहिर हैं, यह मैं देखना चाहता हूँ।''

''परंतु इसका प्रयोग तो मरीज पर अकेले में करना पड़ता है।'' बोलने के बाद डॉक्टर को गलती का एहसास हुआ सो बात बदल दी, ''रानी माँ को यह नहीं जँचेगा।''

''नहीं डॉक्टर, यह प्रयोग आपको मेरी उपस्थिति में ही करना है। फिर बहन को आपत्ति नहीं रहेगी। आप अब कुछ देर के लिए आराम कीजिए। सफर की थकान दूर कीजिए। मैं महल जा रहा हूँ। शाम को गाड़ी भेजूँगा, आप आ जाना।''

□

''हुँ! राजमाता अब कक्ष के द्वार बंद करके पूजा में नहीं बैठतीं।''

कनकसिंह मधुमती द्वारा दी गई खबर सुनकर बड़बड़ाया, 'पिटारेवाले कक्ष की चाबी भी उसने लाजवंती को सौंप दी, कुछ दिन के लिए तीर्थयात्रा पर जाने की बात अचानक कैसे कही? यह समझ में नहीं आता।'

''बाबू, इससे भी विचित्र सा लगे, ऐसा कुछ मंदिर में हुआ है। मैं दो दिनों से हर रोज शाम को मंदिर जाती हूँ। आजकल शंकर भगवान् पर मेरी श्रद्धा बढ़ती जा रही है, परंतु वह साधु-महात्मा तो वहाँ पर कहीं दिखते ही नहीं।''

''वह समाधि के बहाने अंदर बंद कमरे में पड़ा होगा।''

''इस बात की भी मैंने तसल्ली कर ली। उस ब्रह्मचारी शंभू की दृष्टि को खराब करने की मैंने शुरुआत कर दी है। वह चोटीदास धीरे-धीरे मेरी मुट्ठी में आ जाएगा, मैंने उससे जान लिया कि साधु अपने गुरु से मिलने जाने की बात कहकर दो दिन से गायब है।''

''दुश्मन छिपकर लड़ने की तैयारी करे, यह ज्यादा जोखिमवाली बात है।'' कहते हुए कनकसिंह ने द्वार की ओर नजरें फेरकर दासी की कलाई पकड़ ली, तब उसने बहकने की शुरुआत की, ''क्यों, डर गए क्या बाबू?''

महल का मैदान तेज रफ्तार से दौड़े आ रहे अश्व की टापों के शोरगुल में सराबोर हो गया। कनकसिंह के क्रोध का ठिकाना न रहा, ''कौन इस प्रकार से महल में चला आ रहा है?''

''कैसे हैं, कनकसिंह जाडेजा?'' आनेवाले ने अधीरता से सोपान चढ़कर हाथ फैलाया। कनकसिंह का गुस्सा अभी ठंडा नहीं हुआ था। उसके व्यवहार से उसकी उलझन और बढ़ गई। दोनों हाथ उसने पीठ के पीछे ही रखे, तब आनेवाले

ने उसके कंधे पर थाप दी, "जवानी में ही नजर कमजोर हो गई, कनकसिंह?" कहकर फिर हाथ फैलाया, "अपने आदमी को पहचानने में भी इतनी देरी? विजयसिंह जाम को पाँच-सात साल में ही भूल गए क्या?"

विजयसिंह के फैले हुए हाथ पर नजर डालते हुए कहा, "यह हाथ दोस्ती का है?"

"स्वागत करने के बजाय तलाशी ले रहे हैं क्या?" विजयसिंह ने बुरा नहीं माना और कहा, "हम ठहरे राजपूत, संकट के वक्त एकजुट होकर लड़ने में विश्वास करनेवाले.हिम्मतगढ़ के राजपरिवार पर एक साधु कीचड़ उछाले, अपने आपको निर्मल कुमार कहे, अनहोनी होनी हो जाए और फिर भी आप हमें बुलाएँ नहीं? मैं शराबी हो गया तो क्या राजपूत का खून पानी हो जाने वाला था? अखबार में पढ़कर मेरा तो सिर फटा जा रहा है। यहाँ आने से पहले सीधा मंदिर जाकर उस धूर्त साधु को गोली से उड़ा देने वाला था, परंतु सोचा कि आप लोगों से मिलता चलूँ।"

"विजयसिंह जाम, संकट के समय मर्द सच्चे का ही साथ देता है।"

"सच-झूठ की परवाह किसे है? हम तो जिसे अपना मान लेते हैं, उसका साथ निभाने की खातिर जान भी कुरबान कर देने में नहीं हिचकते।"

कनकसिंह ने अब दूसरा हाथ उसके कंधे पर रखकर दबाया। मन में हिसाब लगाया—ऐसे सशक्त कंधे पर बंदूक रखकर गोली चलाने में मेरी ज्यादा सलामती है।

"जाडेजा! इस बंदूक से केसरी शेर तो कई मारे, अब उस पाखंडी साधु का शिकार करना चाहता हूँ।"

"शेर के शिकार में तो मौज है जाम, परंतु यह तो विषैला साँप है। साँप को गोली से मारने में निशाना चूक भी सकता है।"

"ये बात है, जाडेजा! तो उस विषैले साँप को मारने के लिए हम जहर का ही प्रयोग करेंगे।"

यह सुनते ही कनकसिंह के पंजे में सिहरन सी दौड़ गई। उसे शब्दों का तात्पर्य समझने में दुविधा होने लगी।

□

: ११ :

जैसा कनकसिंह ने सोचा था वैसा ही सारा इंतजाम हो गया। विजयसिंह के अचानक हुए आगमन ने धुँधलका भरा माहौल एकदम साफ कर दिया। राजमाता, लाजवंती और कनकसिंह के सामने उसने एक प्रस्ताव रखा, ''मेरे प्रस्ताव को स्वार्थ मत समझना। दुश्मन हमारी इज्जत पर दूसरी बार झपटे, इसके पहले हमें कोई ऐसा कदम उठाना चाहिए कि जिससे इज्जत और भी बढ़े। कनकसिंह, आपने ऐसी कोई युक्ति सोची है?''

दुश्मन को परास्त करने के अनेक पैतरे सोच चुका कनकसिंह उत्तर देने में जब असमर्थ होकर सिर खुजलाता बैठा रहा तब विजयसिंह ने एक युक्ति सुझाई, ''जितना हो सके उतनी जल्दी हमें हिम्मतगढ़ की गद्दी के वारिस करणकुमार की सगाई कर देनी चाहिए।''

यह सुनकर राजमाता और लाजवंती ने हर्ष की हलकी सी झुनझुनी महसूस की, परंतु कनकसिंह ने सर्प के फन की तरह गरदन उठाई, ''इसमें इज्जत बढ़ने की बात कहाँ है? हाँ, आप लड़की के पिता हैं, इसलिए शायद आपकी इज्जत बालिश्त भर नहीं, एक हाथ ऊपर उठ सकती है।''

''प्रस्ताव रखते समय ही मैंने साफ बता दिया था कि मेरी बात को स्वार्थ के पलड़े में न तोलना। कनकसिंह, अभी तक मैंने अपनी बेटी के लिए बात तो नहीं की है। करणकुमार की मँगनी के बारे में ही कहा है।''

''अब इसमें इज्जत बढ़ने की बात कहाँ आती है, यह समझाता हूँ—साधु ने हमारी इज्जत पर एक बार तो कीचड़ उछाल ही दिया है। पत्थर डालकर उसने पानी तो गंदा कर ही दिया है। बात यहीं पर खत्म हो जाएगी, ऐसे आसार भी नजर नहीं आते। हमारी और भी कड़ी परीक्षा होने वाली है। ऐसी स्थिति में यदि हम करणकुमार के लिए अच्छे खानदान की कन्या ढूँढ़ने निकलेंगे तो हम गरजवाले माने जाएँगे। यदि मामला अदालत में गया तो उसका निपटारा होने में दो-चार साल भी लग सकते हैं। अपने आपको निर्मल कुमार प्रमाणित करने के लिए वह साधु

अकल्पनीय आक्षेप भी लगाएगा, हमारे ऊपर कीचड़ उछालेगा। इसीलिए मैं कहता हूँ कि हमें पानी से पहले बाँध बाँधना चाहिए। जो हिम्मतगढ़ की गद्दी के वारिस की रानी बनने की हैसियत रखती हो, ऐसी शानो-शौकतवाली राजकुमारी ढूँढ़ लेनी चाहिए।''

''मैंने और लाजू बहू ने तो मन से वह राजकुमारी तय भी कर रखी है, विजय। आपकी चंदन हमें पसंद है।''

''परंतु युद्ध के समय शादी-ब्याह की शहनाई बजाने में मुझे तो कहीं भी सयानापन नजर नहीं आता। इससे हमारी इज्जत क्या बढ़ेगी, यही बात समझ में नहीं आ रही।'' कनकसिंह बोल पड़ा।

''मैं समझाता हूँ, जिस किसी भी राजकुमारी को हम पसंद करेंगे, उसके साथ समधी का संबंध होगा, हमारे हित में वह हमारे पक्ष में रहेंगे। समधी राजा के साथी राजाओं का समूह व अन्य राज्य भी हमारी तरफदारी करेंगे।''

''फिर तो विजयसिंह, हमें विलासपुर जैसे समर्थ राजा की कुमारी ही पसंद करनी चाहिए।'' कनकसिंह ने प्रस्ताव को मोड़ा, ''आपकी चंदन के साथ सगाई करने से शायद हमें आपका साथ मिले, किंतु जामबंदर का राजा हमारा साथ ऐसे कैसे देगा?''

''आपने जब जिक्र किया ही है तो बता रहा हूँ कि कनकसिंह पिछले एक महीने से जामसाहब मुझे संदेश भेज रहे हैं कि हिम्मतगढ़ जाकर चंदन की बात पक्की कर लीजिए। परंतु इस मामले में मैं बिलकुल अनाड़ी माना जाता हूँ, इसलिए आज तक बात टालता रहा था।'' विजयसिंह ने आगे कहा, ''आपकी जानकारी के लिए यह भी कह देता हूँ कि चंदनकुमारी का कन्यादान जामसाहब व रानी माँ के हाथों से ही किया जाएगा। वे चंदन की शादी अपनी बेटी की तरह करना चाहते हैं, धूमधाम से शादी करेंगे, क्योंकि उनके कोई बेटी नहीं है।''

''कन्यादान तो शादी होने पर ही होगा और कुमार की उम्र अभी शादी की नहीं है। हमारे बहनोई चाहते थे कि कुमार को बहुत पढ़ाया जाए। एक-दो साल के लिए विलायत भी भेजा जाए।''

''वह सब हो जाएगा, करण के मामा!'' राजमाता ने कनकसिंह की खुशी के जोश को बढ़ावा दिया, ''आपकी सारी इच्छाएँ पूरी करेंगे, परंतु पहले संबंध-सगाई तय कीजिए। करण की ये दादी माँ दूसरी आँख से भी देखना बंद कर दे, उसके पहले बड़ी धूमधाम से मँगनी की रस्म पूरी कर लीजिए। छोटे-मोटे राजाओं को न्योता भेज दो, चाव के साथ मेहमाननवाजी कीजिए, खानेवाले उँगलियाँ चाटते

रह जाएँ, ऐसे व्यंजन खिलाइए; आँखें चौंधिया जाएँ, ऐसी शान से भानजे का आनंदोत्सव मनाइए, तब मैं आपको सही अर्थों में मामा मानूँगी?"

कनकसिंह ने मौका देखकर राजमाता की यह बात स्वीकार कर ली। "तो फिर इस मामा के हौसले को भी देख लेना, राजमाताजी। बाकी सब तो ठीक है, परंतु आपकी आँखें भी चौंधिया जाएँगी, ऐसी शान से मैं करण की मँगनी के समारोह का आयोजन करूँगा और हम सब यह उत्सव धूमधाम से मनाएँगे?"

"बहुत खूब, करण के मामा बहुत खूब!" विजयसिंह ने कनकसिंह की पीठ थपथपाई, "मैं जाकर जामसाहब को यह खुशी का समाचार सुनाता हूँ। आप भी अच्छा मुहूर्त निकलवाकर जामबंदर आ जाइएगा।"

उत्सव का वह दिन आ भी गया। खुशी के वातावरण में सारी तंगदिलियाँ और संकुचित विचार दब गए। करणकुमार और चंदनकुमारी की मँगनी जामबंदर में सादगी से संपन्न हुई, परंतु इसका उत्सव हिम्मतगढ़ में बेहिसाब धूम-धड़क्के से मनाया गया। पंद्रह-सोलह राज्यों के राजपरिवार, नजदीक के चचेरे भाई-बहन, दूर स्थित हिम्मतगढ़ के महान् विद्वान् वर्ग एवं राजगढ़ के अंग्रेज पॉलिटिकल एजेंट विलियम साहब तक सपरिवार इस उत्सव में शामिल हुए थे। राज्य के सारे विद्यालयों में मिठाइयाँ बाँटी गईं, ब्राह्मणों को भोजन कराया गया, राजमाता के हाथों गरीबों को दान दिलवाया गया, दो-दो रातों तक हिम्मतगढ़ का आसमान रंग-बिरंगी आतिशबाजी से रोशन रहा। मरदों के लिए बड़ी बाड़ी में भारी खर्च करके बुलवाई गई तवायफों के मुजरे का आयोजन किया गया, औरतों के लिए रनिवास में रास की धूम मच गई और तीसरी शाम मेहमानों को विदा करने से पहले महल के मैदान में शानदार कार्यक्रम रखा गया। अंत में बारी थी—हिम्मतगढ़ के तलवारबाज अमरसिंह की।

कनकसिंह ने खुश होकर कहा—"सज्जनो, आज गुजरात-राजस्थान में तलवारबाजी में अमरसिंह की बराबरी करनेवाला ऐसा एक भी राजपूत नहीं है। हिम्मतगढ़ के कुमारों के सिवा किसी और को उसने तलवार का सबसे खतरनाक दाँव नहीं सिखाया है, वह दाँव अमरसिंह आप सबको दिखाएगा। दिल थामकर देखिएगा।"

प्रशंसा के जवाब में अपनी तलवार झुकाकर अमरसिंह ने आमंत्रित लोगों को नमस्कार किया। इतनी देर में लगभग पचीस साल का एक युवक खुला बदन लिये उसके पास आकर खड़ा हो गया। अमरसिंह ने सबके सामने उसका परिचय दिया, "यह है मेरा इकलौता बेटा, जोधासिंह। तलवारबाजी का यह दाँव इतना

खतरनाक है कि अपने खुद के बेटे के सिवा किसी और के ऊपर नहीं दिखाया जा सकता।''

यह कहते हुए युवक मैदान के ठीक बीच में फैलाई गई रेत पर सीधा लेट गया। देखनेवालों की गरदनें ऊपर उठीं। कनकसिंह मूँछों पर हाथ फेरने लगा। अमरसिंह ने सिर पर बाँधे साफे से तीन नीबू निकाले। अंग्रेज साहब के पास जाकर नीबू दिखाए। उन्होंने तसल्ली कर ली, फिर नीबू लेकर अमरसिंह जमीन पर लेटे हुए बेटे के पास गया। एक नीबू उसकी नाभि पर, दूसरा छाती के बीच और तीसरा नीबू बेटे के ललाट पर रखा। उसने दोनों हाथों से तलवार उठाई, उसकी धार अपने ललाट तक ले जाकर वंदन करने की मुद्रा बनाई, आँखें मूँदकर माँ भवानी का स्मरण किया। तनावयुक्त भाव से देख रहे विलियम साहब की गोरी मैडम ऐसा खतरनाक दाँव रोकने के लिए कहने ही वाली थी कि उतने में 'जय भवानी' के घोष के साथ तलवार उठाकर बिजली की सी त्वरा से, सोए हुए बेटे पर एक, दो और तीन वार के झटके किए।

सबकी आँखें बंद हो गईं, कुछ लोगों के मुँह से तो चीखें निकल गईं, गोरी मैडम की छाती पर तो जैसे दबाव बढ़ गया, जिस प्रकार से अमरसिंह ने तलवार चलाई थी यह देखकर तो सबने मान लिया था कि नीचे सोए हुए उसके जवान बेटे के तीन टुकड़े अवश्य हो गए होंगे और खून के फव्वारे छूट रहे होंगे, परंतु···।

''शाबाश, अमरसिंह शाबाश!'' की कनकसिंह की आवाज सुनकर सबकी जान में जान आई।

मंत्रमुग्ध हुए विलियम साहब ने तो सिंहासन से उठकर अमरसिंह के दोनों हाथ थाम लिये। उसके जवान बेटे की खुली पीठ थपथपाकर शाबाशी दी। राजा व अमीर मेहमान वर्ग की ओर से बाप-बेटे को बख्शिश दी जाने लगी। आखिर में करणकुमार ने अपने गले से सोने का हार निकालकर अमरसिंह के गले में पहनाया।

मूँछों पर ताव देकर कनकसिंह बैठने ही जा रहा था कि रनिवास की ओर से वेग से आ रहे घोड़े की टापों की आवाज़ सुनाई दी। सबकी नजरें एक साथ उस दिशा की ओर गईं। घुड़सवार पर नजर पड़ते ही सबकी आँखों में बिजली कौंधी। हाँफता हुआ घोड़ा ठीक बीच में आकर रुक गया, उस पल तो कई लोगों के हृदय की धड़कनें जैसे रुक सी गईं, टिल्लू घोड़ा और उसपर सवार निर्मल कुमार!

पुजारीजी की बगल में बैठे शंभू की चोटी हर्ष के आवेग में सीधी हो गई। कनकसिंह की बगल में बैठे हुए विजयसिंह के होंठ मुसकान से थिरके। राजमाता के चेहरे पर प्रकाशपुंज उभर आया और लाजवंती ने धड़कनों पर काबू पाने के

लिए छाती पर हाथ रख लिया।

एक-दूसरे की साँसें सुनाई दें, ऐसा सन्नाटा चीरकर उसने आह्वान किया, ''इस खुशी के मौके पर कौन बिन बुलाया आदमी विक्षेप करने के लिए आया है? उसे पकड़कर हटा दो वरना...''

''वरना मुझे गोली से उड़ा दोगे, कनकसिंह?'' कहता हुआ अश्वारोही घोड़े की पीठ से रोब के साथ नीचे उतरा। घोड़े की गरदन थपथपाकर चार कदम आगे बढ़ा। कनकसिंह इधर-उधर गरदन झटककर बंदूक ढूँढ़ रहा था कि आनेवाले ने चुनौती दी—

''पहचान गए हो, फिर भी पहचानने की हिम्मत नहीं जुटा पा रहे हो, कनकसिंह?'' उसने कमर पर बँधी रत्नजड़ित म्यान से तलवार निकाली, ''इस शुभ उत्सव में दखल देने नहीं, उसकी शान बढ़ाने के लिए उपस्थित हुआ हूँ, कुमार के मामा!''

उसकी चमकती तलवार देखकर कनकसिंह का चेहरा रोष से सुर्ख हो उठा। उसने मौका पाकर आवाज दी, ''अमरसिंह! खड़े-खड़े देख क्या रहे हो? तलवार के एक झटके से इसकी बोलती बंद कर दे।''

परंतु अमरसिंह जड़वत् बन गया था। कनकसिंह ने फिर से आवाज दी, ''तुझे माँ भवानी की सौगंध है, यदि उसे...''

तब निर्मल कुमार के भेस में आया हुआ साधु सामने से चलकर अमरसिंह की ओर आगे बढ़ा, ''उस्ताद, कनकसिंह जाडेजा भले ही नहीं पहचान पाए, परंतु आपकी याददाश्त तो अभी तलवार की धार-सी ही धारदार होगी। याद है, दो-चार साल पहले युवराज को तलवारबाजी सिखाते वक्त मेरी इसी तलवार ने आपकी दाहिनी कलाई का हलका सा स्पर्श किया था?''

सुनते ही अमरसिंह के हाथ से तलवार फिसलकर नीचे गिर गई। उसकी फटी आँखों की पुतलियाँ दाहिनी कलाई पर जैसे ठहर गईं।

''विजयसिंह, आप ऐसे गुपचुप क्यों बैठे हैं?'' कनकसिंह ने हड़बड़ाहट भरी आवाज में उसका कंधा जोर से हिलाकर ऊँची आवाज में कहा, ''हमारी इज्जत पर हाथ डालनेवाले पर प्रहार करने का इससे अच्छा मौका और नहीं मिलेगा।''

तब विजयसिंह ने उसका हाथ दबाकर धीरे से समझाया, ''इतने अधीर मत बनिए कनकसिंह, दुश्मन अपने आप चलकर जाल में फँसने आया है। अंग्रेज साहब की उपस्थिति को मत भूलिए।'' फिर ऊँची आवाज में कहा, ''क्या बात है,

लगता तो हूबहू हमारे निर्मल कुमार जैसा ही है! यदि साधु के भेस में आया होता तो ऐसे हतप्रभ न भी होते। वह क्या करता है, देखिए तो सही।''

राजाओं, निमंत्रित लोगों एवं हिम्मतगढ़ के अगुआ लोगों में फुसफुसाहट शुरू हो गई, ''कोई ऐसा नहीं कह सकता कि ये निर्मल कुमार नहीं हैं। परंतु टिल्लू घोड़े को तो मार दिया गया था, फिर जिंदा कैसे हो गया? अरे! इसमें तो कुछ समझ में ही नहीं आता। मरने के नौ साल के बाद निर्मल कुमार स्वयं उपस्थित हो जाएँ, ऐसा कैसे हो सकता है?''

तलवार म्यान में रखते हुए उसने राजमाता की ओर कदम बढ़ाए, तब सबकी फुसफुसाहट अपने आप बंद हो गई। सबकी जिज्ञासा जाग उठी—'अब वह क्या करने वाला है?'

राजमाता के पास पहुँचकर उसने राजपूत शैली में प्रणाम किया और लाजवंती की ओर एक दृष्टि डालकर वह लौट गया। फिर बड़े लोगों के निमंत्रित वर्ग की ओर जाकर विलियम साहब के साथ अंग्रेजी तौर-तरीके से हाथ मिलाया। उनके पास बैठे करणकुमार को दृष्टि से ही आशीर्वाद देकर, सब सुनें—ऐसी ऊँची आवाज में ललकारा—

''तलवारबाजी का सबसे खतरनाक खेल दिखाना तो अभी बाकी है।'' तलवार हाथ में ली। और डर से थरथरा रहे कनकसिंह से कहा, ''नहीं जाडेजा, आज हिसाब समझाने नहीं आया। हिम्मतगढ़ की गद्दी के वारिस युवराज की सगाई के अवसर की शान बढ़ाने आया हूँ। यदि मुझे शांत रखना चाहते हो तो तुम शांति से देखते रहना।''

कनकसिंह के पास मुट्ठी भींचकर शांत बैठे रहने के सिवा कोई चारा न था।

''राजाओ, नरेशो!'' उसने तलवार ऊपर उठाकर कहा, ''कुछ देर पहले ही कनकसिंह ने ऐलान किया था कि तलवारबाजी में अमरसिंह अद्वितीय है, यह बात सही है। हिम्मतगढ़ के बाहर का कोई राजपूत अमरसिंह की बराबरी नहीं कर सकता, परंतु तलवार का सबसे जोखिम भरा दाँव उसने एक आदमी को सिखाया था और वह व्यक्ति हिम्मतगढ़ के युवराज निर्मल कुमार सिंह ही थे!''

इतना कहकर उसने चारों ओर नजर फेरकर अमरसिंह की ओर देखा, ''मैंने सही बात कही है या नहीं, अमरसिंह?''

तब उसे सिर झुकाकर हाँ कहनी पड़ी।

''वह खतरनाक खेल है आदमी के पेट पर तांबूल (पान) रखकर उसके

टुकड़े करने का···और मैं आपको यह खेल दिखाना चाहता हूँ।''

''जहर की परख नहीं करनी चाहिए, साधु!'' विजयसिंह ने व्यंग्य में कहा।

''जो जहर हजम करके जीवित रहा हो, उसे मौत का भय नहीं होता, विजयसिंह!''

''तो फिर मरदोंवाली जबान से एक शर्त माननी पड़ेगी।''

''कौन सी शर्त?''

''तलवार के खतरनाक खेल में हमारे जोधासिंह की चमड़ी पर जरा सी भी खरोंच आएगी तो फिर मौत या देशनिकाले की सजा!''

''मंजूर है!''

''तो फिर हो जाए जिंदगी और मौत का खेल!'' कहते हुए विजयसिंह ने जोधा को आवाज दी, ''जवान, इस राज की प्रतिष्ठा आज तेरी नाभि पर है। साँस रोककर आँखें मूँदे शव की तरह पड़े रहना। कोई आदमी तांबूल ले आओ।''

''मैं साथ ही लेकर आया हूँ, विजयसिंह!'' कहते हुए साधु ने शेरवानी की जेब से गीले कपड़े में लपेटे हुए पान को निकालकर उसके सामने रखा, ''देख लीजिए, कोई धोखा तो नहीं हो रहा न!''

विजयसिंह ने मुलायम पान हाथ में लेकर ठीक से देख लिया। फिर जमीन पर सीधे पड़े जोधासिंह के खुले पेट की नाभि पर पान रख दिया, अपने आसन की ओर जाने से पहले उसने फिर एक बार साधु पर पैनी दृष्टि डाली, ''तलवार उठाने से पहले आपकी कोई अंतिम इच्छा हो तो बता देना, साधु महाराज!''

''इच्छा नहीं, परंतु मेरी भी एक शर्त रहेगी।''

''क्या!''

''दाँव खत्म होने के बाद मैं किसी की कोई बख्शिश नहीं लूँगा, परंतु मेरी तरफ से करणकुमार को एक बख्शिश को स्वीकार करना होगा।''

तब विजयसिंह ठहाका मारकर हँसा, ''अरे संन्यासी, आपका दाँव नहीं चलने वाला, यहाँ खेल खत्म होने वाला है, बख्शिश देने-लेने की नहीं, सजा भुगतने के लिए तैयार हो जाइए।'' कहकर उसने आवाज दी, ''कनकसिंह! अंदर से मेरी बंदूक मँगवाओ।''

''लीजिए, विजयसिंह जाम, आखिर उसकी मौत आपके हाथों ही होनी है। परंतु देखना, खोपड़ी उड़ाने की गलती मत करना। इस बार शायद साफे के नीचे भी कवच पहनकर आया हो। गरदन के भीतर ही गोली पार कर देना।''

दाँत भींचकर बोल उठे कनकसिंह की ओर मुसकराते हुए विजयसिंह ने दो

नाली बंदूक में कारतूस भरा, ''जाडेजा, आप निर्भय होकर खेल देखते रहिए। हमारा दाँव कभी खाली नहीं जाता।''

इतनी देर में साधु ने खुली तलवार के साथ जोधासिंह के पास जाकर कुलदेवी का स्मरण किया। चारों ओर देखकर हवा में तलवार घुमाकर उसने निशाना साधा। उठाई हुई तलवार जोधासिंह के पेट पर इतनी तीव्र गति से घुमाई कि देखनेवालों के कलेजे मुँह को आ गए। सबको लगा कि अभी उस बेचारे के दो टुकड़े हो जाएँगे, परंतु पेट से दो बालिश्त अंतर रहा, तब घुमाई हुई तलवार की तेज गति को उसने गजब सलीके से नियंत्रित कर लिया और किसी की समझ में कुछ आए इसके पहले ही जोधा के पेट पर रखे हुए पान को हलका सा स्पर्श करती हुई तलवार सर्प के फन की भाँति ऊपर उठ गई।

देखनेवाले स्तब्ध रह गए। साधु ने नीचे झुककर जोधा के पेट पर रखा हुआ पान डंडी से उठा लिया, ''शाबाश जवान, अब खड़े हो जाओ।'' फिर होंठ चबाते कनकसिंह की ओर देखकर कहा, ''जा, जाकर अंग्रेज साहब को अपना पेट और मेरा यह पान दिखा, जिससे तसल्ली हो जाए!''

साधु ने जल्दी से राजकुमार का भेस उतार दिया। गेरुए वस्त्रों में वह रत्नजड़ित तलवार के साथ कुमार के पास पहुँच गया। सीधे खड़े रहकर करण के हाथ में तलवार सौंप दी, ''युवराज, निर्मल कुमार की मँगनी हुई थी तब तेरे दादाजी ने उसे यह तलवार भेंट की थी। सूर्यवंशी कुल में यह परंपरा है।''

आशीर्वाद देने के लिए साधु का हाथ जब ऊपर उठा तब करण का मस्तिष्क अपने आप झुक गया।

ज्यादा देर रुके बिना, गेरुए झोले की जेब में रखी चिट्ठी अंग्रेज साहब के हाथ में सौंपकर, फुरती से टिल्लू घोड़े पर सवार होकर साधु हवा की गति से अदृश्य हो गया।

''वह पाखंडी जादू-टोना करके हम सबको चकमा दे गया!'' कनकसिंह चिल्लाया।

''परंतु जाडेजा, एजेंट साहब को कैसी चिट्ठी थमा गया, वह तो पहले जान लीजिए।'' विजयसिंह ने टोका।

सभी ने गौर से चिट्ठी में लिखी हुई बात सुनी—

''माननीय पॉलिटिकल एजेंट साहब,

नौ साल पहले जिसे मृत घोषित किया गया था, उसी हिम्मतगढ़ के युवराज निर्मल सिंह की आपसे गुजारिश है कि मुझे सम्मान के साथ मेरा आसन दिलवाने

में आप मध्यस्थ बनकर सहायता करें। मैं असली निर्मल कुमार हूँ कि नहीं, इस बात की तसल्ली करने का कष्ट करें और मेरे साथ न्याय करें।

यदि आप इस मामले को अपने क्षेत्र के बाहर का मानते हैं तो अपना अधिकार प्रमाणित कराने के लिए राजगढ़ की अदालत में दावा करने के लिए मुझे बाध्य होना पड़ेगा, जो कि किसी भी राजपरिवार के लिए शोभा नहीं देता। चौबीस घंटे तक मैं आपके उत्तर की प्रतीक्षा करूँगा।

आपका

नित्यानंद उर्फ निर्मल कुमार''

चिट्ठी सुनकर किसी की समझ में यह नहीं आया कि क्या कहा जाए।

□

: १२ :

कच्छ, काठियावाड़ एवं अन्य राज्यों में सनसनी फैल गई थी। करणकुमार की मँगनी के जश्न में बिलकुल आखिर में दूधपाक में नमक डाल देने जैसी दुर्घटना घटी, तब कनकसिंह ने गद्‌गद होकर महाजन-मेहमानों से विनती करते हुए कहा, ''हिम्मतगढ़ के राजकुल की प्रतिष्ठा को घटाने के लिए एवं राज्य का सिंहासन हड़पने के लिए यह साधु कई प्रकार के षड्यंत्र कर रहा है। मंत्र-तंत्र विद्या के बलबूते पर आँखें चौंधिया जाएँ, ऐसे चमत्कार दिखलाकर वह सबको भरमाना चाहता है, क्योंकि चेहरे से वह साधु हमारे स्वर्गस्थ युवराज निर्मल कुमार से मिलता-जुलता है।''

कहते-कहते कनकसिंह गला खखारने के लिए रुका। अपने शब्दों का कुछ प्रभाव हो रहा है, ऐसा लगने पर जोश में आकर उसने कहा, ''यह धोखेबाज साधु अच्छी तरह से समझता है कि हिम्मतगढ़ का राजसिंहासन उसके बाप की जागीर नहीं, वह कभी वहाँ तक पहुँच नहीं पाएगा। कुछ दिन पहले उसने गोपनीय ढंग से समझौते के लिए कहलवाया था कि मुझे सवा लाख रुपए दे दो तो मैं अपना दावा छोड़कर, इस देश को छोड़कर हमेशा के लिए आपकी नजरों से ओझल हो जाऊँगा।''

इस बात पर कनकसिंह ने देखा कि सबकी गरदनें तन गई हैं, तब वह अपनी मूँछें मरोड़ने लगा, ''अब आप ही कहिए कि हमें क्या करना चाहिए? अभी उसने मंत्र-तंत्र के बल पर तलवार के खेल दिखाए, जिससे आप सबके मन में यह बात बैठ जाए कि वह सचमुच में निर्मल कुमार ही है। हिम्मतगढ़ की प्रतिष्ठा को बट्‌टा लगाने की उस पाखंडी की चाल हम सबको मिलकर विफल करनी है। आप सब हमारे पक्ष में रहकर हमारा साथ निभाएँगे, इसका मुझे पूरा विश्वास है।''

परंतु दूसरे दिन सुबह 'फूलथाल' में ये सारी घटनाओं का आँखों देखा हाल प्रकाशित हुआ, तब कनकसिंह को मानो किसी ने सामने से सीने में खंजर मार दिया हो, ऐसी असह्य चोट पहुँची।

"अब तो हद हो गई!" कनकसिंह ने हवा में मुट्ठियाँ घुमाकर खीज उछाली, "बिना आमंत्रण के भेस बदलकर वह हमारी बुराई करने आया था। निश्चित रूप से वह संपादक मेवाणी भी साधु के साथ मिला हुआ है, वरना पॉलिटिकल एजेंट के नाम साधु की लिखी चिट्ठी की शब्दश: कॉपी उसके पास कहाँ से आई?"

"कनकसिंह, अखबारवालों का तो यह पेशा है।" विजयसिंह ने उसे शांत करते हुए कहा, "फिर कल शाम आपने ऐसा कहा कि अखबारवाले राज्यों की बुराई करते फिरते हैं, इसीलिए उन्होंने हमें ईंट का जवाब पत्थर से दिया।"

'फिर भी आपका खून क्यों नहीं खौल उठता? बिलकुल कोई असर ही क्यों नहीं है?' मुँह तक आए इस विचार को कनकसिंह ने सिफत से दाँतों तले भींच लिया। 'विजयसिंह अपने स्वभाव से विपरीत व्यवहार कर रहा हो, ऐसा क्यों लग रहा है? महल में आकर मुझसे हाथ मिलाया, तब वह कैसे जुनून में था? साधु को गोली से उड़ा देने की कैसी अधीरता दिखा रहा था! इसके बाद साधु को छोड़ अपनी बेटी के साथ करणकुमार की मँगनी की बात शुरू कर दी। अपने आप मामला ठीक हो जाएगा, ऐसा कहकर सगाई का मुहूर्त भी निकलवा लिया। राजमाता को उसने खुश कर दिया और हिम्मतगढ़ का समधी भी बन बैठा, इसमें उसकी कोई साजिश तो नहीं?'

"किस सोच में डूब गए, कनकसिंह!" सामने बैठे विजयसिंह ने पूछा, तब जैसे खलल पड़ रहा हो, ऐसे हाथ की चेष्टा से रुक जाने का संकेत करके उसने सोचना जारी रखा। दिन ढलने पर मेहमानों को विदा करने के बाद पॉलिटिकल एजेंट की उपस्थिति में आधी रात तक बातचीत चली, उसमें विजयसिंह और राजमाता का अभिप्राय ज्यादातर हर बात में एक सा ही था। साधु अदालत में दावा करे, इसका राजमाता ने कड़ा विरोध किया। तब विजयसिंह ने हाँ में हाँ मिलाकर कहा था, 'कोर्ट जाने में हमारे लिए ज्यादा खतरेवाली बात होगी। राजमाता को बयान देने के लिए बुलाया जाए या लाजवंती भाभी को, यह उचित नहीं। वकील कैसे-कैसे प्रश्न करते हैं यह बात तो हम जानते ही हैं। वे तो ऐसा भी पूछ सकते हैं कि आपके पति निर्मल कुमार कई बार देर रात गए घर लौटते थे तो वे कहाँ जाते थे? उसकी यह दलील सुनते ही लाजवंती काँप गई थी और 'मेरा जी घबरा रहा है', कहकर उठकर चली गई थी। मैंने जब प्रस्ताव रखा कि रत्नजड़ित तलवार और युवराज के वस्त्र महल से चुराकर उनके उपयोग करने के लिए साधु पर चोरी का आरोप लगाकर मुकदमा दर्ज करें, तब विजयसिंह ने चौंककर विरोध दरशाया था, ऐसी मुश्किल घड़ी में चोरी का आरोप कोई मायने नहीं रखता। ऐसी बात यदि

अखबारों में छपे तो भी लोग हमारी हँसी उड़ाएँगे।'

"तो फिर क्या करें?"

"एक ही उपाय है..." विजयसिंह ने जैसे पहले से सोच रखा हो, "हमें पॉलिटिकल एजेंट को मध्यस्थता करने के लिए कहकर साधु के दावे को चुनौती देना होगा। गोरे साहब के सामने उसे यह सिद्ध तो करना ही पड़ेगा न कि वह सचमुच में निर्मल कुमार है।"

"वे निर्मल कुमार हो कैसे सकते हैं? सबकी नजरों के सामने हमने युवराज को चिता पर चढ़ाया था, दाह संस्कार किया था।" कनकसिंह ने कहा।

"यही तो हमारे फायदे की बात है!" विजयसिंह ने कैसी सिफत से यह सबके दिमाग में बिठा दिया—"वह साधु प्रमाण कहाँ से लाएगा? युवराज को क्षय रोग हुआ था इस बात का डॉक्टर का प्रमाण-पत्र हमारे पास है। मृत्यु के समय चिकित्सा करनेवाले डॉक्टर दीक्षित हमारे पक्ष में बयान देने ही वाले हैं। तो फिर साधु यह कैसे सिद्ध कर पाएगा कि चिता में जल जाने के बाद मैं फिर जीवित हुआ? उसकी बात पर गोरे साहब कैसे यकीन कर लेंगे?"

"मान लीजिए कि साधु नकली है, छद्म वेशधारी है, ऐसा प्रमाणित हो जाने के बाद वह पलट नहीं जाएगा, इस बात का क्या भरोसा? वह चाहे तो बाद में भी अदालत में जाकर अपने अधिकार का दावा दर्ज करा सकता है, यदि ऐसा हुआ तो हम तो बुद्धू ही माने जाएँगे न?" कनकसिंह ने कहा।

"कनकसिंह आपकी इस बात पर गौर करना चाहिए," कहकर उसने थोड़ी देर दिमाग को चला रहा हो और दिमाग पर जोर डाल रहा हो ऐसा दिखावा किया और फिर उपाय सुझाया, "हुँ, एक उपाय है। पॉलिटिकल एजेंट के सामने मुकदमा चलाने के लिए सहमत होने से पहले हम साधु के सामने एक शर्त रखते हैं।"

"कैसी शर्त?"

"उसे कागज पर लिखकर देना होगा कि गोरे साहब का फैसला उसे मंजूर होगा। यदि वह अपनी बात सिद्ध करने में असफल रहे तो क्षमापत्र लिख देना होगा और बदनीयत से धन ऐंठने के इरादे से यह षड्यंत्र रचा होगा तो ऐसा लिखित इकरारनामा देना होगा।"

"परंतु साधु ऐसी शर्त मानेगा?"

"यदि ऐसी शर्त मंजूर नहीं करेगा तो फिर हम उसे देख लेंगे!" कहकर विजयसिंह ने अपने असल मिजाज में प्रस्ताव पेश किया, "यदि आपको कोई एतराज न हो तो मैं खुद साधु के पास जाकर यह शर्त रखने के लिए तैयार हूँ।"

"विजयसिंह, यह तो शुरुआत में ही झुक जाने जैसी बात हुई!"

"नहीं कनकसिंह, आप भूल रहे हैं, उसे अदालत जाने से रोकने की मेरी यह चाल है। वह साधु हमारी शर्त मंजूर नहीं करेगा तो पुरखों की सौगंध खाकर कहता हूँ कि उसे अदालत पहुँचने तक जीवित ही नहीं रहने दूँगा!"

आँखें मूँदे सोच में गहरा गोता लगाए हुए कनकसिंह कुछ बोले इसकी प्रतीक्षा करने का धैर्य खत्म हो गया, तब विजयसिंह ने एक युक्ति आजमाई। बंदूक कंधे तक उठाने की जल्दी करते हुए खड़खड़ाहट की और खड़े होते हुए कहा, "कल रात भर सो न पाने से आपकी पलकें भारी हो रही हैं, ऐसा लगता है। ठीक है जाडेजा, आप थोड़ी देर सो लीजिए, तब तक मैं उस साधु से मिलकर आता हूँ।"

कनकसिंह को झटके के साथ यकायक तनकर उठ जाना पड़ा। उसके शब्दों का व्यंग्य छिपा नहीं रहा, "आपको उस साधु के दर्शन की बड़ी जल्दी लगी है क्या?"

"जल्दी नहीं तो आपकी तरह आँखें मूँद लेने जितनी बेफिक्री भी नहीं है, जाडेजा।" प्रति व्यंग्य कसते हुए विजयसिंह ने सफाई से बात का रुख बदल दिया, "साधु की दी हुई चौबीस घंटे की मुहलत खत्म होने में अब दो घंटे भी शेष नहीं रह गए।"

"आप तो ऐसी बात कर रहे हैं जैसे हिम्मतगढ़ पर हमारा नहीं, उसका शासन चल रहा हो।"

"शासन तो अपना भी कहाँ चल रहा है, जाडेजा? वरना यह गोरे साहब की कदमबोसी क्यों करनी पड़ती? उसने सवेरे जाते-जाते हमें क्या कहा था, याद है न—यह मामला चालाकी से निपटा लेना, वरना अंग्रेज सरकार आपके आपसी झगड़ों की वजह से इस राज्य का शासन-कारोबार अपने हाथों में ले लेने में हिचक महसूस नहीं करेगी।"

काफी अखर गया कनकसिंह को, गोरे साहब ने धमकी दी तभी पाँव तले की धरती खिसक रही हो, ऐसा लगा था। यह फिर से याद दिलाने की क्या जरूरत थी?

विजयसिंह जब तक घोड़े पर सवार हो महल के दरवाजे से बाहर निकला तब तक कनकसिंह ताकता रहा। जैसे ही वह दिखाई देना बंद हुआ कि दाँत भींचकर उसने मधुमती को आवाज दी। वह भी जैसे आवाज की प्रतीक्षा कर रही हो, दूसरे ही पल में हाजिर हो गई।

"आखिरकार चार दिनों के बाद बाबू को इस दासी की याद आ ही गई।"

"ताने मारने या मीठे बोल बोलने का वक्त नहीं है, मधु।" चुटकी बजाकर कनकसिंह ने सोची हुई तरकीब बताई, "जल्दी से मंदिर पहुँच जा। अपना स्त्री-चरित्र आजमाकर किसी भी प्रकार से विजयसिंह और साधु के बीच होनेवाली बात का भेद ले, यदि काम हो गया तो तेरे दोनों कान सोने से भर दूँगा।"

"सिर्फ कान ही बाबू?" मधुमती ने मधुर भाव से रूठने की अदा के साथ कहा, "मैं तो इसकी प्रतीक्षा में हूँ कि आप कब मुझे पूरी-की-पूरी सोने से लाद देंगे।"

"ऐसा भी वक्त आएगा, सोन पगली!" कहकर अधीरता से उसके गाल पर थपकी लगाते हुए कहा, "अब वक्त बरबाद न कर। जल्दी पहुँच जा, वरना देर हो जाएगी।"

हिरनी की तरह मधुमती ने पाँव उठाए और पिछले द्वार से सरक जाने से पहले कनकसिंह की ओर आँख मारी, "बाबू, मैं देरी से पहुँचूँ, यह नामुमकिन है। हर जगह ठीक वक्त पर पहुँचने के लिए आपकी तरह मैं भी छोटा रास्ता ही पसंद करती हूँ।"

□

"अखबारवाले ने बड़ा तहलका मचा दिया महाराज! शंभु ने सिर की शिखा में गाँठ बाँधते हुए कहा, "आज हर घर में वह 'भगवद्गीता' की तरह पढ़ा जा रहा होगा। मेरा तो जी करता है कि महल जाकर कनकसिंह बाबू का चेहरा देख आऊँ। उन बेचारे पर क्या गुजर रही होगी?"

इतने में घोड़े की टाप सुनाई दी। शंभू घबराहट के मारे खड़ा हो गया, "उफ, नाम लेते ही आ धमके हैं, ऐसा लगता है।"

"नहीं शंभू, यह कनकसिंह का घोड़ा नहीं हो सकता।" साधु ने अनुमान लगाकर कहा, "मुहलत का जवाब देने के लिए विजयसिंह को भेजा है, ऐसा लगता है।"

और दूसरे ही पल विजयसिंह की आवाज सुनाई दी, "पुजारीजी, स्वामी नित्यानंद महाराज कहाँ पर विराजमान हैं?" उसकी पृच्छा में व्यंग्य था, "यदि वे समाधि में नहीं बैठे हैं तो कहिए कि राजमहल से विजयसिंह जाम मिलने के लिए पधारे हैं।" कहकर घोड़े से उतरते हुए आगे कहा, "दर्शन करने के लिए नहीं।"

"पधारिए, आजकल साधु ने स्वयं दर्शन देना बंद कर दिया है।" स्पष्ट करते हुए पुजारीजी उन्हें दरवाजे तक ले आए, "शंभू, नित्यानंदजी से कहना कि

महल से मेहमान पधारे हैं।''

शंभू ने उठकर उनका स्वागत किया। साधु के सामने रखी गद्दी पर बैठने का सौजन्य दरशाया, ''विराजिए, आप आए हैं यह बात तो महात्माजी ने घोड़े की टाप सुनकर ही जान ली थी।''

''कैसे हैं, विजयसिंह जाम?'' साधु ने उसकी तरफ प्रसाद की थाली बढ़ाते हुए कहा, ''बरसों पुराने दोस्त के घोड़े की टाप पहचान लेने में चमत्कार जैसा क्या है?''

''दोस्त!'' विजयसिंह ने अवज्ञापूर्ण हँसी के साथ कहा, ''साधु होकर भी अच्छी तरह से गले पड़ रहे हो।''

''अब तो दोस्त के साथ समधी भी हुए।''

साधु के शब्द सुनते ही विजयसिंह ने कंधे से बंदूक हाथ में ली। ''जुबान को लगाम दो साधु! राजपूत हँसी-मजाक सहन नहीं कर सकते। सीधे से बात सुनना चाहते हो तो बैठूँ वरना दो गालियाँ देकर चलता बनूँ।''

''गालियाँ दोगे तो समधी के नाते वे आपको ही लगेंगी।'' साधु ने विचलित हुए बिना कहा, ''और रही गोली चलाने की बात, तो संभव ही नहीं है। जल्दी में आप बंदूक भरना ही भूल गए हैं।''

''आपकी किसी भी प्रकार की विद्या के वश में मैं नहीं आने वाला।'' विजयसिंह ने झुकी हुई गरदन सीधी करते हुए कहा, ''जिस काम के लिए मैं आया हूँ वह निपटा के मुझे जल्दी वापस लौटना है, अपने इस चेले से कहो कि बाहर जाकर बैठे।''

धमकी सुनकर शंभू की शिखा काँपने लगी। गुस्से में आकर उसने आवश्यकता से ज्यादा जोर से द्वार बंद कर दिए, परंतु बाहर नजर पड़ते ही महल की दासी दिखाई दी और उसने अजीब सी झुनझुनी अनुभव की।

द्वार बंद होते ही साधु ने संयम झटककर विजय की ओर दोनों हाथ फैलाए, ''तुझसे मिलने के लिए कितना बेचैन था वनराज, आखिर मेरे कुँवर के साथ तेरी कुँवरी का मामला पक्का हो ही गया!''

काँपते हाथों से उसने कागज हाथ में लिया, पढ़ने से पहले विह्वल नजरों से विजयसिंह की ओर देख लिया। सामने से कोई संकेत न पाकर उसने लिखावट की ओर नजर की—

''शर्त यह है कि हमें इस समय भी दुश्मन का सा व्यवहार करना है?'' पढ़ते ही साधु की गरदन सीधी हो गई—''परंतु यह शर्त क्यों, विजयसिंह?''

“क्योंकि हमें आपके ऊपर भरोसा नहीं है। आप बोलने के बाद पलट जाओ तो?” कहकर विजयसिंह ने जल्दी से कागज पर लिखा, “कनकसिंह को मेरे पे संदेह उत्पन्न हुआ लगता है। अकेलेपन का फायदा उठाकर हम आपस में कुछ बातचीत कर लेंगे, ऐसा उसने सोचा होगा। गफलत में रहने का खतरा मोल नहीं लेना है। शर्त मंजूर करने से पहले तुझे क्रोध दरशाना होगा, मैं भी तैश में आकर कुछ ऐसा-वैसा कहूँगा।”

पढ़ते ही साधु ने ऊँची आवाज में क्रोध उछाला, “आप समझते क्या हैं अपने आपको? मैं निर्मल कुमार हूँ, इसीलिए अदालत जाने से हिचकता हूँ। राजमाता या लाजवंती को कुल की मर्यादा लाँघकर अदालत में आना न पड़े, इसलिए भीतर ही आपस में फैसला करने का प्रस्ताव रखा है। उसपर आप शर्त रखते हैं?”

“साधु महाराज, इस शर्त में ही तो आपके खरेपन की कसौटी छिपी हुई है।” विजय ने भी उतनी ही ऊँची आवाज में सुनाया, “यदि सच में आप निर्मल कुमार हैं तो शर्त स्वीकारने में डर क्यों लगता है? प्रमाणित कर दो तो आप राजा वरना खेल खत्म!”

“याद रखना कि अब कनकसिंह अकेले नहीं हैं। उसके साथ मैं हूँ, पहाड़-सा। पाँच-दस हजार चाहिए तो दान के बतौर ले जाइए, परंतु राज डकारने की नीयत आपको महँगी पड़ जाएगी, कहे देता हूँ।”

इतने जोश में विजयसिंह घोड़ा भगाता निकल गया कि उसे देखते खड़े रहे शंभू और मधुमती को थोड़े ही समय की मूसलधार वर्षा ने भिगो दिया, इस बात की भी सुध न रही।

“दासी, मामला गंभीर होता जा रहा है।” शंभू ने तिरछी नजर से देखते हुए पूछा, “अब क्या होगा?”

“जो होना है, सो होगा, इसमें हमारे बाप का क्या जाता है?” मधुमती ने कंधे को जोरदार उछाल देकर लटके के साथ कहा, “हम तो इसी बहाने चोरी-चोरी मौज-मस्ती करते हैं न!”

यह सुनकर बरसात में लथपथ शंभू के भीतर भी रोमांच होने लगा।

□

पाँच-पाँच दिन की अविरत पूर्व तैयारी के बाद कसौटी की पहली सुबह आ पहुँची। पिछले हफ्ते जिस राजमहल में उत्सव की धूम व चहल-पहल थी, आज वहाँ वातावरण में व्यग्रता, तनाव व रोष था। बंबई से बैरिस्टर वाडिया आए थे। अहमदाबाद से डॉक्टर दीक्षित फिर से मेहमान बने थे। जामबंदर के जाम बाबू और

उदयगढ़ के नरेश भी अंदरूनी तौर पर चलनेवाली इस जाँच में शरीक होने वाले थे। राजगढ़ से आनेवाले पॉलिटिकल एजेंट की पलटन ने तो दो दिन पूर्व ही अपना डेरा डाल दिया था। गोरे साहब के आने से पहले तमाम व्यवस्था करके रखनी थी।

महल के घंटाघर ने नौ बजे का घंटा जैसे ही बजाया, पॉलिटिकल एजेंट विलियम साहब की विलायती गाड़ी सनसनाहट के साथ दरवाजे में दाखिल हुई। सभी उनका सत्कार करने के लिए उद्यत हो गए। हाथ मिलाने एवं परिचय की औपचारिकता संपन्न होते ही गोरे साहब ने पूछा, ''दावा पेश करनेवाला साधु उपस्थित है ?''

''जी नहीं,'' विजयसिंह ने ही प्रत्युत्तर दिया, ''किसी भी पल आ जाएगा।''

''वह चमत्कारी महात्मा आसमान से तो नहीं टपकेगा न ?'' गोरे साहब ने मजाक किया, सभी ने दबी हँसी के साथ सुर में सुर मिलाया। इतने में एजेंट साहब गंभीर हो गए, ''मेरी कही हुई बात का दृढ़ता से पालन होना चाहिए। जाँच कक्ष में प्रवेश करने से पहले अपने हथियार मेरे अंगरक्षक को सौंप देने होंगे। दलील व प्रमाण के अलावा किसी भी चीज की अनुमति नहीं मिलेगी।''

विशाल कक्ष के ठीक मध्य में बड़ी मेज के सामने सिंहासन रखा गया था। गोरे एजेंट की पीठ पीछे मलमल के महीन रंगीन परदे के पार जनाना विभाग था। राजमाता एवं राजरानी तकिए के सहारे बैठकर बेचैनी एवं उत्सुकता से दरवाजे की ओर ताक रही थीं।

साधु महात्मा अभी तक क्यों नहीं पधारे हैं ? गोरे साहब बेचैनी महसूस करके पूछने ही जा रहे थे कि काषाय वस्त्रधारी नित्यानंद ने चौखट लाँघकर सबके सामने हाथ जोड़े, ''पंद्रह मिनट की देरी के लिए आप सबसे क्षमा चाहता हूँ।'' कहते हुए उसने पाँव से खड़ाऊँ उतारे। बगल में दबाई हुई गठरी खटिया पर रखकर सौजन्यपूर्ण मुसकराहट के साथ आसन ग्रहण किया, ''एक महत्त्वपूर्ण प्रमाण की प्रतीक्षा करने में विलंब हुआ।''

कक्ष में बैठे प्रत्येक व्यक्ति की आँखें एकटक उसे देख रही थीं। प्रमाण के बारे में उसके शब्दों ने कनकसिंह के बदन में हलकी सी कँपकँपी पैदा कर दी। डॉक्टर दीक्षित के पास बैठते हुए उसने उनके कान में फुसफुसाहट की, ''हमें धोखा देने की चालाकी आजमा रहा है, दरअसल गठरी में से पोथों के सिवा कुछ भी निकलने वाला नहीं।''

''काररवाई शुरू करने से पहले मैं कुछ कहना चाहता हूँ।'' गोरे साहब की आवाज ने सबका ध्यान उनकी ओर आकर्षित किया, ''यह कोई अदालत नहीं है,

फिर भी अदालत की सी सख्ती एवं अनुशासन बना रहे, ऐसा मैं अवश्य चाहूँगा। यहाँ आक्षेप नहीं, दलीलें पेश करनी हैं, तकरार नहीं, तर्क का सहारा लेना है। किसी की मान-मर्यादा भंग हो, यह सहा नहीं जाएगा। किसी की दलील बेबुनियाद या आपत्तिजनक है या नहीं, इसका निर्णय बैरिस्टर वाडिया करेंगे। कुल की मान-मर्यादा का उल्लंघन होने के बारे में फैसला हमारे ये दो राजा देंगे। आपमें से कोई भी जो कुछ भी कहेगा उसका हर शब्द दोनों भाषा में नोट किया जाएगा, यह खयाल रखना।''

उनके 'कुछ कहने' का कथन पूर्ण होते ही कुछ देर के लिए सन्नाटा छा गया। फिर विलियम साहब के आदेश से दस्तावेज पर सबके दस्तखत लिये गए। आखिरी कार्यविधि में साधु को शर्त-पत्र पर दस्तखत करने थे। दस्तखत के बाद वह पत्र साहब के हाथ में आया, उसमें नित्यानंद उर्फ निर्मल कुमार लिखा गया था!

घड़ी में ठीक दस बजे कि तुरंत ही गोरे साहब ने इस निजी अंदरूनी जाँच के सूत्र अपने हाथ में ले लिये, ''पूरे मामले में किसका क्या दावा है और किसे क्या सिद्ध करना है, इस बात से हम सब अच्छी तरह से वाकिफ हैं। कहिए, अब कहाँ से शुरू करें?'' कहकर साहब ने कनकसिंह की ओर देखा, उसने 'चुप' रहना पसंद किया, क्योंकि वह जानता था कि गलत शुरुआत से अपने विरुद्ध माहौल बन जाएगा।

तब साहब ने फिर से सवाल पूछा, ''आपमें से कोई भी बता सकता है कि कहाँ से शुरू किया जाए?''

किसी ने भी यह बीड़ा उठाने का साहस नहीं किया, तब साधु को ही उठकर कहना पड़ा, ''नामदार, कोई भी मामला जब उलझ गया हो तब सबसे पहले उसके उत्पन्न होने के बारे में छानबीन की जाती है। हम भी इस समस्या की उत्पत्ति से शुरुआत करेंगे तो ठीक रहेगा।''

''मतलब?''

''साहब, मतलब यही कि इसकी शुरुआत निर्मल कुमार की मौत से की जाए।''

''इसका तात्पर्य यह हुआ साधु महाराज, कि निर्मल कुमार की मौत की बात आप स्वीकार करते हैं।'' साहब ने टोका, तब कनकसिंह और डॉक्टर दोनों मन-ही-मन में खुश हुए, ठीक फँसा!

''साहब, हमारा आशय किसी बात को स्वीकार करना नहीं, परंतु सिद्ध करने का है।'' साधु ने जवाब दिया, ''यहाँ बैठे हुए डॉक्टर ने निर्मल कुमार को

मृत घोषित किया था। मौत हुई थी, उनके पास इस बात का क्या प्रमाण है?''

साधु की चतुराई पर सब उलझन में पड़ गए, ''मृत्यु का प्रमाण क्या?''

परंतु बैरिस्टर वाडिया के पास प्रत्युत्तर था, ''जिस किसी भी व्यक्ति का दाह-संस्कार हो जाए, वह उसके मृत्यु का प्रमाण माना जाता है।''

इस प्रत्युत्तर पर मुसकराकर साधु ने पूछा, ''तो फिर उस मृत्यु की वजह क्या थी?''

सुनते ही डॉक्टर दीक्षित ने अपनी फाइल खोलकर जल्दी-जल्दी एक कागज निकालकर गोरे साहब की ओर सरकाया। उसपर नजर फेरकर साहब ने कहा, ''मौत की वजह इस मृत्यु प्रमाण-पत्र में स्पष्ट दरशाई है—टी.बी.!'' फिर सर्टिफिकेटवाला हाथ फैलाकर कहा, ''लीजिए, पढ़कर तसल्ली कर लीजिए!''

साधु ने सर्टिफिकेट देखने की इच्छा नहीं दरशाई, ''मतलब कि निर्मल कुमार को क्षय रोग हुआ था, परंतु उसे यही रोग हुआ था, इसका क्या प्रमाण है?''

डॉक्टर दीक्षित ने अपने चमड़े के बैग से कागज लपेटा एक पैकेट निकालकर साहब के सामने धरा, ''नामदार ये रहा प्रमाण।''

कारकुन ने तुरंत पैकेट खोलकर एक्स-रे के दो फोटो निकालकर साहब के सामने धरे। दो फोटो के बीच से एक लिफाफा सरककर मेज पर गिरा। उसे खोलकर साहब ने अधीरता के साथ पढ़ा।

''आज से ठीक दस साल पहले राजगढ़ के सरकारी हस्पताल में लिये गए युवराज निर्मल कुमार के सीने के ये दो एक्स-रे फोटो हैं। इनके साथ ही रिपोर्ट में दरशाए अनुसार निर्मल कुमार सिंह के दाईं ओर के सीने की पहली और तीसरी पसली पर टी.बी. का गहरा असर दिखता है। रिपोर्ट के नीचे सरकारी अस्पताल के वरिष्ठ डॉक्टर नौशीर भरुचा के दस्तखत भी हैं।''

पढ़कर सुनाने के बाद साहब ने एक्स-रे के फोटो एवं रिपोर्ट साधु की ओर सरकाने का इशारा किया, तब साधु ने कहा, ''मैं ये देखना नहीं चाहता, परंतु डॉक्टर दीक्षित से सौगंध लेकर यह तसल्ली करनी है कि ये एक्स-रे फोटोग्राफ्स एवं इनके बारे में जो रिपोर्ट है, वे युवराज निर्मल कुमार के ही हैं?''

डॉक्टर ने तुरंत हिम्मत के साथ खड़े होकर कुलदेवता की सौगंध लेकर सबको इस बात का यकीन दिलाया।

इतनी देर में साधु ने अपनी गठरी खोलकर अंदर से एक बड़ा लिफाफा बाहर निकालकर सबके सामने पेश किया, ''तो फिर अब इस एक्स-रे की जाँच करके देख लीजिए।''

डॉक्टर दीक्षित ने ऐनक के काँच साफ करके एक्स-रे की जाँच की। ठीक से जाँच करने के बाद साधु की ओर देखा, ''तो क्या आप यह कहना चाहते हैं कि यह एक्स-रे फोटो निर्मल कुमार का है?''

जवाब देने से पहले साधु मुसकराया, ''मैं क्या कहना चाहता हूँ यह थोड़ी देर में आपकी समझ में आ जाएगा, परंतु इसके पहले डॉक्टर दीक्षित, आप यह कहिए कि मेरे दिए हुए एक्स-रे फोटो में दाईं तरफ के सीने की पहली और तीसरी पसली पर टी.बी. के कोई दाग हैं भी?''

''हैं, परंतु बहुत ही हलके से।'' डॉक्टर ने हिचकिचाते हुए कहा, ''मतलब कि मरीज को टी.बी. हुआ हो और ठीक होने के बाद, लंबे अरसे के बाद, एक्स-रे फोटो खिंचवाए—ऐसे रोग की पुरानी निशानी के ही दाग हैं।''

''डॉक्टर साहब, आपके एक्स-रे फोटो और इस फोटो में और किसी भी प्रकार का फर्क है क्या?''

''बिलकुल नहीं।''

''ठीक से तुलना करके देख लीजिए, शायद बाद में कोई फर्क मिल जाए।''

''परीक्षा लेने की जरूरत नहीं, इतने बरसों के अनुभव के आधार पर मैं बे-हिचक कह सकता हूँ कि दोनों में एक ही प्रकार का फर्क है। एक में टी.बी. का रोग गहरा है और दूसरे में स्वस्थ हो चुके मर्ज के केवल दाग ही रहे हैं। परंतु यह एक्स-रे है किसका?''

''वाह रे डॉक्टर साहब, मुझे आपको यह समझाना पड़ेगा कि यह एक्स-रे फोटो केवल दस दिन पहले राजगढ़ के सरकारी अस्पताल में ही लिया गया है और यह मेरा अपना है। लो, रिपोर्ट पढ़कर तसल्ली कर लो।''

''नामदार साहब, मैं निर्मल कुमार हूँ यह इसका पहला प्रमाण।'' साधु ने जोश में कहना प्रारंभ किया, ''युवराज के दाएँ सीने की दाईं ओर जिन पसलियों पर क्षय रोग लगा था उसी जगह और उन्हीं पसलियों पर मेरे सीने में आज भी पुराने दाग मौजूद हैं। अब कहिए कि कोई नकली आदमी अपने सीने के अंदर ऐसे नकली पुराने दाग बना सकता है क्या?''

इतने में जनाना परदे के पीछे से एक दबी-सी चीख सुनाई दी, सब एक साथ चौंक गए।

''लाजू बहू, क्या हुआ तुमको? डॉक्टर साहब, जल्दी अंदर आइए, राजरानी बेहोश हो गईं।''

□

: १३ :

लाजवंती के अचानक बेहोश हो जाने पर पूरी तैयारी के साथ शुरू की गई जाँच पहले चरण पर ही रोक देनी पड़ी। जाँच के प्रारंभ में ही साधु इतना ठोस प्रमाण इतने आत्मविश्वास के साथ पेश करेगा, ऐसी किसी ने कल्पना भी नहीं की होगी! यदि साधु निर्मल कुमार सिद्ध हो जाए तो सभी को कई उलझनें उपस्थित होने का भय सता रहा था। माता पुत्र के रूप में स्वीकार कर ले तो भी पत्नी उसे पति के रूप में स्वीकार न करे तब?

पॉलिटिकल एजेंट विलियम साहब और बैरिस्टर वाडिया आपस में सलाह करके इस मुद्दे पर एकमत हो गए थे। राजरानी होश में आएँ तब जाँच को आगे बढ़ाने की प्रतीक्षा की जा रही थी। सब लोग अकेले बैठे साधु पर बार-बार दृष्टि डालकर उसके मनोभाव परख लेने की चेष्टा कर रहे थे। ठोस प्रमाण पेश करने की खुशी की बजाय उसकी मुखमुद्रा से खिन्नता उभरती दिखी, इससे सबको विस्मय हो रहा था।

राजमाता को लेकर कनकसिंह मुँह लटकाए जाँच-कक्ष में वापस आया कि सबसे पहले अधैर्य से साधु ने ही पूछा, "कैसी है उनकी तबीयत?"

जवाब देने के बजाय कनकसिंह ने दाँत भींचकर अवज्ञापूर्ण दृष्टि फेंकी।

बैरिस्टर और गोरे साहब के बीच खड़े होकर, नीचे झुककर कनकसिंह ने चिंतित आवाज में कहा, "रानी माँ से डॉक्टर कह रहे हैं कि हिस्टीरिया जैसा हो गया है। यहाँ से रनिवास में ले जाने के बाद हाथ-पैर खिंचने लगे थे। अब कुछ ठीक है, फिर भी होश में आने में आधा घंटा लग सकता है।"

"ज्यादा चिंता की बात तो नहीं है न?" बैरिस्टर वाडिया ने पूछा। उसका जवाब कनकसिंह दे, इसके पहले साधु की आवाज सुनाई दी, "कनकसिंह, आपकी बहन को हिस्टीरिया का दौरा तो नहीं पड़ा?"

कनकसिंह ने दाँत भींचे, "बात-बात में अपने पक्ष में प्रमाण देता फिरता है!"

"मुझे तो इसीलिए पूछना पड़ा कनकसिंह, कि लाजवंती को दस-ग्यारह साल पहले ऐसा बार-बार हो जाया करता था। इसके बाद की अवधि में ऐसा तनाव कभी महसूस नहीं किया, है न?"

अब कनकसिंह से चुप नहीं रहा गया। उसे नीचा दिखाने का मौका क्यों गँवाना? उसने तीखी आवाज में कहा, "हमारे निजी मामले में दखल देने का अधिकार तुझे किसने दिया?" फिर जोश में कहा, "लाजवंती बहन को कभी हिस्टीरिया जैसा कुछ भी नहीं हुआ। तेरी मेहरबानी से यह संताप हुआ है।"

"संताप पैदा करनेवाला कौन है, यह तो इस जाँच के अंत में सिद्ध हो जाएगा। उनकी बेहोशी की स्थिति में अधिकार से मैं कुछ कहूँ तो धिक्कार है मुझे, परंतु…।"

"परंतु-वरंतु कुछ नहीं बोलना।" कनकसिंह ने मेज पर मुट्ठी पटकी, "जाँच चले तब अपना भाषण देना।"

मुँह से निकल जाने के बाद एहसास हुआ कि गोरे साहब की शान व अदब को भूलकर वह घमंड उछाल बैठा, इसीलिए होंठ चबाकर बात बदल दी, "साहब, यह दंभी-मतलबी आदमी—सबके दिमाग खराब कर देगा।"

"ऐसी कोई फिक्र मत करना, कनकसिंह!" बैरिस्टर ने सहानुभूति दरशाकर सांत्वना दी, "अभी जाँच रोक दी गई है। इसकी किसी भी बात को सबूत के बतौर नहीं माना जाएगा। उसके प्रति घटिया व्यवहार करने से आपका मुकदमा कमजोर हो जाएगा, यह मत भूलिए। आप जाकर बहन की तीमारदारी करिए, होश में आने पर सूचना दीजिए।"

"जी साहब, मैं कहाँ इस साधु के शब्दों में उलझ गया!" कनकसिंह ने अपने रोष को लाचारी में बदलते हुए विजयसिंह को विश्वास में लेने के हिसाब से कहा, "आप यहाँ का मामला सँभालना। राजमाता को सांत्वना देना, आवश्यकता पड़ी तो मैं आपको बुला लूँगा।"

फिर परदे के पीछे जाकर राजमाता को समझाया, "चिंता मत करो, डॉक्टर हाजिर है, सब ठीक हो जाएगा। आपको परेशान होने की जरूरत नहीं।"

"परंतु वहाँ डॉक्टर के पास लाजू बहू बिलकुल अकेली…"

"नहीं राजमाताजी, वहाँ मधुमती को छोड़ आया हूँ और मैं भी तो जा ही रहा हूँ वहाँ।" कहकर चाल में अधीरता दरशाता हुआ जैसे ही वह कक्ष के बाहर निकल रहा था कि साधु की आवाज टकराई, "डॉक्टर साहब भले ही उसका इलाज करें, परंतु मूर्च्छा रोग में नसों का तनाव मानकर गलती से भी उसे चमड़ा

मत सुँघाना, क्योंकि लाजवंती को पशु के चमड़े से बड़ी नफरत है।''

झटके के साथ कनकसिंह रुक गया। उसके तनावग्रस्त चेहरे से लगा कि अभी झपट्टा मारकर साधु का गला घोंट देगा, परंतु गुस्सा पीकर फर्राटे से बाहर निकल गया।

कनकसिंह के पैरों की आहट सुनते ही लाजवंती के शयनकक्ष में डॉक्टर दीक्षित की देखभाल कर रही मधुमती जल्दी से दरवाजे के पास सरककर आ गई।

''कैसी है, अब बहन?''

''होश आ रहा है।'' कहते हुए मधुमती ने एक कुटिल मुसकान छोड़ी।

''क्या हुआ, डॉक्टर?'' कनकसिंह ने लाजवंती के ललाट पर हाथ फेरते हुए पूछा, ''दासी कह रही थी कि वे होश में आने लगी हैं।''

''हाँ, असर कम होने लगा है, परंतु अभी थोड़ी देर लगेगी।'' डॉक्टर दीक्षित ने मरीज पर से नजर हटाए बिना ही कहा, ''पुराना रोग यकायक फिर से शुरू हो गया लगता है।''

तब कनकसिंह ने जल्दी से लाजवंती को तिरछी नजरों से देखकर कहा, ''होश में रहिए डॉक्टर, लाजवंती को यह पुराना रोग है, ऐसा फिर मत बोलना।'' ऊँची आवाज में बोल जाने का एहसास होते ही कनकसिंह को अपनी आवाज धीमी कर लेनी पड़ी, ''वह साधु भी सबके बीच ऐसा ही कुछ कह रहा था। युवराज की उपस्थिति में, उनके जीवित होने के दौरान इसे यदि हिस्टीरिया का दौरा पड़ता तो मेरे ध्यान से बाहर थोड़े ही रह पाता?''

''औरों को पता न चले तो भी डॉक्टर को इस बात का पता चल ही जाता है, जाडेजा बाबू!'' डॉक्टर दीक्षित ने धूर्ततापूर्ण हँसी हँसते हुए कहा, ''युवराज ने मुझे आगाह किया था कि इस रोग के बारे में राजमाता तक को भी जानकारी नहीं होनी चाहिए।''

''ऐसा!'' कनकसिंह ने दाँतों तले होंठ चबाया। उसके दिमाग में एक तरंग उठी, ''सच में डॉक्टर, एक तुम्हारे सिवा और कोई नहीं जानता कि लाजवंती को ऐसा हो जाता था!''

''मेरे अकेले के सिवा नहीं। हम तीनों के सिवा।'' डॉक्टर ने मुसकराहट के साथ कहा, ''युवराज, मैं और लाजवंती—तीनों यह बात जानते हैं।''

''फिर तो यह बात हमारे फायदे में रहेगी।'' कनकसिंह ने दिमाग पर जोर डाला, ''अगर राजमाता इनकार करेंगी कि लाजवंती को इसके पहले कभी ऐसा नहीं हुआ तो साधु झूठा माना जाएगा।''

"परंतु एक्स-रे फोटो से उसने हमें फँसा लिया है।"

"किसी भी प्रकार से हम उसमें से निकल नहीं सकते, डॉक्टर?" कनकसिंह ने पूछा, "भले बनकर आप डॉक्टरवाला कोई तरीका आजमाना। आवश्यकता पड़ने पर यह जाडेजा कितनी हद तक घातकी बन सकता है, इसका पता आपको अब चलेगा।"

"हर बार ताकत से दाँव नहीं जीता जा सकता, जाडेजा, कभी तरकीब भी आजमानी पड़ती है।"

"मेरी ताकत, तरकीब तुम्हारी।" कहते हुए जोश में कनकसिंह ने डॉक्टर के साथ नजरें टकराईं।

झटके के साथ, मूँदी हुई आँखों को खोलते हुए लाजवंती ने एक हाथ हवा में उछाला। कनकसिंह ने कलाई पकड़कर हाथ बिस्तर से सटा दिया। लंबी साँस छोड़कर अचेत लाजवंती ने बंद होंठ और दाँत खोलकर उँह की आवाज निकाली। उसका दूसरा हाथ ऊपर उठता देख कनकसिंह ने उसे पकड़े रखा।

"नहीं, मुझे कोई मत रोको।"

बलखाती लाजवंती ने आँखें खोले बिना जब पहला वाक्य उच्चारित किया, तब कनकसिंह ने डॉक्टर की ओर प्रश्नसूचक दृष्टि से देखा।

दीक्षित ने नाक पर उँगली रखकर संकेत किया, "बेहोशी की अवस्था में उसका सबकॉन्शियस माइंड बोल रहा है।"

"मुझे पकड़ो मत, उनके पास जाने दो—नौ-नौ बरस की कठिन तपस्या के बाद मुझे वे फिर से मिले हैं।"

"उसके भीतरी मन में जो सही-सही है, वह इसी समय ही जाना जा सकता है, तो फिर भीतर-का-भीतर रह जाएगा और हम अँधेरे में ही भटकते रह जाएँगे।"

"डॉक्टर, होश में आने से पहले वह बोले, ऐसा कुछ करो। अपना कोई उपाय आजमाइए। आज मैं उसकी असलियत जान लेना चाहता हूँ।"

"लाजवंती!"

संबोधन सुनकर कनकसिंह चौंका, परंतु डॉक्टर अब उसकी उपस्थिति भूल गए, उन्होंने बोलना जारी रखा—

"तू किससे मिलने के लिए इतनी बेताब हो रही है? बता, कौन तुझे फिर से मिला है? किससे मिलने के लिए तू इतना बलखाती है?"

"उन्हें..." आज्ञापालन करने के स्वर में लाजवंती के होंठ फड़फड़ाए,

"देखिए न, साधु के भेस में सामने ही तो बैठे हैं।"

"साधु के भेस में होने के बावजूद तूने उसे पहचान लिया? सब तो कह रहे हैं कि वह छद्मवेशी…"

"नहीं-नहीं!" लाजवंती अधबीच ही बोल उठी, "मेरी आँखों ने तो उन्हें एक ही नजर में पहचान लिया था, परंतु…"

"परंतु क्या, मन में जो है, सो बता दे!"

"मुझे डर लगता है।"

"किससे?"

"बड़े भैया से।"

"बड़े भैया से डर क्यों रही थी? वे तो तेरे हितैषी हैं। तेरे लिए वे क्या कुछ नहीं भुगत रहे। बता, लाजवंती! साधु को देखकर तेरी कामना भड़क उठी, संसार भोगने की इच्छा प्रबल हो गई, इसलिए तू उसे…"

"नहीं, वे स्वयं युवराज ही हैं। खुद भगवान् भी उनका रूप धरकर मेरे सामने आ जाए तो भी मैं चकमा नहीं खा सकती।"

बोलते-बोलते वह हाँफने लगी, उसकी साँस अटकने लगी, आखिरी शब्दों में उसकी आवाज फट गई और चेहरे पर पसीना उभरने लगा। गरदन नीचे झुकाकर वह फिर से बेहोश हो गई।

"अब हाथ दबाए रखने की जरूरत नहीं, कनकसिंह!" डॉक्टर ने अपनी गरदन पर आए पसीने को पोंछते हुए कहा, "बाबू, उसका भीतरी मन फिर से जम गया।"

"उस मन को तो मैं उधेड़ दूँगा, डॉक्टर!"

"अभी तो बेहोशी का इंजेक्शन देकर बेहोश करने के सिवा और कुछ भी नहीं हो सकता।"

"परंतु अभी वह जो कुछ भी बोली, ऐसा फिर कभी सबके बीच बेहोशी में बोलेगी तो मेरे हाथों अपनी सगी बहन की हत्या…"

"नहीं जाडेजा, सगी बहन नहीं, सौतेली कहिए।"

सुई लगाकर डॉक्टर ने उसकी तरफ देखा, "मैं सब समझकर ही तुम्हारा साथ देने के लिए तैयार हुआ हूँ, जाडेजा! आपके दबाव से नहीं, इस चिकित्सा के जरिए काफी दौलत पाने के लिए।"

"आपकी नीयत को मेरी ओर से बधाई, परंतु अभी नीचे जाकर मैं क्या कहूँ? सब प्रतीक्षा कर रहे हैं।"

"कहना आपको नहीं, मुझे है।" दीक्षित ने अपना बैग बंद करते हुए कहा।

और कनकसिंह ने जैसे ही कमरे का द्वार खोला कि दरवाजे से दूर खिसकी मधुमती खड़ी चोटी से खेलती हुई दिखाई दी। इतने में तेज चाल चलते विजयसिंह आता हुआ दिखाई दिया। कनकसिंह को दासी पर गुस्सा आया, "सीढ़ियों की तरफ ध्यान रखने के बजाय द्वार से कान लगाए खड़ी थी बेवकूफ!"

"अभी तक भाभी होश में नहीं आईं··· ?" जवाब सुनने की बजाय विजय ने शयनकक्ष में प्रवेश करते हुए पूछा, "डॉक्टर, होश में आने में इतनी देर क्यों लग रही है ?"

विजय के कदम अचानक रुक गए। निद्राधीन लाजवंती के चेहरे पर झुककर खड़े डॉक्टर दीक्षित उसके आगमन से जरा पीछे हट जाते दिखे। डॉक्टर के चेहरे के भाव जल्दी से पलटते भी देखे।

"अच्छा हुआ, आप आ गए जाम बाबू!" उसने अपना बैग हाथ में उठाते हुए कहा, "एक बार रानीजी होश में आई तो थीं, परंतु··· ।"

"परंतु क्या ?"

इतनी देर में कनकसिंह भी अंदर आ पहुँचा। डॉक्टर आगे बोलते-बोलते रुक गए, यह बात उसे अखरी, "आप क्या कह रहे थे, दीक्षित साहब ?"

"हम नीचे चलते हुए बात करते हैं।" डॉक्टर ने दासी की उपस्थिति का संकेत करते हुए पाँव उठाए। जाडेजा और जाम उसके कदम-से-कदम मिलाते आगे बढ़े।

डॉक्टर ने जाँच-कक्ष में बैठे हुए सबको विस्तार से सुनाना प्रारंभ किया, "वैसे देखिए तो महाराणीबा अपार उलझन व किसी अज्ञात भय के कारण बेहोश हैं।"

"अज्ञात भय!" यह शब्द सबको चौंका देने वाला था।

फिर डॉक्टर ने अच्छे अभिनेता की तरह अदा से साधु की ओर देख लिया, "काँपती हुई आवाज में राणीबा बोल रही थीं कि 'वह मुझे अपने बस में करना चाहता है, मेरे दिमाग पर शैतान की तरह सवार होकर मुझे डरा रहा है। दिन-रात मुझे सताता है ?"

" 'वह' का मतलब किससे है ?" बीच में ही साधु ने पूछ लिया। तब डॉक्टर ने कतराती हुई नजरों से उसे बींध डाला, "अच्छा हुआ कि आपने खुद ही यह सवाल किया। राणीबा ने आप ही की ओर उँगली उठाई।"

"अर्थात् बेहोश अवस्था में आपकी महारानी ने वहाँ से यहाँ मेरी तरफ

उँगली उठाई थी, डॉक्टर साहब?''

डॉक्टर ने कटुता के साथ कहा, ''साधु महाराज, चमत्कार दिखाना तो कोई आपसे सीखे। राणीबा ने साफ-साफ शब्दों में कहा—'वह साधु मेरे मन पर कब्जा करना चाहता है। मैं फिर से उस लंपट का मुँह देखना नहीं चाहती। मुझे उसके शिकंजे से छुड़ाओ।' '' कहकर मेज पर नाटकीय ढंग से हाथ पटकते हुए वाक्य पूरा किया, ''ये थे उनके शब्द तथा यही उनकी बेहोशी का कारण भी है।''

गोरे साहब और बैरिस्टर के बीच थोड़ी बातचीत हुई। फिर डॉक्टर से पूछा गया, ''इसका अर्थ यह कि महारानी अब से जाँच में उपस्थित रहें तो उनके मन पर विपरीत असर पड़ने की संभावना है।''

''संभावना नहीं, मुझे तो पूरा यकीन है।'' दीक्षित ने अभिप्राय स्पष्ट किया, ''दिमाग का संतुलन गँवा बैठेंगी तो उन्हें पागल बना देने के लिए हम सब उत्तरदायी होंगे।''

फिर दोनों बुजुर्गों ने सलाह करके निर्णय किया। बैरिस्टर ने खड़े होकर संबोधित किया, ''आज के लिए जाँच यहीं रोकी जाती है, परंतु कल यह फिर से शुरू हो, इसके पहले हमें दो महत्त्वपूर्ण निर्णय करने हैं। प्रथम तो यह कि महारानी की अनुपस्थिति में ही अब से आगे की जाँच आगे बढ़ेगी। किसी को इसपर एतराज है?''

''वास्तव में महारानी को इससे संताप हुआ है तो इस जाँच से उनको मुक्त रखना चाहिए; परंतु मेरी एक प्रार्थना है।'' साधु ने कुछ पल सोचने के बाद कहा, ''जाँच के अंतिम दिन, फैसला सुनाने से पहले महारानी की उपस्थिति होनी चाहिए।'' प्रार्थना के साथ-साथ कारण भी बता दिया, ''आखिरी दिन वे उपस्थित रहें तो उनके ऊपर विपरीत असर पड़ने की संभावना नहीं है।''

गोरे साहब के साथ सलाह करके बैरिस्टर ने प्रार्थना स्वीकार की, ''महारानी की सेहत और खराब न हो तो उनको आखिरी दिन उपस्थित रखने में किसी को कोई एतराज नहीं हो सकता।''

इस निर्णय को नोट कर लेने के बाद बैरिस्टर ने दूसरे निर्णय के बारे में कहा, ''आज की जाँच के एक्स-रे से जो प्रमाण प्राप्त हुए हैं, उनकी छान-बीन के लिए अभी इन फोटो के साथ एक आदमी को राजगढ़ के सरकारी अस्पताल में भेजा जाएगा। परंतु अब से दूसरे दिन जिस मुद्दे पर बहस होगी, उसकी जानकारी पहले से मिल जाए, यह जरूरी है। उसमें दोनों पक्षों को सुविधा रहेगी। जो भी प्रमाण पेश किए जाने वाले हों, उनकी दलील या उनके प्रति अन्य प्रमाण प्रत्येक पक्ष को

तैयार रखने में सुविधा रहेगी। कहिए, इसपर किसी को एतराज है ?''

साधु या कनकसिंह ने विरोध नहीं किया, तब बैरिस्टर ने पूछा, ''तो फिर बताइए, कल किस बात पर जाँच आगे बढ़ाना चाहते हैं ?''

''मृत्यु के सही कारण पर चर्चा-बहस!'' यह कहकर साधु ने जैसे गोली छोड़ी हो। कनकसिंह चौंक गया, उसने तुरंत विरोध किया, ''नहीं बैरिस्टर साहब, कल की जाँच में यह निर्मल कुमार नहीं है, यह सिद्ध करने के लिए हमें उसकी जिरह करने का मौका दिया जाना चाहिए।''

बैरिस्टर उसकी तरफ एकटक देखते रहे। जिरह की यह जल्दी उन्हें कुछ अनुचित सी लगी। फिर भी वह बोले, ''नित्यानंदजी! इनकी प्रार्थना पर आपको कोई आपत्ति नहीं होनी चाहिए। आज की शुरुआत आपके कहे अनुसार हुई थी, कल का दौर कनकसिंह के हाथ में सौंपना चाहिए।''

सब बिखरने लगे तब कनकसिंह इशारा करके बैरिस्टर को एक कोने में ले गया, ''साहब, कल सवाल हम पूछेंगे, परंतु इसकी तैयारी आपको करके देनी होगी।''

बैरिस्टर सोच में डूब गए, कनकसिंह ने कान में फुसफुसाया, ''राजमाता ने ही मुझे सूचित किया है। जब जाँच चल रही है तब आप तटस्थ और इसके बाद हमारे परामर्शदाता।''

इस प्रकार की दोहरी भूमिका निभाना बैरिस्टर वाडिया को अनुचित लगा, परंतु वे राजपरिवार के विश्वासपात्र वकील थे। राजमाता की आज्ञा की अवहेलना कैसे की जा सकती है! फैसला तो राजमाता के पक्ष में ही करना था न!

□

: १४ :

दूसरे दिन की जाँच आधे घंटे की देरी से शुरू हुई। सबने ठीक नौ बजे अपना-अपना स्थान ग्रहण कर लिया था, किसी की भी प्रतीक्षा नहीं करनी थी। सबका सत्कार करने का कार्य आज विजयसिंह ने अपने जिम्मे ले लिया था। साधु को टिल्लू घोड़े पर सवार होकर आते देखकर सब विस्मित हो गए थे। कनकसिंह और डॉक्टर रनिवास में वाडिया के साथ अंतिम क्षण तक सलाह करने में लगे हुए थे, ''लाजवंती से एक चौंका देनेवाली सूचना प्राप्त हुई है। आप यदि राय दें तो आज की जाँच में हम इसका उपयोग करें।'' दूसरी तरफ सबके विस्मय के बीच साधु ने गोरे साहब के साथ अकेले में बात करने की अनुमति पाकर अंग्रेजी में सलाह करनी शुरू कर दी थी, ''इस जाँच में मैं जो कुछ भी बोलता हूँ इसको शब्दश: नोट किया जाता है, फिर भी उसमें गलती हो जाने की संभावना बनी रहती है। चाहे कितनी भी जल्दी लिखनेवाला हो, फिर भी कुछ शब्द छूट जाएँ तथा मेरे बोलने का अर्थ बदल जाए, यह संभव है।''

''तो फिर इसका कोई इलाज नहीं है, साधु महाराज!''

''इलाज है।'' साधु ने रुककर इलाज बताया, ''आवाज उतारने की मशीन का उपयोग किया जाए तो आईने की तरह उसमें भी जैसा हो वैसा ही आता है। प्रत्येक शब्द फिर से सुना जा सकता है, बोलने के बाद फिर कोई पलट नहीं सकता।''

''मतलब कि आप टेपरिकॉर्डर की बात कर रहे हैं?'' गोरे साहब उलझन में पड़ गए, ''परंतु ऐसी मशीन शायद ही किसी के पास हो।''

''शौकीन राजा-महाराजा के पास तो हो सकती है।'' कहकर साधु ने सिफत से कहा, ''शायद इस महल में भी हो।''

तब पॉलिटिकल एजेंट विलियम साहब मुसकराए। उन्होंने बैरिस्टर वाडिया को मंत्रणा में शरीक किया, ''जाँच को नोट करने के लिए मशीन का उपयोग किया जाए तो इसमें आपको कोई आपत्ति तो नहीं है?''

तीनों को मंत्रणा करते हुए देखकर कनकसिंह झल्लाया, 'साधु फिर नया झूठ लेकर आया होगा! आज तो मैं उसे ठीक तरह से बताऊँगा।'

और साढ़े नौ की घंटी बजने पर निजी परामर्श आदि बंद हो गया। साधु का प्रस्ताव सबके सामने पेश करके गोरे साहब ने अपनी राय दी, "इस मशीन के उपयोग से जाँच की स्पष्टता व सफाई बढ़ेगी, इसमें कोई संदेह नहीं; परंतु ऐसा कोई टेपरिकॉर्डर अभी प्रस्तुत नहीं है, इसीलिए…।"

इतने में अधबीच ही साधु ने क्षमा चाहते हुए कहा, "मेरे मत के अनुसार ऐसी मशीन युवराज निर्मल कुमार के पास थी और अब भी यह होनी चाहिए।"

साधु पर स्थित सबकी नजरें लौटकर कनकसिंह पर टिक गईं। कनकसिंह उलझ गया। साधु की हर बात में उसे किसी षड्यंत्र का संदेह ही होता था। इसीलिए आदतन उलटा कहने लगा, "ऐसी कोई मशीन हमारे पास नहीं।"

"जाडेजा, हो सकता है, इस महल की हर बात से आप वाकिफ न भी हों।" साधु ने नम्रता से, लेकिन दृढ़ता से कहा, "जरा राजमाता से पूछ लीजिए, देर नहीं लगेगी।"

कनकसिंह को बहुत अखरा, "परंतु बैरिस्टर वाडिया ने पिछली रात आगाह किया था कि अपने व्यवहार में रूखापन मत लाना। वरना हमारा दावा कमजोर पड़ जाएगा…इसलिए कड़ुवा घूँट गले उतारकर परदे के पीछे बैठीं राजमाता से पूछकर आया, "वे कह रही हैं कि ऐसी मशीन युवराज के पास थी तो सही…" कहकर नरम आवाज में खनक लाकर कहा, "परंतु खराब हो जाने के कारण पिटारे में रख दी गई है।"

गोरे साहब ने बहस को वहीं पर काट दिया, "अब इसके बारे में किसी को और कुछ कहने की जरूरत नहीं। कल मैं राजगढ़ से टेपरिकॉर्डर मँगवा लूँगा। आज की जाँच शुरू की जाए।"

कहकर गोरे साहब ने कनकसिंह की ओर देखा, "कल तय हुआ था कि आप फरियादी साधु से सवाल कर सकते हैं।"

"फरियादी नहीं नामदार, हमारी नजर में तो वह अभियुक्त है।" कनकसिंह ने वकील के तरीके से शुरुआत की। सवेरे से रटा हुआ जोश उसके शब्दों में प्रवाहित होने लगा, "साधु के भेस में आए हुए इस आदमी ने तीन बार हमारे महल से चोरी की है।"

"महल में चौकीदारों का जत्था होने पर भी चोरी की!" साधु ने व्यंग्य कसा। इसलिए कनकसिंह ने सुधार किया, "चोरी की नहीं तो करवाई है।"

"आपको सवाल करने हैं, जाडेजा!" गोरे साहब ने टोका, "आरोप या आक्षेप नहीं करने हैं।"

"नामदार साहब, मैं यही करना चाहता हूँ। प्रथम चोरी उसने महल के टिल्लू घोड़े की की थी या नहीं, मैं इसका जवाब चाहता हूँ।"

"घोड़े की चोरी नहीं नामदार, मैंने उसका रक्षण किया।" साधु ने जवाब दिया, "जिस टिल्लू घोड़े को कनकसिंह ने गोली से उड़ा देने का आदेश दिया, वह अपने आप मेरी शरण में आया।"

"क्या घोड़े को पता चल गया कि उसे गोली से उड़ा देने वाले हैं?" कनकसिंह ने तीक्ष्ण व्यंग्य कसा, "इसलिए वह दौड़ता हुआ आपकी शरण में आया?"

"नहीं, ऐसा नहीं जाडेजा, घोड़े को पता चल गया कि उसका असली मालिक कौन है!"

इस बात पर डॉक्टर ने ठहाका लगाया, कनकसिंह का जोश बढ़ा, "साधु महाराज, आप यहाँ बैठे हुए सबको क्या मूक पशु से भी हीन समझते हैं? युवराज की चिकित्सा करनेवाले यह डॉक्टर, युवराज के पास रहनेवाली महारानी या युवराज को जन्म देनेवाली राजमाताजी को आप असली नहीं लगे और चार पैरोंवाले एक पशु ने आपको असली मालिक मान लिया?"

सबको यह तर्क उचित प्रतीत हुआ। साधु भी जरा सा झुका, "मान लीजिए कि टिल्लू घोड़े ने मुझे असली मालिक नहीं माना हो, परंतु जिसे आप खत्म कर देने वाले थे, जिसका पाँव टूट गया था, उसे ठीक करके मैंने बचाया, इसमें चोरी की क्या बात है?"

"अपने पालतू जानवर को हम गुड़ खिलाएँ या गोली मारें, इससे आपको क्या लेना-देना? हम उसके मालिक हैं।"

"मालिक आप नहीं, राजमाता हैं जाडेजा।" साधु ने जवाब में कहा, "क्या यह बात भूल गए कि निर्मल कुमार ने मरने से पहले अंतिम इच्छा व्यक्त की थी कि टिल्लू लँगड़ा हो जाए तो भी उसे गोली मत मारना?"

सब चौंके। कनकसिंह को यह आघात काफी भारी लगा, परंतु रुकने के बजाय वह और भी जोश में आ गया, "नामदार साहब, यह साधु मेरा मूल प्रश्न उड़ाकर बात को अलग मोड़ देने की कोशिश कर रहा है। घोड़े को बचाने का बहाना है, क्योंकि दूसरी बार उसने निर्मल कुमार के कवच की चोरी करवाई और तीसरी बार चोरी की गई युवराज की तलवार व पोशाक के तो आप खुद गवाह हैं,

कहिए साधु, इस चोरी के बचाव के लिए कौन सा बहाना है आपके पास?''

"बहाना नहीं जाडेजा, निर्मल कुमार की हर एक चीज पर मेरा हक है।"

इस जवाब ने सबको चौंका दिया। बैरिस्टर एकदम खड़े हो गए, "यह जवाब ठीक नहीं है। हक सिद्ध करने से पहले ऐसा दावा नहीं हो सकता।"

गोरे साहब ने भी सिर हिलाकर हाँ में हाँ मिलाई, तब कनकसिंह तन गया, "नामदार, हक का दावेदार तो सामने से आकर माँगता, परंतु इसने तो महल की एक दासी को फुसलाकर पिटारे से सारी चीजों की चोरी करवाई थी।"

"नहीं-नहीं!" साधु ने बहुत ही ऊँची आवाज में कहा। उसका सुर्ख चेहरा देखकर सब चौंके। अब तक की इसकी सौम्यता इस एक बात से कैसे अदृश्य हो गई? राजपूत की तरह उसका खून क्यों खौल उठा? दो पल के लिए खामोशी छा गई। साधु ने आँखें मूँदकर आघात सह लिया। चेहरे पर पहले जैसी सौम्यता लौटने पर कहा, "किसी के द्वारा चोरी करवाने का आरोप बिलकुल झूठा है।"

"तो फिर यह मान लो कि आप स्वयं ये चीजें उठा ले गए थे, आप ही ने चोरी की थी।"

साधु को निर्णय लेने में देरी हुई, तब कनकसिंह की अधीरता बढ़ गई, "हम प्रमाण के बिना आरोप लगाने में विश्वास नहीं करते। इसने जिस दासी से कवच, तलवार एवं पोशाक की चोरी करवाई उसका नाम है मालती।"

यह नाम सुनकर साधु के ललाट पर झुर्रियाँ उभरीं। उलझन बढ़ गई।

कनकसिंह ने दासी को उपस्थित करने की नामदार से आज्ञा चाही, तब साधु को ही कहना पड़ा, "इस बात में दासी को शरीक करने से पहले मैं एक-दो बातों की स्पष्टता चाहता हूँ।"

अनुमति मिलने पर साधु ने शुरुआत की, "जाडेजा, आपके कहे अनुसार जिन चीजों की चोरी मैंने दासी के जरिए करवाई है, ये किसी के भी हाथ लग जाएँ, इस तरह से रखी जाती हैं?"

"नहीं, ताला लगाकर पिटारा-कक्ष में बहुत जतन से रखी जाती हैं।"

"तो फिर एक दासी ने इनकी चोरी कैसे की?"

कनकसिंह इसी प्रश्न की प्रतीक्षा कर रहा हो, ऐसे मुसकराया, "बहुत ही सीधी सी बात है। राजमाता स्नान करते समय चाबी का गुच्छा भूल गई हों, फिर घंटों तक पूजा में बैठी रही हों, इस मौके का फायदा उठाकर दासी ने नकली चाबियाँ बना ली हों, यह संभव है।"

"यह तो आपका अनुमान है।"

"नहीं, दासी ने स्वयं स्वीकार किया है और सबके बीच अपने जुर्म का इकरार करने के लिए तैयार है।"

तब साधु को थोड़ी देर के लिए सोचना पड़ा, "जाडेजा, उससे अपराध कबूल कराने की आपकी अधीरता समझी जा सकती है, क्योंकि महल की दासी डर या धमकी के कारण झूठी स्वीकृति देने को तैयार हो सकती है।"

"आपके कहने के साथ हमें..." जाडेजा आगे कुछ कहे, उसके पहले गोरे साहब ने हाथ ऊपर उठाकर उसे टोका। वाडिया के साथ थोड़ी कानाफूसी की, "इस प्रकार से तो जाँच काफी समय तक चलेगी। चोरी की गई चीजें साधु के वापस सौंप देने के बाद ही ये चोरी हो गई थीं, ऐसा पता चला था। इसलिए उसका इरादा चोरी करने का नहीं था।" तब बैरिस्टर ने ऐसी दलील की कि "साधु का इरादा अपने आपको निर्मल कुमार प्रमाणित करने का है, छोटी-मोटी चोरी करने का नहीं। कनकसिंह का मानना है कि यह सारा षड्यंत्र व्यवस्थित ढंग से आयोजित किया गया है।" तब गोरे साहब ने समझाया, "तो फिर उससे कहिए कि षड्यंत्र का कोई महत्त्वपूर्ण मुद्दा पेश करे।"

"इस साधु ने हिम्मतगढ़ की गद्दी पर कब्जा करने के लिए एक बड़ा षड्यंत्र रचा है, जिसकी नींव आज से सात-आठ साल पहले कुंभ मेले में रखी गई थी।" कनकसिंह ने आरोप लगाया।

"कहिए, साधु महाराज! इलाहाबाद के कुंभ मेले में आप गए थे क्या?"

"हाँ, हमारा साधु संघ कुंभ मेले की यात्रा पर था।"

"आपके संघ का अगुआ कौन था?"

"हमारे गुरु स्वामी सत्यानंदजी?"

"विधवा महारानी भी उस कुंभ मेले की तीर्थयात्रा पर गई थीं।" कनकसिंह ने सबको संबोधित करके कहना शुरू किया, "आप सब ध्यान से सुनिए, राणीबा का वैधव्य का घाव हरा था। मन की शांति एवं मृत पति की सद्गति हेतु वे तीर्थयात्रा पर गई थीं, वहाँ उन्हें ज्ञात हुआ कि पास ही में एक त्रिकालदर्शी साधु का डेरा है। महाराणीबा उस त्रिकालदर्शी के दर्शन के लिए गईं। दर्शन के लिए आतीं स्त्रियों को अपनी आँखों से नहीं देखनेवाले उस साधु ने महाराणी को बंद आँखों से आशीर्वाद दिया, क्या आशीर्वाद दिया, यह सुनिए।"

कनकसिंह रुककर धूर्ततापूर्ण मुसकराहट से देखने लगा कि सब उसे सुनने के लिए एकाग्र हो गए हैं, तो फिर जोश में बोला, "एक विधवा स्त्री को उस साधु ने अखंड सौभाग्यवती होने का आशीर्वाद दिया।"

डॉक्टर ठहाका मारकर हँसने लगा, और लोग भी जरा सा हँसे। बैरिस्टर ने जब गोरे साहब को इसका अर्थ बताया तब उसकी आँखों में भी चमक उभर आई।

''यह आशीर्वाद ही इस साजिश का मूल है।'' कनकसिंह ने कहा, ''सच्चा साधु किसी विधवा को अखंड सौभाग्यवती कहने की हिम्मत कर सकता है क्या?''

''कर सकता है!'' अब नित्यानंद ने उतनी ही ऊँची आवाज में सुनाया, ''यदि वह त्रिकालदर्शी हो तो भीतर के दिव्य-चक्षुओं से देख पाता है कि उसका पति जीवित है। केवल उस स्त्री को इसका पता नहीं।''

कनकसिंह ने अट्टहास किया, ''त्रिकालदर्शी न होकर पाखंडी हो तो भी ऐसा कह सकता है?''

तब साधु ने हाथ उठाकर विरोध किया, ''नामदार, यहाँ किसी की मान-मर्यादा पर प्रहार करने पर प्रतिबंध है। कनकसिंह जाडेजा ने हमारे गुरु को पाखंडी कहकर उस मर्यादा का उल्लंघन किया है।''

''नहीं नामदार, जान-बूझकर मैंने उन शब्दों का प्रयोग किया है।'' कहकर वह शठता से हँसा, ''कारण यह कि मैं यदि पूछता कि वे त्रिकालदर्शी आपके गुरु थे तो शायद इनकार कर देते। इसके बदले पाखंडी शब्द से उत्तेजित होकर इन्होंने स्वीकार कर लिया कि तुम उन्हीं के चेले हो।''

''उनका शिष्य होने में मैं गौरव का अनुभव करता हूँ, जाडेजा। कुछ लोग दूसरों की जान लेने में आनंद मनाते हैं तो कुछ लोग दूसरों को जीवनदान देकर कृतार्थता अनुभव करते हैं।''

''बातें गढ़ने में आप कितने माहिर हैं, यही तो मुझे कहना है।'' कनकसिंह ने अपमानित करने के ढंग से कहा।

''कनकसिंह जाडेजा, जो खुद साजिश कर सकता है, वही दूसरों के ऊपर साजिश करने का आरोप लगाने की ऐसी दृढ़ कल्पना कर सकता है। साधु ने बहस की, ''सात साल पहले क्या प्लान बना था वह तो बताया आपने, परंतु अब यह भी बताइए कि साजिश करनेवाले ने सात साल तक उसपर अमल क्यों नहीं किया? इतने समय तक धैर्य क्यों रखा?''

''यह मुझे नहीं आपको बताना है, साधु महाराज, कि नकली निर्मल कुमार बनने में इतने सारे बरस क्यों लगे? क्या युवराज की सी तलवारबाजी सीखने में ज्यादा समय बीत गया?''

कनकसिंह के इस कथन पर विह्वल हो गए साधु ने तीक्ष्ण नजरों से उसकी ओर देखा। सब उसके बोलने की अधीरता से प्रतीक्षा कर रहे थे। उसे कहना पड़ा,

"युवराज की मृत्यु और साधु के जन्म के बीच के दौरान क्या-क्या हुआ, यह कहने का समय अभी नहीं आया। अभी तो मैं यह जानना चाहूँगा कि कुंभ मेले में जो दासी मुझे देखकर आश्चर्यचकित हो गई थी, क्या वह मालती ही थी?"

"नहीं, मधुमती है—महारानी की दूसरी दासी, कहें तो अभी बुलवाऊँ।"

"रहने दीजिए, जाडेजा, शतरंज की बिसात पर बलवान् खिलाड़ी राजा, वजीर और हाथी-घोड़ों की चाल पर भरोसा करता है। आज्ञांकित दासी आपको बाजी अपने पक्ष में करने में सहायक नहीं हो सकती।"

यहाँ बैरिस्टर वाडिया को उठना पड़ा, "नित्यानंदजी, आपके वाक्‌चातुर्य पर हम फिदा हो गए हैं। चाहते हो तो इसका प्रमाण-पत्र हाजिर कर देते हैं। परंतु आपकी अपनाई हुई रीति हमारी समझ में नहीं आ रही। कनकसिंह जो भी आरोप लगाते हैं आप उसका खंडन करते हैं, परंतु प्रमाण पेश करने के प्रस्ताव को आप उड़ा देते हैं, ऐसा क्यों?"

"क्योंकि हिम्मतगढ़ के सूर्यवंशी कुल में दास-दासियों का स्थान हमेशा कक्ष की चौखट तक सीमित रहा है। कनकसिंह यह मर्यादा लाँघना चाहें तो भी मुझे यह मंजूर नहीं। महारानी का नाम देकर वे सबूत के रूप में दासियों को ही पेश करना चाहते हैं न!"

"यह जाँच आपकी मरजी के मुताबिक नहीं होगी।" बैरिस्टर ने सख्त शब्दों में कहा, "आप अपने पर महल से चोरी करवाने और नकली निर्मल कुमार बनने के लगाए गए आरोप का या तो खंडन कीजिए या फिर कुबूल कीजिए''तब तक यह जाँच आगे बढ़ाने का कोई मतलब नहीं है।"

तब साधु ने गोरे साहब की ओर देखा। उन्होंने अपने मंत्री से बैरिस्टर के कथन का अंग्रेजी भाषांतर समझ लिया। फिर कहा, "बैरिस्टर वाडिया ने जो कहा है, वह वाजिब है। कनकसिंह के द्वारा लगाए गए आरोप में हमें तर्क व तथ्य नजर आता है। दासियों को सबूत व गवाह के रूप में पेश करने में आपकी हिचकिचाहट संदेहजनक है और इसमें साजिश की बू भी आती है, आपसे यदि आरोपों का खंडन नहीं हो सकता है तो…"

"नहीं नामदार, आप सबके मन में कोई पूर्वग्रह उत्पन्न हो, उसके पहले ही मैं कनकसिंह के द्वारा रखे गए आक्षेपों का खंडन करना चाहता हूँ।" कहकर साधु ने कक्ष में बैठे हुए सब लोगों पर एक नजर डाली, फिर कहा, "परंतु आपको इस वास्ते हमें दो-तीन घंटे की मुहलत देनी होगी। मुझे यहाँ से बाहर जाने की इजाजत देनी पड़ेगी।"

उसकी यह प्रार्थना सबको विचित्र लगी। कनकसिंह धूर्तता से हँसा। गोरे साहब ने कारण जानना चाहा, "आप बाहर कहाँ जाना चाहते हैं?"

"अपने निवास-स्थान पर," कहकर साधु ने स्पष्ट किया, "अभी मेरे सामने धर्मसंकट उपस्थित हो गया है। जब ऐसा कुछ होता है तब समाधि लगाकर मैं स्वर्गस्थ गुरु से मार्गदर्शन पाता हूँ।"

"अच्छा बहाना बनाया है?" कनकसिंह ने व्यंग्य कसा, "कोई नया चमत्कार दिखाने का इरादा है क्या?"

"ऐसा ही कुछ!" साधु ने व्यंग्य की अपेक्षा सौम्यता के साथ कहा, "चमत्कार के बिना आप नमस्कार करें, ऐसा नहीं है, जाडेजा।"

"मुझसे तिरस्कार के सिवा आपको कुछ भी मिलने वाला नहीं, साधु महाराज!"

साधु खड़े हुए, "आप सबका वक्त जाया कर रहा हूँ, परंतु कुल मिलाकर उससे आपका काफी समय बचा लेने की तसल्ली देता हूँ। मुझे फिर कब उपस्थित होना है?"

गोरे साहब ने अपनी जेबघड़ी बाहर निकाली, "अभी बारह बजने को है। आपने तीन घंटे की मुहलत माँगी है। इसके बदले हम चार घंटे मंजूर करते हैं। इससे देरी न हो, इतना ध्यान रखना।"

"ठीक है।" कहकर जाने से पहले एक सूचक दृष्टिपात किया। उसमें धीरता बनाए रखने का संकेत था।

□

तीन बजे से कनकसिंह सबको कहता रहा कि साधु महाराज रफूचक्कर हो गए हैं। समाधि और गुरु का मार्गदर्शन तो सब बहाने थे। राज्य की सीमा पार करने के लिए ही उसने इतनी मुहलत चाही थी।

साढ़े चार बजने को आए फिर भी साधु का आगमन नहीं हुआ, तब सबको कनकसिंह की भविष्यवाणी सच लगने लगी।

"मेरा कहा मानो, वह मैदान छोड़कर भाग निकला।" कनकसिंह ने खुशी व्यक्त की। "उसे तसल्ली हो गई कि मैंने साजिश का पर्दाफाश कर दिया है। अब वह मुँह नहीं दिखाएगा। उसकी प्रतीक्षा करने के बजाय अपना फैसला लिख दीजिए तो इस आपत्ति से पीछा छूटे।"

ठीक उसी समय महल के मैदान से घोड़े की टाप सुनाई दी। विजयसिंह के मुँह से निकल गया, "लगता है कि वे आ गए।"

परंतु कक्ष के द्वार की ओर टकटकी लगाए बैठे सबकी नजरों ने साधु की बजाय लखुभा को देखा। कनकसिंह ने धूर्त मुसकराहट के साथ पूछा, ''क्या हुआ, लखुभा? साधु महाराज नजर आए कहीं?''

''नहीं बाबू, मंदिर में कहीं भी उनका घोड़ा नजर नहीं आया।'' लखुभा ने उत्तर दिया।

''अब तो किसी को भी पता नहीं चलेगा।'' कहकर कनकसिंह ने जैसे कोई जंग जीत ली हो, ऐसी खुशी से डॉक्टर के साथ उत्साहपूर्वक हाथ मिलाया।

□

: १५ :

साधु की प्रतीक्षा करते-करते सबका धैर्य जवाब दे गया तब बैरिस्टर वाडिया ने प्रस्ताव रखा, ''हमने सोचा भी न था कि जाँच इतनी जल्दी समाप्त करनी पड़ेगी। जो नतीजा हम सबने सोचा था, वही हुआ। मृतक युवराज का स्थान लेने के लिए नौ साल बाद एक साधु अचानक आ जाए, कुछ चमत्कार दिखाकर हमें भरमा दे, इस राज्य एवं राज-परिवार के लिए आपत्ति बन जाए—यह सब अकल्पनीय ढंग से हो गया। कनकसिंह ने केवल साजिश का इशारा ही किया था कि साधु महाराज हमें यहाँ प्रतीक्षा करते हुए बिठाकर मैदान छोड़कर भाग गए। अब केवल एक ही विधि शेष रह जाती है। नामदार विलियम साहब जाँच खत्म कर देने के फैसले के साथ पाखंडी साधु का दावा खारिज करने का आदेश जारी करें और हम सब उसपर दस्तखत कर दें। मुझे लगता है कि इसमें किसी को कोई आपत्ति नहीं होगी।''

''विजयसिंह!'' बैरिस्टर वाडिया जैसे उसकी उलझन भाँप गए हों, बोले, ''आपने अभी तक अनुमति नहीं दी। साधु की प्रतीक्षा करना चाहते हैं क्या?''

तब उसे सतर्क हो जाना पड़ा, ''नहीं वाडिया साहब, मुझे तो अफसोस है कि वह नकली निर्मल कुमार हमारी आँखों में धूल झोंककर पलायन कर गया।'' फिर कनकसिंह की ओर देखकर कहा, ''ऐसी साजिश करनेवाले को हम जिंदा कैसे जाने दे सकते हैं, जाडेजा?''

''वह हम बाद में देख लेंगे, विजय जाम!'' कनकसिंह ने अधीरता दिखाई, ''पहला काम गोरे साहब का फैसला पा लेने का है। बैरिस्टर साहब, हम आगे बढ़ें। जाँच खत्म करने पर किसी को कोई एतराज तो नहीं है।''

''मुझे एतराज है।''

इस आवाज ने सबको चौंका दिया। झटके के साथ सबकी गरदनें मुड़ीं, देखते ही आँखें फटी रह गईं—साधु?

''यह क्या नाटक चल रहा है?'' बैरिस्टर वाडिया बेचैनी से झल्लाकर

बोले, ''हम आपके चमत्कार से बाज आ गए। इतनी प्रतीक्षा करवाकर नाटक के रंगमंच पर अभिनय करने आए हो जैसे, इस तरह आने का क्या मतलब है?''

जवाब देने के बदले दोनों हाथों से उठाई हुई गेरुए वस्त्र से लिपटी भारी भरकम गठरी साधु ने अपनी बैठक में रखी। खड़े रहकर थोड़ी देर तक लंबी साँस ली। फिर कनकसिंह के सामने पैनी दृष्टि से देखते हुए कहा, ''नामदार, अबकी बार विलंब होने के कारण आपसे क्षमा की प्रार्थना नहीं करूँगा, क्योंकि मैंने आप सबका समय बरबाद नहीं किया। कनकसिंह के द्वारा लगाए गए चोरी के आरोप का खंडन करने का सबूत लेकर आया हूँ।''

''परंतु आप वक्त पर नहीं आए, इसीलिए हमने तो आपको नकली मान लिया।'' बैरिस्टर खामोश नहीं रहे, ''बस फैसला लिखने भर की देर थी।''

''तब तो ऊपरवाले ने आपको गलत फैसला लिखने के अपकृत्य से बचा लिया।''

''मिस्टर नित्यानंद!'' गोरे साहब ने सख्त आवाज में कहा, ''आप अनावश्यक बहस करके, कभी हमारी समझ में न आए—ऐसे बहाने बनाकर, हमारा बहुमूल्य समय बरबाद कर रहे हैं। अब मैं ऐसा हरगिज नहीं होने दूँगा। चलिए शुरू कीजिए, क्या सबूत लाए हैं आप?''

सबकी निगाहें गेरुए कपड़े में लिपटे बक्से के आकार की गठरी पर टिक गईं, परंतु अच्छे जादूगर की तरह साधु महाराज सबकी जिज्ञासा को बढ़ाकर तंग करना चाहते थे।

''सबूत पेश करने से पहले मैं कनकसिंह से दो-चार प्रश्न करना चाहता हूँ, जिससे मुझ पर लगाए गए चोरी के आरोप स्पष्ट हो जाएँ।''

''प्रश्न संक्षिप्त हों एवं मुकदमे से ताल्लुक रखते हों।'' बैरिस्टर ने आगाह किया, ''नामदार साहब की टोक को ध्यान में रखकर आगे बढ़ना।''

''ठीक है।'' कहकर साधु ने कनकसिंह की ओर बेधनेवाली दृष्टि डाली।

''जाडेजा, आपने कहा कि राजमहल की दासी मालती के द्वारा मैंने कवच, तलवार एवं निर्मल कुमार के पोशाक की चोरी करवाई थी।''

''हाँ, मैंने कहा था और सभी ने उसका हर एक शब्द ठीक से सुना था।''

''आपने ऐसा भी कहा कि राजमाता पिटारेवाले कक्ष की चाबी का गुच्छा स्नान करते समय भूल गईं, उसे उठाकर दासी ने नकली चाबियाँ बनवा ली थीं।''

''ठीक है, असली और नकली चाबियों के दोनों गुच्छे मेरे पास हैं।''

''तो फिर आपने उस कक्ष का ताला नहीं बदला होगा?''

"आप क्या हमें इतना अनाड़ी मानते हैं!" कनकसिंह ने व्यंग्य में हँसते हुए कहा, "दूसरे ही दिन पिटारा-कक्ष के द्वार पर दूसरा ताला लगा दिया।"

"परंतु उस नए ताले की चाबी सँभालकर रखी जाती थी या नहीं?"

"हिफाजत के साथ चौबीस घंटे यह चाबी मेरे कब्जे में रहती है। मैं कभी उसे इधर-उधर नहीं छोड़ता।"

"लीजिए साहब, आज ही पिटारेवाले कक्ष में एक चीज की चोरी हुई है।" साधु ने सबको चौंकाया, "फिर भी पिटारेवाले कक्ष का ताला बिलकुल सलामत है। तसल्ली करना चाहो तो किसी को देखने के लिए भेज दो।"

"ऐसा हो ही नहीं सकता!" कहते हुए कनकसिंह ने कदम बढ़ाए, "मैं खुद जाकर तसल्ली करके आता हूँ?"

ताला ज्यों-का-त्यों है। चोरी होने की कोई गुंजाइश ही नहीं है।

तब हँसकर साधु ने गेरुए कपड़े में लपेटी हुई चीज सबके सामने मेज पर रखी। जादूगर की सी अदा से कपड़ा हटाकर सबसे कहा, "देख लीजिए, आवाज नोट करने की मशीन, जो निर्मल कुमार के पिटारे में थी।"

"टेपरिकॉर्डर!" गोरे साहब अपना ओहदा भूलकर अधीरता से देखने के लिए खड़े हो गए, "यह कहाँ से आई?"

"पूछिए कनकसिंह से कि यह निर्मल कुमार का ही है न?" साधु ने आग्रह किया। कनकसिंह ने मेज के पास आकर जाँचा। इनकार किया नहीं जा सकता था, सो आश्चर्य व्यक्त किया, "कल ही हमने पिटारा खोलकर देखा था कि अंदर मशीन है कि नहीं! राजमाता तसल्ली करना चाहती थीं कि सही में यह चलता है कि नहीं?" कहते हुए साधु की ओर घूमकर काट खाना चाहता हो, ऐसे अंदाज में कहा, "फिर आपने चोरी की?"

"जी नहीं, जाडेजा, आपके आरोपों का खंडन किया।" साधु ने मुसकराते हुए कहा, "मैं इतना ही सिद्ध करना चाहता था कि पिटारेवाले कक्ष से कोई भी चीज प्राप्त करने के लिए किसी के द्वारा चोरी कराने की जरूरत नहीं। आपने बेचारी दासी को झूठ-मूठ ही इस मामले में घसीटने की चाल आजमाई!"

कनकसिंह शर्म से झुके, इसके पहले बैरिस्टर खड़े हुए, "यह टेपरिकॉर्डर पेश करके आपने यही साबित किया कि जब भी जी में आए तब आप मनचाही चीज की चोरी महल से कर सकते हैं। पहले दासी का उपयोग किया। इस बार दूसरी कोई तरकीब आजमाई होगी, परंतु इसे हम आपका चमत्कार नहीं मान लेंगे, साधु महाराज!"

''चमत्कार का दावा मैंने कभी किया नहीं, वाडिया साहब।'' साधु ने दृढ़ आवाज में कहा, ''केवल यही सिद्ध करना चाहता हूँ कि पिटारा-कक्ष में पहुँचने के लिए मुझे द्वार पर लगा ताला खोलने की आवश्यकता नहीं है और किसी के द्वारा चोरी कराने की भी आवश्यकता नहीं।''

''तो क्या आप जादूगर की तरह पिटारा-कक्ष में पहुँच जाते हैं?'' बैरिस्टर ने ताना मारा, ''बात समझ में आए, इस प्रकार से स्पष्ट कीजिए।''

''इसके पहले जाडेजा से पूछकर तो देखिए कि पिटारा-कक्ष में पहुँचने के लिए और कोई रास्ता है भी?''

''नहीं, नहीं है।'' कनकसिंह ने बोल देने में जल्दी की।

''नहीं है या आपको मालूम नहीं?'' साधु ने तीखेपन से सवाल पूछा, ''संभव है कि महल के तमाम रहस्यों से आप परिचित न हों?''

''दस साल से इस महल का मैं अकेला ही कर्ता-धर्ता रहा हूँ। यहाँ के चप्पे-चप्पे की जानकारी है मुझे।''

''आप शेखी बघार रहे हैं, जाडेजा!'' साधु ने पहला वार किया, ''पिटारा-कक्ष में जाने के लिए एक खुफिया रास्ता है, जिसके बारे में आपको जानकारी नहीं है।''

खुफिया रास्ते की बात सुनकर सबके बदन तन गए। बैरिस्टर ने कनकसिंह की ओर कतराते हुए देखा, तब साधु ने दूसरा प्रहार किया, ''साहब, इस गुप्त मार्ग की जानकारी जिन्हें है, ऐसे दो ही व्यक्ति आज जीवित हैं—एक राजमाता और दूसरे निर्मल कुमार।''

''परंतु निर्मल कुमार जीवित नहीं हैं।'' बैरिस्टर ने दखलंदाजी की, ''आप चालाकी मत आजमाइए।''

''निर्मल कुमार यहाँ पर नहीं हैं, परंतु नित्यानंद तो जीवित है न!'' साधु ने यही बात दूसरे ढंग से कही, ''मैं कनकसिंह से इतना ही पूछना चाहता हूँ कि दस-दस साल से आप यहाँ के सर्वसत्ताधीश बने बैठे हैं, फिर भी आपको जिस बात की जानकारी नहीं है, यह रहस्य इस साधु ने कहाँ से प्राप्त किया?''

इतने में गोरे साहब ने दखलंदाजी की, ''पहले यह तो तय कीजिए कि ऐसा कोई खुफिया रास्ता है भी या नहीं?''

''इस बात का सही उत्तर केवल राजमाता ही दे सकती हैं!'' विजयसिंह ने पहली बार बहस में शामिल होते हुए कहा, ''यदि आपकी अनुमति हो तो मैं उनसे पूछ लूँ।''

अनुमति मिलने पर विजयसिंह परदे के पीछे बैठीं राजमाता की ओर सरका, यह कनकसिंह को बहुत अखरा। अंदर से विजय ने ऊँची आवाज में कहा कि राजमाता कह रही हैं, "युद्ध में शत्रुओं का सैन्यदल राजमहल को घेर ले तब राजपरिवार को सुरक्षित बाहर भेज देने के लिए यह गुप्त मार्ग बनवाया गया था।"

"साथ-ही-साथ राजमाता से यह भी पूछ लीजिए," साधु ने वापस लौट रहे विजयसिंह को रोकते हुए कहा, "इस गुप्त रास्ते का दूसरा छोर मंदिर के पास निकलता है या नहीं?"

कनकसिंह की आँखों से अंगारे बरसने लगे। सबकुछ समझ में आ गया। साधु इस रास्ते से महल के पिटारा-कक्ष में आकर मनचाही चीजें उठा ले जाता था।

इतने में अंदर से राजमाता का जवाब मिला, "हाँ, राजमहल से मंदिर तक का यह गुप्त मार्ग युवराज निर्मल कुमार के जन्म के पहले बनाया गया था।"

"सुना आप सबने!" साधु की आवाज ऊपर उठती गई, "अब कनकसिंह ऐसा नहीं कह सकते कि आज से चालीस बरस पहले बनाए गए गुप्त मार्ग की जानकारी मैंने किसी मिस्त्री-मजदूर से प्राप्त की थी।"

"परंतु यह जानकारी दूसरे रास्ते से भी पाई जा सकती है।" कनकसिंह ने हार की बाजी को जीत में पलटने के लिए अंतिम दाँव खेला, "इस साधु को हमने अभी पूर्ण रूप से पहचाना नहीं है। वह सम्मोहन विद्या जानता है।"

"सम्मोहन विद्या!" साधु ने मजाक के लहजे में कहा, "जिन्होंने एक आँख मोतियाबिंद में गँवाई और दूसरी आँख से देख नहीं पातीं, उनपर सम्मोहन कैसे किया जा सकता है, जाडेजा?"

तब कनकसिंह उलझ गया, परंतु बगल में बैठे डॉक्टर दीक्षित ने मौका देखकर कहा, "एक डॉक्टर के अलावा हिप्नोटिज्म के जानकार की हैसियत से मैं बेहिचक कह सकता हूँ कि वशीकरण में आँखों से आवाज ज्यादा असरदार हो सकती है। राजमाता को आँखों से दिखाई न पड़ता हो, तो भी साधु महाराज उनके मन के विचार पढ़ सकते हैं, इसलिए कनकसिंह का संदेह बेबुनियाद नहीं।"

गोरे साहब ने जेब से घड़ी निकालकर देखा, छह बजने में जरा सी ही देर थी। आज की जाँच यहाँ तक ही रखने का विचार किया, परंतु तुरंत ही कुछ दिमाग में आया हो, ऐसे साधु की तरफ उँगली उठाकर कहा, "आपने राजमहल के गुप्त रास्ते का रहस्य बताया। अब मुझे यह बताइए कि इस राज के संबंध में कोई ऐसी गुप्त जानकारी है, जो केवल युवराज निर्मल कुमार और राजमाता या राजरानी के

अलावा और कोई न जानता हो!''

गोरे साहब के प्रश्न ने साधु को असमंजस में डाल दिया, परंतु कनकसिंह को तो एक बढ़िया सा तर्क दे दिया।

''नहीं नामदार!'' याद करने के लिए मूँदी हुई आँखें खोलते हुए साधु को कहना पड़ा, ''ऐसा महत्त्वपूर्ण और कोई रहस्य नहीं है।''

''है,'' कनकसिंह ने झपट्टा मारा, ''नामदार साहब, इससे पूछिए कि यह हिम्मतगढ़ राज्य के गुप्त खजाने का रहस्य जानता है?''

काफी देर तक कोई जवाब न मिलने पर गोरे साहब ने तकाजा किया, ''गुप्त खजाने का रहस्य आपको मालूम है?''

तब साधु को कहना पड़ा, ''क्षमा करना, इस प्रश्न का उत्तर मैं नहीं दे पाऊँगा।''

''मालूम हो तो जवाब दे न?'' कनकसिंह ने प्रहार किया, ''यहाँ का विधान है कि ज्येष्ठ कुँवर का राज्याभिषेक हो तब उन्हें गुप्त खजाने की जगह ले जाया जाता है। हर राजा अंतिम समय इस खजाने का गुप्त नक्शा ज्येष्ठ कुँवर को सौंपता हैं...ऐसा कोई सबूत साधु के पास है क्या?''

फिर साधु ने सोचने में कुछ वक्त लिया और आखिरकार वही जवाब दिया, ''खजाने के बारे में मैं कुछ भी कहना नहीं चाहता।''

तब कनकसिंह उत्साहित हुआ, ''सुन लिया न उनका जवाब! साधु महाराज खजाने के बारे में कुछ कहना नहीं चाहते। यह एक ही बात इन्हें नकली निर्मल कुमार सिद्ध करने के लिए काफी है।''

''नहीं कनकसिंह जाडेजा, ऐसे अधीर मत होइए।''

उसी वक्त गोरे साहब ने मेज पर हाथ पटककर दोनों को बहस करने से रोका, ''बस, आज की जाँच यहीं खत्म होती है। अपने पर लगाए गए चोरी के आरोपों का साधु ने खंडन कर दिखाया। कनकसिंह ने दासी को बेवजह घसीटकर शामिल किया और ऐसा करके अपना मुकदमा कमजोर बना दिया।''

''परंतु हुजूर, दासी को हाजिर करके आप उससे पूछ सकते हैं।'' कनकसिंह से बहस किए बिना न रहा गया, ''मैंने उसे बेवजह नहीं घसीटा। साधु दासी को हाजिर करने पर एतराज क्यों करते हैं, यही समझ में नहीं आ रहा?''

''अब मैं खुद इसपर एतराज़ करता हूँ।'' गोरे साहब की आवाज में सख्ती आ गई, ''इस जाँच को मैं नाटक नहीं होने देना चाहता। अब हमें कल कौन से मुद्दे पर आगे बढ़ना है, यह तय कर लेते हैं।''

"अगर इजाजत हो तो कुछ अर्ज करूँ।" साधु की विज्ञप्ति पर गोरे साहब ने आपत्ति नहीं उठाई, इसलिए नित्यानंद ने धमाका किया, "युवराज निर्मल कुमार की कथित मौत क्षय रोग से नहीं हुई थी, मैं यही प्रमाणित करना चाहता हूँ।"

"तो फिर किससे हुई थी?" कनकसिंह के बजाय डॉक्टर दीक्षित खड़े होकर उत्तेजना में बोले, "मृत्यु के सिलसिले में कोई अनुचित संदेह उपस्थित किया गया तो मैं इस जाँच से हट जाऊँगा।"

"हट जाने के लिए अब काफी देर हो चुकी है, डॉक्टर साहब!" साधु ने सलीके से कहा, "युवराज की मौत क्षय के कारण हुई होती तो उसके फिर से जिंदा होने की यह समस्या ही उपस्थित नहीं होती।"

"युवराज फिर से जिंदा हुए हैं, ऐसा इनमें से कोई मानता ही नहीं है।" डॉक्टर ने फुफकारा, "मनचाहे आक्षेप लगाकर आप इनमें से किसी को भरमा नहीं पाएँगे।"

"इतन भरोसा है तो फिर धैर्य रखिए न, उत्तेजित मत होइए, दीक्षित साहब।"

इतने में कनकसिंह ने हाथ जोड़कर गुजारिश की, "नामदार, आपसे एक विनती है कि कल हमारे युवराज निर्मल कुमार का जन्मदिन है। इस शुभ अवसर का गौरव बना रहे, इसलिए यह जाँच परसों तक मुल्तवी रखें, आपसे मेरी विनम्र प्रार्थना है।"

"मेरा जन्मदिन" साधु जोश में आकर बोलते-बोलते रुक गए, फिर कहा, "मतलब कि युवराज निर्मल कुमार का जन्मदिन तो आषाढ़ के कृष्णपक्ष की एकादशी को है, आज से पंद्रह दिन के बाद!"

सभी को आश्चर्य हुआ, इसे तो जन्म का महीना एवं तिथि तक याद हैं, कनकसिंह ने होंठ काटकर भड़ास निकाली, "अंग्रेजी तारीख के अनुसार युवराज का जन्मदिन कल है और हम इसे मनाना चाहते हैं। पुत्र के जन्मदिन पर मृत्यु के बारे में बहस हो, यह राजमाता सह नहीं सकतीं। नामदार साहब यह बात अच्छी तरह से समझ सकते हैं।"

और गोरे साहब ने यह प्रार्थना स्वीकार कर ली, तब कनकसिंह ने कतराती नजरों से साधु को देखा और दूसरा प्रस्ताव रखा, "इस अवसर पर आप सब यहाँ पर मौजूद हैं, इसलिए कल सारे मेहमानों को महल में भोजन करने का निमंत्रण है।" कहते हुए अधीरता से जोड़ दिया, "केवल एक व्यक्ति के सिवा!"

अपने संदर्भ में उच्चारित उन शब्दों को सुनकर साधु ने ताना कसा, "आप "भूल रहे हैं जाडेजा, राजमाता किसी भी उत्सव में सबसे पहले साधु को ही

भोजन कराती हैं।''

तब कनकसिंह झल्ला पड़ा, ''परंतु हम आपको साधु मानते ही नहीं।''

''पहली बार आपने समझदारी की बात कही, जाडेजा!'' साधु ने गंभीर आवाज में कहा, ''आज तक मैं खुद को साधु ही समझता था। यहाँ आने के बाद अपना संसार याद आ गया। मेरी माँ है, मेरी पत्नी एवं पुत्र है, इनके अलावा एक सौतेले साले के साथ कितना बड़ा परिवार है मेरा—फिर भी आज किसी का नहीं रहा और संसारी हो नहीं पाया, ऐसी अवस्था में जी रहा हूँ मैं।''

उसकी व्यथा सभी को थोड़ी-बहुत भीतर तक छू गई, परंतु किसी ने जाहिर नहीं होने दिया। परदे के पीछे बैठी राजमाता की आँखें आँसुओं से डबडबा आईं।

□

: १६ :

एकादशी के चंद्र को आषाढ़ के बादलों ने धुँधला कर दिया था। बरसकर थका-हारा आसमान सुस्त बन गया था। भीगे वृक्षों के पत्ते हवा के झोंके से काँपकर पानी निथारते थे। मेघाच्छन्न मध्य रात्रि ने जैसे झाँझर पहने हों ऐसे झींगुर झनझनाते थे। गीले अंधकार का सूनापन मुलायम लग रहा था।

"कैसा मस्त मौसम है, कनकसिंह।" डॉक्टर दीक्षित ने खिड़की के बाहर देखते हुए चुरुट का धुआँ फेंका, "आपके आतिथ्य में कोई कमी नहीं, परंतु न्यूनता अवश्य नजर आती है।" कहकर व्हिस्की का घूँट गटगटाते जाडेजा की ओर आँख मारी, "बाबू, इसके मुताबिक मुजरे का बंदोबस्त क्यों नहीं किया?"

"डॉक्टर!" कनकसिंह ने फिर गिलास भरा, "शाम से हम एकांत की ताक में थे। आधी रात गए मुश्किल से एकांत मिला, तब भी आपको हालात की नजाकत नजर नहीं आती है?"

"क्या करें जाडेजा बाबू? दिन भर तो उस साधु की वाक्पटुता से दिमाग की नसें तंग हो जाती हैं।" डॉक्टर ने धूर्तता से कहा, "हमारे चिकित्सा शास्त्र में कहा है कि दिमाग पर बोझ बढ़ जाए तब मुलायम सहचार से राहत मिलती है।"

"डॉक्टर, हमारे हाथ में सिर्फ कल का ही दिन है। युवराज के जन्मदिन के बहाने मैंने कल की जाँच मुल्तवी करवा दी, फिर भी आप कुछ समझे नहीं लगते हैं।" कनकसिंह ने तीखेपन से उसकी ओर देखकर कहा, "साधु परसों युवराज की मौत का सही कारण घोषित करनेवाला है, यह बात भूल गए?"

डॉक्टर जिसे भूल जाना चाहते थे कनकसिंह ने उसी बात का जिक्र किया, इसलिए चुरुट के धुएँ में उसने कड़ुवाहट अनुभव की। सुबह-शाम लाजवंती के इलाज के बहाने डॉक्टर ने उसकी बेहोश देह के साथ खेल लेने की काफी कोशिशें कीं, परंतु कनकसिंह या मधुमती की उपस्थिति में उसे ऐसा मौका नहीं मिलता था। जाँच पूरी होने से पहले उसे अपना वह दाँव खेल लेना था। युवराज बीमार थे, तब से लाजवंती के यौवन की प्यास, दस साल तक भीतर दबी पड़ी रहने के बाद फिर

अचानक उभर आई थी। उसने अपने डॉक्टरी बैग में कैमरा भी छिपाए रखा था। हिप्नोटिज्म के असर में बेहोश पड़ी लाजवंती की मनचाही तसवीरें खींचने के मौके की तलाश में था वह, परंतु···

"इतनी गहन सोच में क्यों डूब गए, डॉक्टर?"

कनकसिंह के सवाल से डॉक्टर जरा चौंका। दो उँगलियों के बीच दबे चुरुट के छोर से जरा सी राख झड़ गई। फीकी हँसी हँसते हुए बोला, "बाबू, आपकी वह दासी बहुत चालाक है।"

"फिर गलत राह पर चलने लगे? हमारे ऊपर कितना भारी संकट आनेवाला है यह भी पीने के बाद भूल गए?" कनकसिंह तैश में बोला।

"देखिए बाबू! मस्त मौसम का एकांत दो प्रकार के लोगों को बहुत प्यारा लगता है, एक तो प्रेमियों को और दूसरे कपट करनेवालों को।" कहकर डॉक्टर उत्साह के साथ अपना जाम भरने लगा। कनकसिंह को धैर्य के साथ उसके सामने तकते हुए बैठना पड़ा। "आप कह रहे थे कि कल का एक ही दिन हमारे हाथ में है। इसका क्या मतलब हुआ?"

"डॉक्टर, आप मेरे मुँह से इसका मतलब कहलवाना चाहते हैं? कनकसिंह ने होंठ काटते हुए कहा, "तो सुनिए, साधु चाहे युवराज की मौत का कोई और ही कारण बताए, किंतु इसका राजमाता एवं लाजवंती पर बुरा प्रभाव पड़ सकता है। हम दोनों उनकी नजरों में गिर सकते हैं।"

"मतलब यह कि मतलब समझाने में आपने मुझे भी घसीट लिया, बाबू?"

"हम दानों साथ ही हैं और साथ ही रहेंगे, डॉक्टर!"

"नहीं बाबू, बीच में बहुत साल तक हम अलग हो गए थे।" डॉक्टर ने मौका देखकर वार किया, "मेरे लिए पाँच-पंद्रह हजार का खर्च किया यह बात ठीक है, परंतु आप खुद इतने बड़े राज के कर्ताधर्ता बन बैठे इसका क्या?"

"अभी इस वक्त आपको हिसाब करने की पड़ी है? सिर उठानेवाले लोग कनकसिंह को पसंद नहीं, यह भूल गए क्या?"

तब डॉक्टर गरदन सीधी करके मुसकराया, "कपट खेल में मुझे साथ लिया है, इसलिए जीत में हिस्सा माँग रहा हूँ, नहीं देना चाहते हैं तो ना कह दो, साथ देने से इनकार नहीं करूँगा।"

कनकसिंह का मिजाज नियंत्रण में रहा, "हिस्से में क्या चाहिए आपको?"

"बाबू, आज आपने उस साधु से एक सवाल पूछकर उसकी बोलती बंद कर दी।"

"कौन सा सवाल?"

"खजानेवाला सवाल?" कहकर डॉक्टर हलकी मुसकान के साथ कनकसिंह की ओर ताकने लगे, "बाबू, उस खजाने में कितने करोड़ की दौलत होगी? क्या अंदाज है आपका?"

"डॉक्टर, आप स्वयं उस सवाल में दिमाग खपा रहे हैं ऐसा लगता है, उलझे हैं आप, वह तो एक तरंग थी। इस राज के पास खजाना-वजाना कैसा, इसलिए तो साधु का दिमाग चकरा गया!"

"परंतु मेरा दिमाग नहीं चकराएगा बाबू, खजाना तो है ही और हमें उसे हथियाना है?"

"मैंने आपको इतना बेवकूफ नहीं माना था, डॉक्टर, खजाने के प्रलोभन में आप जमा जमाया खेल बिगाड़ देंगे।"

"नहीं बाबू, तीसरे के साथ कपट करना हो तो दो को आपस में कपट नहीं रखना चाहिए।" डॉक्टर ने नाप-तौलकर बोला।

"इसका कारण है बाबू, नकली आदमी खजानेवाले सवाल का जवाब या तो 'हाँ' या 'नहीं' करके देता, इसके बजाय उसने तो कुछ भी कहने के लिए साफ मना कर दिया।"

"यदि वह कुछ जानता होता तो कहता न?"

"मान लीजिए कि साधु ने कहा होता खजाना नहीं है तो? क्या आप प्रमाणित कर सकते थे कि खजाना है?"

अब कनकसिंह ने दबाव महसूस किया, "इस प्रकार से जिरह करके क्या साबित करना चाहते हैं, डॉक्टर?"

"यही कि खजाना है, परंतु इतने से हमारा काम पूरा नहीं होगा।" डॉक्टर ने पासा फेंका, "वह खजाना कहाँ छिपाया गया है, यह आप जानते हैं कि नहीं, यही मैं जानना चाहता हूँ, बाबू।"

"इससे क्या फर्क पड़ता है?"

"इसी बात पर हमारी अगली चाल निर्भर करती है। यदि खजाने का नक्शा आपके पास हो तो हम साधु का फैसला कर डालते हैं।"

अब कनकसिंह सोचने लगा, गोरा साहब के दिमाग में जरा सा भी संदेह उत्पन्न होने पर अपना स्थान, मान व रोब सबकुछ गँवा बैठने की नौबत आ सकती है। अब मुझे खजाने का प्रलोभन त्यागकर इस डॉक्टर को उसमें फाँसना पड़ेगा।

"देखिए दीक्षित साहब! खजाने का आधा रहस्य ही मेरे कब्जे में है।"

युवराज ने अंतिम घड़ियों में खजाने का आधा नक्शा ही लाजवंती को सौंपा था। नक्शे का वह आधा हिस्सा मेरे कब्जे में है।''

''और बाकी का आधा नक्शा राजमाता के कब्जे में है, ठीक है न?''

''आप बेहोश हैं डॉक्टर!'' कनकसिंह ने जाल में उसे बंद करना शुरू किया, ''मैं इतने सालों से धीरज धरकर बैठा था कि मृत्युशय्या पर लेटते ही राजमाता आधा नक्शा गद्दी-वारिस करणसिंह को सौंप देंगी, परंतु बुढ़िया की आयु जितनी मानी थी उससे ज्यादा निकली, उसे थोड़े में कैसे निबटाएँ?''

''तो फिर बाबू, कल साधु का खात्मा कर देने में ही बुद्धिमानी है।''

अपने ही मन की बात सुनकर कनकसिंह चौंके। फिर भी परखने के लिए कहा, ''बुद्धिमानी है, वैसे जोखिम भी है।''

''बड़ा जोखिम सामने आए इसके पहले यह जोखिम उठाना उचित है। इसीलिए तो मुझे आपकी चहेती दासी की याद आई थी। वह आपकी जासूस है तो सही। अब उसे भी हथियार बनाइए।''

''मधुमती को हथियार कैसे बनाएँ?''

''साधु के पेट में कातिल विष पहुँचे, इतना सा काम करना होगा उसे।''

दोनों ने आधे जाम टकराए और एक ही साँस में खाली कर दिए, ''तो कल सवेरे कातिलाना विष की पुड़िया मेरे हाथ में सौंप देना।'' कनकसिंह ने टेबल पर खाली गिलास टकराया और फैसला सुनाया, ''कल रात तक वह साधु के पेट में पहुँच जाएगा। परसों उसकी मौत की खबर भी हम तक पहुँच जाएगी।''

''और परसों हमारा सितारा चमकेगा।''

□

''अब मुझसे यह पीड़ा नहीं सही जाती, विजयसिंह! मेरे ही महल में जैसे मैं नजरकैद हूँ, ऐसे कब तक चुपचाप यह सब देखते रहना है मुझे?''

''बस अब अंत नजदीक आ रहा है, राजमाता। एक के बाद एक भेद खुल रहा है।''

''मुझे अंत की ही तो फिक्र हो रही है। आदमी जब हारनेवाला होता है तब जान की बाजी लगाकर भी किसी को खत्म कर देने से हिचकता नहीं है।'' राजमातां ने लंबी साँस ली, ''मेरा जी अंदर से घबरा रहा है। बार-बार यही विचार आता है कि हममें से किसी की अचानक मृत्यु होने से पहले इसका अंत नहीं होगा।''

''अपने ठाकुरजी पर विश्वास रखिए, समधिन!'' नास्तिक विजयसिंह ने

ठाकुरजी का हवाला दिया इससे राजमाता को विस्मय हुआ।

"फिर भी विजयसिंह, कृपालु ईश्वर मेरे जैसी स्त्री की इतनी कड़ी परीक्षा क्यों लेता है, यही मेरी समझ में नहीं आ रहा।"

"साधु के शब्दों में कहूँ तो यह कसौटी नहीं, तप है। वे कहते हैं कि तप के बिना जो कुछ भी प्राप्त होता है वह ज्यादा समय तक टिकता नहीं है।"

"उसकी बात सही होगी, परंतु मेरा धैर्य तो अब समाप्त होने को है।"

"आपकी तरह मैंने भी नित्यानंद को ये ही शब्द कहे थे। तब उसने कितनी सबल स्वस्थता के साथ कहा था कि धैर्य खत्म होने पर मानना चाहिए कि फल तुरंत ही मिलनेवाला है!"

"आपको क्या लगता है विजयसिंह, युवराज के जन्मदिन के बहाने कनकसिंह ने जाँच क्यों मुल्तवी की होगी? मुझे तो इसमें कुछ कपट हो ऐसा लगता है।"

"सच बताऊँ राजमाता, जाँच में कनकसिंह जोश दिखाता है, प्रहार करता है, तब मेरा खून खौल उठता है।"

"विजयसिंह, आजकल लाजवंती भी मेरे साथ कम बोलती है। समझ में नहीं आता, वो डॉक्टर सुबह-शाम उसकी क्या चिकित्सा करता है? चौबीसों घंटे उस पर नजर रखती वह दासी हम सास-बहू को अकेले पड़ने ही नहीं देती। रह-रहकर एक ही खयाल सताता है कि साधु को युवराज मानने से लाजू इनकार कर देगी तो?"

"साधु को पूरा भरोसा है, इसलिए तो उसने आग्रह किया कि जाँच के आखिरी दिन राजरानी को उपस्थित रहना होगा। न जाने नित्यानंद कब, कहाँ से, कैसे-कैसे प्रमाण पेश करके सबको करारी मात देना चाहता है?"

ठीक उसी समय पूजा-कक्ष के दरवाजे पर आवाज सुनाई दी, "माताजी, मैं लाजू हूँ, अंदर आऊँ?"

विजयसिंह ने जल्दी से उठते हुए दरवाजा खोला, "आइए भाभी, हम आपको ही याद कर रहे थे, राजमाता दीपावली के बाद करणकुँवर की शादी का मुहूर्त निकलवाने के लिए कह रही हैं।"

परंतु लाजवंती ने न आश्चर्य व्यक्त किया कि न ही बात में शरीक होने की इच्छा दरशाई, "मैं तो सासू माँ की अनुमति के लिए आई थी।"

"किस बात की अनुमति, लाजू?"

"आज उनका जन्मदिन है। काफी समय से मंदिर नहीं गई।"

"अरे बहू, भगवान् के दर्शन हेतु जाने के लिए अनुमति की जरूरत भी होती

है कहीं! तुम चाहती हो तो मैं भी साथ चलूँ।''

''नहीं-नहीं!'' अधीरता से कह देने के बाद लाजवंती को सोचकर बोलना पड़ा, ''आपको कष्ट करने की आवश्यकता नहीं है। मालती को साथ ले जाऊँगी, परंतु...''

''परंतु क्या लाजू बहू ?'' राजमाता उसकी हिचकिचाहट देखकर चिंतित हो गईं, ''रुक क्यों गई ?''

''शायद मेरी उपस्थिति के कारण भाभी बोल नहीं पा रही हैं।'' कहते हुए विजयसिंह बाहर जाने को हुआ।

''नहीं विजयभाई, आपसे कुछ भी छिपा नहीं।'' कहकर उसने आस-पास देखकर कहा, ''मैं मंदिर गई हूँ, इसके बारे में आप दोनों के सिवा किसी को पता न चले इसका खयाल रखना।'' कहती हुई लाजवंती वेग से अपने कक्ष की ओर चली गई। राजमाता और विजयसिंह आश्चर्यचकित होकर एक-दूसरे की ओर देखते रहे। दोनों के दिलों में एक-सी दहशत बैठ गई, 'इसमें भी कनकसिंह की कोई चाल तो नहीं ?'

□

''पुजारीजी, युवराज के जन्मदिन पर राजमाता ने भोजन का थाल भेजा है।'' मधुमती मध्याह्न के पहले मंदिर पहुँच गई थी, ''आपके लिए अलग निकालकर ब्राह्मण के हाथ ही पहुँचाना कहकर राजमाता ने खासतौर से फरमाया है कि आप सब भोजन कर लें, बाद में ही मैं खाली थाल लिये महल वापस आऊँ।''

यह सुनकर पुजारीजी गद्‌गद हो गए, ''राजमाता का हमारे लिए हमेशा सद्‌भाव रहा है। किसी भी खुशी के मौके पर हमें याद करना नहीं भूलतीं।''

थाल रखने के लिए आए ब्राह्मण के जाने बाद दासी ने धीरे से कहा था, ''राजमाता की उदारता तो दुश्मन तक को पिघला देती है। देखिए न, उस साधु के कारण न जाने कितनी आपत्तियाँ बरस पड़ी हैं, फिर भी आज के दिन मन की कटुता निकालकर कहलवाया है कि साधु को भी आग्रह से खिलाना।''

''परंतु साधु तो कल शाम ही यहाँ से निकल गए।''

मधुमती ने हताशा छिपाकर कहा, ''तब तो भारी धर्म-संकट में फँस गई। राजमाता पूछेंगी कि साधु को भोजन कराकर आई ? तो मैं क्या जवाब दूँगी ?''

पुजारीजी कुछ कहने जा रहे थे कि उसके पहले उनके ध्यान में आया, ''शायद वे देर से आ भी सकते हैं।''

''ठीक है, मैं शंभू को बता देती हूँ और जाती हूँ। मेरा काम वह सँभाल

लेगा।'' कहती हुई वह दौड़ती हुई शंभू के पास पहुँच गई थी। कुछ लटके-झटके और आँखों के इशारे से शंभू को छेड़कर उसने प्रस्ताव रखा, ''आप बाप-बेटा भोजन कर लो। साधु महाराज के लिए अलग निकालकर रख दो। फिर मैं थाल लेकर जाती हूँ।'' परंतु उसमें भी उसकी दाल गली नहीं। शंभू ने दूसरी ही बात कही, ''हमारे साधु महाराज मिष्टान्न या नमकीन को हाथ तक नहीं लगाते। शाम को खिचड़ी को छोड़कर बाकी सब उनके लिए वर्ज्य है।''

कनकसिंह ने मधुमती को साधु के भोजन में विष मिलाने के लिए भेजा था। अत: वह अपना काम पूरा करके ही जाना चाहती थी। शंभू को धर्मभ्रष्ट करने के इरादे से मधुमती ने उसे फुसलाया, ''अपने पिता को छोड़कर मेरे साथ भाग निकलने के लिए तैयार है?''

''पिताजी को छोड़कर चले जाने में मुझे जरा सी भी देर नहीं लगती।'' शंभू ने भोलेपन से कहा था, ''परंतु इन साधु महाराज को मैं नहीं छोड़ सकता।''

''मेरे से क्या वो साधु तुझे ज्यादा प्यारा है?''

''नहीं, मेरी मति! परंतु साधु के साथ रहने में हम दोनों का फायदा है। वह युवराज सिद्ध हो जाएँ, तब मैं उनके साथ महल में रहने आ जाऊँगा। फिर हम जी भरकर मौज-मस्ती करेंगे।''

''वाह रे मेरे चोटीदास! तू दिखता है जितना उतना भोला नहीं है। तेरा सब काम पक्का है, परंतु तब तक अपना प्यार पक्का कर लेने में क्या हर्ज है। बता, शाम को अकेले में मिलने फिर से आऊँ?''

''परंतु शाम को तो मुझे साधु महाराज के लिए खिचड़ी पकानी है, उन्हें खिलाना है।''

''खिचड़ी पकाने में मैं तेरा साथ दूँगी। अपना प्यार भी खिचड़ी की तरह हलकी आग में पकाएँगे, साधु को खिलाकर तू निपट जाएगा तो फिर हम दोनों···।''

कहकर मधुमती ने अंग मरोड़ते हुए आँखों से इशारा किया, उसके गाल पर एक चुटकी भरकर वादा करती गई, ''खाली थाल लेने के बहाने मैं शाम को आ पहुँचती हूँ, पिछवाड़े के अहाते से रसोईघर में आ जाऊँगी। एक बार मेरे हाथ की पकाई खिचड़ी खाएगा तो फिर उँगलियाँ चाटता रह जाएगा।''

परंतु शाम सूर्य ढलने के बाद भी साधु वापस नहीं लौटे तब मधुमती का उत्साह मंद पड़ गया। पुजारीजी एवं शंभू ने खाना खा लिया, फिर शंभू के साथ छेड़खानी करने के बहाने प्रतीक्षा करने में उसे समय बिताना पड़ा। ''साधु अब शायद भोर को ही आएँगे'' शंभू को ऐसा कहते सुना तो उसका कलेजा धक-धक

करने लगा।

इतने में अचानक साधु की आवाज सुनाई दी, ''शंभू, मेरे साथ एक मेहमान भी आए हैं। उन्हें ऊपरवाले कमरे में ठहराना।''

सुनकर शंभू बाहर दौड़ा। मधुमती ने रसोईघर के ताक से बाहर नजर डाली तो साधु के पीछे एक औरत एक हाथ में कछरी लिये और दूसरे हाथ से घूँघट पकड़े हलकी रफ्तार से आती दिखाई दी।

शंभू की अनुपस्थिति में मौका पाकर उसने साड़ी के पल्लू के छोर पर बाँधी गाँठ झटपट खोली, काँपते हाथों से पुड़िया खोली तथा चौकन्नी निगाहों से विष की पूरी मात्रा खिचड़ी में छिड़क दी। ललाट पर पसीना उभर आया। पल्लू से पसीना पोंछकर फिर उसने बाहर झाँका। शंभू सीढ़ियाँ उतरता हुआ दिखाई पड़ा। वह वापस आ पहुँचे, इसके पहले मधुमती ने चम्मच से खिचड़ी को ऊपर-नीचे करके विष को मिला दिया। इतने में तो वह पसीने से फिर तरबतर हो गई।

''मति!'' शंभू बावले की तरह रसोईघर में दाखिल हुआ, ''तू अब यहाँ से सरक ले। साधु महाराज को तेरी उपस्थिति के बारे में पता नहीं चलना चाहिए।''

''परंतु उनके साथ ये औरत कौन है?''

''कोई मेहमान है। घूँघट में देख नहीं पाया।'' शंभू घबराहट में बोल गया, ''तू जल्दी सरक जा, वह औरत कह रही थी कि मैं अचानक आई हूँ, इसलिए रसोईघर में मदद करने के लिए आऊँ।''

''परंतु खाना तैयार ही है।'' मधुमती ने पिछवाड़े के द्वार की चौखट लाँघते हुए तसल्ली कर ली, ''दो जने के लिए पर्याप्त मात्रा में खिचड़ी है।''

इतने में किसी के झाँझर की आवाज नजदीक आती सुनाई दी, इसलिए मधुमती को चौखट के बाहर धक्का देकर शंभू ने द्वार बंद कर दिए। ''तू कल दोपहर में आना फुरसत से मिलेंगे।''

अनिच्छा से मधुमती को साधु को भोजन करते हुए देखने से पहले ही मंदिर से निकलना पड़ा। महल पहुँचने तक वह पसीने से सराबोर हो रही थी। बेचैनी से प्रतीक्षा कर रहे कनकसिंह की गोद में गिरते हुए वह मुश्किल से बोल पाई, ''आखिर काम हो गया।''

सुनकर कनकसिंह ने पाँव से लेकर सिर तक सिहरन अनुभव की। दो पल के लिए तो वह बोल भी न पाया। मधुमती को शाबाशी देना भी याद नहीं आया।

''कातिल विष उसके पेट में गया?''

''शायद अब तक पहुँच चुका होगा।''

"तब तो साधु रात में ही खत्म!"

"अकेला साधु ही नहीं, उसकी मेहमान औरत भी उसके साथ चिता पर चढ़ेगी।"

"बाई मेहमान!" कनकसिंह चौंक गया, "बाई मेहमान कौन?"

"यह तो राम जाने, बाहर से साधु के साथ ही आई। घूँघट निकाले हुए थी, इसलिए पहचान नहीं पाई। शायद उसकी आयु भी पूरी हो गई होगी।"

कनकसिंह सन्न रह गया। कौन होगी वह औरत? साधु उसे कहाँ से ले आया होगा? एक की बजाय दो मौतें होने से खुद फायदे में रहेगा या··· ?

□

: १७ :

सुबह के आठ बजते ही कनकसिंह और डॉक्टर दीक्षित प्रसन्न मन से महल पहुँच गए। रात भर सो नहीं पाए थे फिर भी उनके चेहरे पर थकान की बजाय स्फूर्ति दिखाई दे रही थी। मध्यरात्रि तक शराब पीते-पीते दोनों ने साधु के बेमौत मारे जाने पर तर्क-वितर्क किया था। मध्य रात्रि तक साधु की कोई खबर नहीं आई तब जरा सी बेचैनी बढ़ी, सो मन को मनाया। भोजन करके सो जाने के बाद सवेरे से पहले मंदिर के पुजारीजी को शायद इस बात का पता नहीं भी चले, बेचैनी फेंककर दोनों देर तक खामोश रहकर भविष्य के सुखद सपनों को सहलाने लगे थे, परंतु डॉक्टर को एक प्रश्न शूल की तरह चुभता था, "बाबू, साधु को हटाने के बाद दासी के बारे में सोच रखा है कि नहीं?"

"तो इसका इलाज भी आप ही बताइए न, डॉक्टर?"

"एक दासी के लिए बहुमूल्य जहर बिगाड़ने का कोई मतलब नहीं। महल की छत से धक्का दे दीजिए। नीचे गिरने पर एक बूँद पानी तक नहीं माँगेगी बेचारी, सीधी परलोक जाएगी।"

"आपका यह इलाज सौ प्रतिशत रामबाण नहीं है डॉक्टर, शायद कुछ घंटे के लिए जीवित रह जाए तो फिर हमारा भांडा ही फूट जाए।"

"यदि ऐसा है तो एक उपाय और बताता हूँ। साधु की मौत की खुशी में आप शिकार करने अवश्य जाएँगे। साथ में प्यारी दासी को भी ले जाना। बस, एकाध गोली इधर-उधर छूट जाए और दासी शिकार बन जाए तो किसी को अनुचित भी नहीं लगेगा।"

"हाँ, यह इलाज रामबाण है, डॉक्टर! निबटारा करने के इलाज में आप इतने माहिर हैं यह तो आज पता चला। लगता है सब पहले से सोचकर रखा है।"

"कनकसिंह बाबू, इसके अलावा भी मैंने बहुत कुछ सोच रखा है। दासी के निबटारे के बाद तीन में से हम दो बचते हैं और इसके बाद दो में से एक के बारे में भी..."

"डॉक्टर! मुझे हटाने के इलाज में आप सफल नहीं हो पाएँगे। खुद खत्म हो जाओगे।"

"मैं खुद खत्म न हो जाऊँ, उसी की बात कर रहा था बाबू, इतने में आप बीच में कूद पड़े। आपको दूर करने में मुझे क्या फायदा? आपके बिना खजाने में से मुझे हिस्सा कौन देगा? इतनी सारी माथापच्ची का पारिश्रमिक भी गँवा बैठूँ, इसकी बजाय आप मुझे खतम कर दें तो आपको तो गँवाना कुछ नहीं और हमेशा के लिए निश्चिंतता हो जाएगी।"

"मतलब कि आपको मुझ पर संदेह होना शुरू हो गया क्या?"

"नहीं, यह तो सलामती की खातिर आपको सावधान किए देता हूँ। कभी भी आपके दिमाग में मेरी हत्या करने का खयाल न आए, इसलिए कहे देता हूँ कि आज सुबह ही मैंने अहमदाबाद अपनी पत्नी के नाम एक काफी लंबा पत्र लिखकर डाक में डाल दिया है, इसमें हमारे षड्यंत्र का पूरा विवरण लिखा है।"

"डॉक्टर! आपने ऐसी बेवकूफी की, सबूत नष्ट करने का सयानापन दिखा रहे थे और पत्नी को लिखित सबूत भेज दिया!"

डॉक्टर ने छूटने के लिए यदि जोर नहीं आजमाया होता तो कनकसिंह के पंजे में ही उसका दम घुट जाता। गरदन छुड़ाने के बाद देर तक वह हाँफता रहा।

□

"बाबू उठिए! सवेरा हो गया। अभी तक साधु के अमंगल की खबर क्यों नहीं पहुँची?"

"कौन बेवकूफ का बच्चा, महाराजाधिराज को कच्ची नींद से जगाने की गुस्ताखी कर रहा है?"

"बाबू, कच्ची नींद के सपने को अभी पकने दो। जागिए वरना हमारा नसीब सोता ही रहेगा।"

कनकसिंह का विश्वासपात्र व्यक्ति गोपनीय ढंग से खबर लाया था तथा उसे जगा रहा था, "साधु महाराज, अभी समाधि से उठे नहीं हैं।"

"समाधि में से या बिस्तर से?" कनकसिंह ने अधीरता के साथ पूछा? "जरा ठीक से बता।"

"बाबू, मैंने पुजारीजी से कहा कि मुझे महाराज के दर्शन करने हैं। तो उन्होंने कहा कि रात को ही महात्माजी समाधि में बैठ गए हैं, वे स्वयं द्वार नहीं खोलेंगे तब तक किसी को बाधा पहुँचाने से मना किया हुआ है।"

"तूने पुजारीजी से पूछा नहीं कि समाधि पूरी होने में कितनी देर लगेगी?"

''बाबू, पुजारी फिकरमंद लग रहे थे। उन्होंने बता दिया कि रोज सवेरे तो पाँच बजे उठकर, स्नान आदि से निबटकर पूजा-पाठ करने बैठ जाते थे और आज सूरज ऊपर चढ़ने लगा, फिर भी द्वार क्यों नहीं खोले?''

''अबे अरजण, तूने मंदिर में किसी औरत को देखा था क्या?''

''हाँ बाबू, एक स्त्री महाकालेश्वर की पूजा में बैठी थी, परंतु मैं उसका चेहरा ठीक से पहचान नहीं पाया। पुजारीजी से पूछा तो उन्होंने बताया कि वह महात्मा की मेहमान हैं।''

□

महल के लिए निकलते वक्त डॉक्टर दीक्षित के हाथ में उनका बैग देखकर कनकसिंह बोल उठा, ''आपने फिर बैग साथ में ले लिया, आज इसकी कोई जरूरत नहीं रहेगी। लाजवंती की चिकित्सा भी पूरी हो गई।''

''नहीं बाबू, चिकित्सा आज पूरी होगी।'' डॉक्टर ने मन का कपट छिपाए रखते हुए कहा, ''अभी उसपर हिप्नोटिज्म का प्रयोग करके मैं उसके दिमाग में एक बात अच्छी तरह से जमा देना चाहता हूँ।''

''कौन सी बात, डॉक्टर?''

''यही कि इस दुनिया में उनका सच्चा हितैषी केवल एक ही व्यक्ति है, जो सौतेला भाई होने पर भी सगे भाई से अधिक उनके प्रति स्नेह रखता है।''

कनकसिंह डॉक्टर की दूरंदेशी पर फिदा हो गया, ''वाह रे डॉक्टर! ऐसा लगता है आपके हाथ में खजाने के लिए खुजली हो रही है!''

और ठहाका लगाते हुए दोनों गाड़ी में बैठकर महल आ पहुँचे। विजयसिंह जैसे उनकी प्रतीक्षा करता सोपान पर खड़ा था। उसे अपने से पहले आया देखकर कनकसिंह ने पूछा, ''क्यों जाम, आप कुछ जल्दी आ गए?''

''राजमाता ने बुलाया था। कल से उन्होंने शादी का मुहूर्त निकलवाने की अधीरता दरशानी शुरू कर दी है। कह रही थीं कि दिवाली के बाद शादी निबटा देनी है। बहू के कपड़े-जेवर आदि के लिए दो-तीन महीने तैयारी में बीत जाएँगे। अभी से ही काम शुरू कर देना है।''

''तो फिर यहाँ पर क्यों खड़े हैं?''

''मुझे जरा देरी हो गई और राजमाताजी पूजा में बैठ गईं।''

''ठीक है, आप सब मेहमानों की आवभगत के लिए यहीं पर रहना। मैं डॉक्टर के साथ लाजवंती के पास होकर आता हूँ।'' कहते हुए दोनों फर्राटे से रनवास की सीढ़ियाँ चढ़ गए। ''हाँ, जाडेजा, आप सारे इलाज आजमाकर देख लो

और फिर देखना कि क्या नतीजा होता है?''

सीढ़ियाँ चढ़ते ही मधुमती सामने मिली। कनकसिंह ने पूछा, ''राणीबा अपने कक्ष में ही हैं न?''

''हाँ जी, आज सवेरे से बड़ी खुशमिजाज नजर आती हैं। मैंने कारण पूछा तो बोलीं, बस ऐसा लगता है कि आफत के सारे बादल छँट गए। अब सुख का सूर्य उदय होगा।''

''चलिए, डॉक्टर साहब, राणीबा की खुशी का रहस्य जान सकें, तो आपकी वशीकरण विद्या को सही मानूँ।''

मधुमती को बाहर निगरानी रखने के लिए कहकर दोनों कक्ष में आए तब लाजवंती युवराज निर्मल कुमार की बड़ी तसवीर के सामने हाथ जोड़कर, आँखें मूँदें खड़ी थी। अगले दिन जन्मदिन की याद में तसवीर को चढ़ाया हुआ हार मुरझा गया था, परंतु लाजवंती का चेहरा ताजगी से चमकता नजर आया।

''क्या बात है राणीबा, आज बहुत खुश नजर आ रही हैं?''

जवाब देने से पहले लाजवंती कृत्रिम ढंग से हँसी, परंतु डॉक्टर की उपस्थिति का खयाल आते ही गंभीर बन गईं, ''बड़े भैया, खुशी का कारण आपको कभी अकेले में बताऊँगी।''

''बहना, खुशी का कारण तुम भले ही कुछ भी मानती हो, ''परंतु उसका सही यश तो मैं अपने दीक्षित साहब को दूँगा। उनकी चिकित्सा ने तेरे मन का सारा बोझ हलका कर दिया। आज आखिरी बार उपचार करा ले।''

लाजवंती का चेहरा मुरझा गया। आगा-पीछा करने के लिए शब्द ढूँढ़ने लगी, परंतु बड़े भैया को नाराज करना नहीं चाहती थी, इसलिए सहमत हो गई।

''आखिरी बार मतलब कि आखिरी बार ठीक है न!'' कहकर पलंग पर लेट गई।

डॉक्टर ने दिखावे की खातिर स्टेथोस्कोप निकालकर उनकी तबीयत को देखा, नाड़ी देखी। ब्लडप्रेशर देखा और रोज की तरह उसे हिप्नोटिज्म के असर से सुला दिया, ''देखा, अब कितनी जल्दी मेरी विद्या के वश में हो जाती हैं!'' कहकर घड़ी में देखा, ''बाबू, आज मैं कुछ ज्यादा समय लेना चाहता हूँ। आप उकता जाएँगे। दो घड़ी बाहर उस दासी के साथ दिल बहलाना चाहें तो···।''

''डॉक्टर! बोलने में जरा सतर्क रहिए। बहन शायद सुन लेगी।''

''इसके बारे में बेफिक्र रहें। इस अवस्था में इन्हें मैं जितना कहूँगा उतना ही सुन पाएँगी।'' कहकर डॉक्टर ने उपचार शुरू कर दिया, ''राजराणी, अब तो

आपको तसल्ली हो गई न कि वह साधु नकली है।''

''हाँ, बिलकुल नकली है!'' निद्राधीन लाजवंती ने सिर्फ होंठ हिलाकर जवाब देना शुरू किया।

''आपको यह भी पता चला कि राजमाता जितना दिख रही हैं उतनी भोली नहीं हैं।''

''हाँ, वे बहुत पक्की हैं।''

''विजयसिंह जाम ने अपनी बेटी को महल की पुत्रवधू बनाया, इसके पीछे उसकी चाल है, वह अपना वर्चस्व बढ़ाकर इस राज्य की सत्ता अपने कब्जे में लेना चाहता है। ठीक है न?''

''हाँ, उसकी चाल अब मेरी समझ में आने लगी है।''

लाजवंती के प्रत्येक जवाब पर कनकसिंह खुश होता जा रहा था, परंतु डॉक्टर को उसकी उपस्थिति और भी खटकती जाती थी। घड़ी में देखा तो अभी नौ बजने में पंद्रह मिनट शेष थे। उसे हटाने के लिए कोई बहाना नहीं मिल रहा था। उतने में बाहर मैदान से गाड़ी का हॉर्न बजता सुनाई दिया। दोनों ने एक-दूसरे की ओर देखा, ''बाबू, आज गोरे साहब जल्दी आ गए।''

''हाँ!'' कहकर कनकसिंह ने खिड़की का परदा हटाकर बाहर नजर डाली, ''वो ही हैं। जल्दी क्यों आए होंगे? शायद पुजारीजी ने साधु की मौत की खबर उनको पहले पहुँचा दी हो।''

''संभव है! आप जल्दी नीचे पहुँचिए, मैं पंद्रह मिनट में आता हूँ।''

खुशी के जोश में कनकसिंह सरसराहट के साथ बाहर निकल गया और बाहर खड़ी दासी अंदर आने की चेष्टा करे, उसके पहले डॉक्टर ने दरवाजे की कुंडी लगा दी।

लार टपकते होंठों से डॉक्टर दीक्षित ने लाजवंती के कंधों को दबाया, साड़ी का पल्लू खींचा ही था कि एक चमत्कार हुआ—यकायक उठ बैठी लाजवंती ने डॉक्टर के गाल पर जोरदार चाटा लगा दिया—

''आप मेरा ऐसा उपचार करते हैं?''

सहसा क्रोध के स्थान पर राजराणी की आँखों में आँसू उभरते दिखे। वह सिसक-सिसककर रोने लगी, इसलिए डॉक्टर की घबराहट बढ़ गई, ''राणीबा, मुझे क्षमा कर दीजिए। यह बात यहीं पर खत्म कर दीजिए। आपका आक्रंद कोई सुन लेगा तो मेरे साथ आपकी भी फजीहत होगी।''

तब सिसकना रोककर लाजवंती ने डॉक्टर की ओर देखा, ''सच बताना

डॉक्टर, इतने दिन से उपचार कर रहे थे, उसमें ऐसा…''

''नहीं राणीबा नहीं, आज पहली ही बार ऐसा हो गया।'' डॉक्टर ने उसे ढाढ़स बँधाते हुए स्वयं भी सांत्वना अनुभव की, ''रोज तो कनकसिंह बाबू उपस्थित रहते थे। आज अकेले में आपके सौंदर्य ने मेरी नीयत खराब कर दी। मुझे आश्चर्य हुआ कि आज मेरी विद्या का असर कम कैसे हुआ? आप जल्दी होश में कैसे आ गईं?''

''शायद इसीलिए डॉक्टर, कि आप आज विद्या का गलत फायदा उठाना चाहते थे। परंतु पहली गलती तो ईश्वर भी माफ कर देता है। आज के बाद मेरी चिकित्सा करना छोड़ देना।''

''आप देवी हैं, राणीबा! मुझे क्षमा करने का एहसान कभी नहीं भूलूँगा।''

''साथ ही यहाँ से बाहर निकलने से पहले इस घटना को भी हमेशा के लिए भूल जाना।''

उसकी आवाज में चिरौरी थी या धमकी, यह डॉक्टर ठीक से परख नहीं पाया, परंतु बाहर से किसी की आहट सुनाई देने पर जल्दी से कमरे का दरवाजा खोल दिया। चौखट पर ही कनकसिंह मिल गया, ''कितनी देर लगा दी, डॉक्टर! नीचे चलिए, गोरे साहब कह रहे हैं कि नौ बजे जाँच शुरू होनी चाहिए। अब दो ही मिनट बचे हैं।''

''परंतु उसकी क्या खबर है?'' चौखट पर खड़े-खड़े ही डॉक्टर ने अधीरता दरशाई, ''उसके आए बगैर… ?''

परंतु उसे आगे बोलते रोककर कनकसिंह उसे खींचकर ले गया, ''आपको यहाँ अकेले छोड़कर गया, इसलिए राजमाता ने दो बार पूछा कि 'डॉक्टर रनवास में अकेले ही हैं?' मुझे हुआ कि आप यदि देर करेंगे तो वे स्वयं ऊपर आ पहुँचेंगी और आपके उपचार का भेद खुल जाएगा।''

''डॉक्टर, मुझे ऐसा लगता है कि मौत की खबर आने पर आपको ही मंदिर जाना पड़ेगा। युवराज की तरह इसकी मौत का सर्टिफिकेट भी आप ही के हाथों लिखा जाएगा।''

ठीक उसी समय साधु महल के सोपान चढ़कर अंदर आते हुए दिखाई दिए।

कनकसिंह का चेहरा पीला पड़ गया। किसी ने जोरदार चाँटे लगाए हों ऐसे दोनों के गाल एक साथ सनसना उठे।

□

: १८ :

पॉलिटिकल एजेंट विलियम ने जाँच की शुरुआत करने से पहले राजगढ़ से प्राप्त एक्स-रे की रिपोर्ट पढ़कर सुनाई। इसमें भी डॉक्टर या कनकसिंह ने दिलचस्पी नहीं दरशाई। गोरे साहब ने फैसला सुनाया कि सरकारी अस्पताल के वरिष्ठ डॉक्टर के लिखे अनुसार युवराज निर्मल कुमार के पुराने एक्स-रे फोटो एवं साधु के हाल के फोटो हर प्रकार से एक-दूसरे से मिलते हैं। सुनते ही सब चौंक गए थे।

"जाडेजा, ऐसे क्यों बैठे हैं?" बैरिस्टर वाडिया ने कंधा दबाया, "खिड़की की ओर तकते हुए बुत की तरह क्या देख रहे हैं?"

डॉक्टर को भी उसे सजग करना पड़ा, "एक्स-रे फोटो के बारे में वरिष्ठ डॉक्टर के अभिप्राय के विरुद्ध आपको कुछ बहस तो छेड़नी चाहिए थी।"

कनकसिंह ने मुख मोड़ लिया। उसी समय गोरे साहब ने अगली जाँच की रिपोर्ट पर नजर फेरकर नई शुरुआत करने के लिए साधु की ओर देखा, "हाँ नित्यानंद महाराज, परसों जाने से पहले आपने कहा था कि युवराज निर्मल कुमार की मौत का सही कारण आप आज की जाँच में पेश करनेवाले हैं।"

"हाँ जी, मैं तैयार हूँ। आपके आदेश की प्रतीक्षा कर रहा था।"

"उस पर विचार करने से मुझे लगता है कि यह मुद्दा बहुत ही नाजुक है। मृत्यु के कारण के बारे में केवल अनुमान करने से यह जाँच आगे नहीं बढ़ सकती। इसकी बजाय हम सबको यह जानने में दिलचस्पी है कि मौत होने के बाद फिर से जीवित होने की असंभव घटना किस प्रकार से घटी।"

"परंतु नामदार, वह घटना मैं इस जाँच के अंत में कहना चाहता था, सबकी उपस्थिति में।"

साधु की इस दलील पर गोरे साहब बोले, "इस समय भी यहाँ सब उपस्थित हैं।"

"नहीं नामदार!" साधु हिचकते हुए आगे कहने जा रहे थे कि उतने में जनाना परदे के पीछे एक आकृति के आगमन की निश्चिंतता से रुक गए। विजयसिंह

के मुख से शब्द निकल पड़े, ''राजराणी! ऐसे अचानक!''

कनकसिंह ने खड़े होकर गुजारिश की, ''नामदार, कुछ देर के लिए जाँच मुल्तवी कीजिए, महाराणी को समझाकर मैं वापस लौटाता हूँ, वरना साधु की बेसिर-पैर की बातें सुनकर वे फिर से बेहोश हो जाएँगी। मुश्किल से ठीक हुई तबीयत फिर से बिगड़ जाएगी।''

गोरे साहब ने आपत्ति नहीं उठाई, इसलिए कनकसिंह तेजी से परदे की ओर गया, परंतु उसके पहले विजयसिंह लाजवंती के पास पहुँच गया था, ''भाभी, अब कैसी हैं आप?''

''सवेरे से मैं बिलकुल ठीक हो गई हूँ।'' कहती हुई लाजवंती राजमाता के पास बैठने जा रही थी कि कनकसिंह ने चिंतातुर आवाज में कहा, ''बहना, इतने दिन की चिकित्सा के बाद कुछ ठीक हुई हो, यहाँ आने का जोखिम क्यों उठाया? चलिए, मैं आपको छोड़ आऊँ।''

''नहीं, बड़े भैया, अब यहाँ बैठने में कोई जोखिम नहीं है। मैंने मन दृढ़ कर लिया है। मुझे विश्वास हो गया है कि कोई भी मेरा कुछ नहीं बिगाड़ सकता!''

''परंतु आपको कुछ हो जाए और जाँच मुल्तवी रखनी पड़े, तो गोरे साहब नाराज हो जाएँगे।'' कनकसिंह ने आवाज में सख्ती लाते हुए कहा, ''राजमाता, आप ही उसे समझाइए न!''

''किसी को मुझे कुछ भी समझाने की जरूरत नहीं है, बड़े भैया!'' लाजवंती के शब्दों में रोष छलका। परंतु दूसरे ही वाक्य में उसने सुर बदल दिया, ''उस साधु का कोई भी झूठ मेरे मन को छुएगा भी नहीं, इसलिए आप बेफिक्र रहिए।''

''लाजू बहू ठीक कह रही है।'' राजमाता ने ठीक समय पर समर्थन किया, ''यह मेरे पास बैठी है, मैं इसका खयाल रखूँगी।''

तब कनकसिंह को हताशा से हाथ मलते हुए वापस आना पड़ा, 'आज सबकुछ न सोचा हुआ और नापसंद ही हो रहा है।'

''नामदार!'' साधु ने सबका ध्यान अपनी ओर आकर्षित करते हुए कहा, ''आपकी राय से मैं सहमत हूँ। मृत्यु के कारण की बहस मुल्तवी रखकर युवराज के फिर से जीवित होने की घटना दोहराने के लिए तैयार हूँ, क्योंकि…'' कहकर वे कुछ रुके, परदे की ओर दृष्टि करके जोड़ा, ''क्योंकि अब यहाँ कोई अनुपस्थित नहीं है।''

''सुनिए, कनकसिंह जाडेजा! पल भर महल का यह कक्ष भूलकर आबू पहुँचना है। थोड़ी देर के लिए राग-द्वेष या दुःख मन से झटककर नौ बरस दो

महीने पहले के अतीत में गोता लगाना है। याद करो वह शाम…''

आँखें मूँदकर बोलते साधु की आवाज गैबी स्वरूप धारण करने लगी—

''बैसाख के तूफान की वह रौद्र शाम। शेषनाग सातों फन के साथ फुफकार रहे हों ऐसी साँय-साँय चलती तेज हवा, मदमस्त हाथी की चपेट में आ गए हों ऐसे जमींदोज होते वृक्ष, वनराज सा दहाड़ रहा हो ऐसे गरजते बादल, प्रकोपित आसमान की तरह निर्लेप बना हुआ आबू का श्मशान!''

साधु के हर शब्द पर सबकी आँखों में नौ बरस पहले का वह दृश्य आकार ग्रहण करके लगा—

''सुनसान श्मशान की देखभाल करनेवाला वह चांडाल प्रकोपित आसमान टूट पड़े, उसके पहले भाग निकलना चाहता था कि तीन व्यक्ति तूफानी हवा में अपने फड़फड़ाते हुए कपड़े सँभालते हुए उसके सामने आ धमके—'हम फौरन चिता तैयार करना चाहते हैं। गाड़ी भरकर लकड़ियाँ आ रहीं हैं।' चांडाल ने टाल-मटोल की—'ऐसे निरे पागल पवन में चिता नहीं लगाई जाती, भीमकाय वृक्ष भी जिसके सामने नहीं टिक पाते वहाँ लकड़ियों से क्या हो पाएगा? समय रहते घर पहुँच जाइए, वरना हम सबकी चिता लगानी पड़ेगी।'

''परंतु चांडाल की आँखों के सामने चाँदी के रुपयों की थैली खनखना उठी, 'पागल मत बन! आबू के इस श्मशान का भाग्य कि हिम्मतगढ़ की गद्दी के मालिक की चिता यहाँ लगाई जा रही है। श्मशान के साथ तेरी भी किस्मत जाग उठी। ये थैली तो चिता लगाने की, युवराज की देह पर रहे कपड़े व उँगलियों में सोने की अँगूठी भी चिता जलाने से पहले तेरे पास आ जाएगी।'

''ठीक उसी समय लकड़ियों से लदी ऊँटगाड़ी आ पहुँची। चांडाल ने झट से रुपयों की थैली पर झपट्टा मारा, 'आइए, मेरा हाथ बँटाइए, लकड़ियाँ जमाने में जल्दी करनी पड़ेगी…' और तूफान की सरसराहट के सामने टक्कर लेते हुए चारों ने जैसे-तैसे चिता लगाई तभी कुछ व्यक्ति युवराज की अरथी के साथ श्मशान में दाखिल हुए। बवंडर जैसे गुस्से से आग-बबूला हो रहा हो, चिता तक अरथी पहुँचाने जाते हुए एक आदमी लुढ़क गया, युवराज की देह जमीन पर गिरने ही वाली थी कि कनकसिंह ने दौड़कर दोनों हाथों से बहनोई की जड़ देह को सँभाल लिया।''

साधु की आवाज बंद हुई, फिर भी बवंडर चल रहा हो ऐसे सब स्तब्ध होकर बैठे रहे। आँखें खोलकर साधु ने कनकसिंह की ओर देखा तो उसके चेहरे से पसीना बह रहा था। पलकें बंद करके साधु ने फिर होंठ खोले—

''युवराज की जड़ देह को उठाने में डॉक्टर दीक्षित ने साथ दिया, सभी लोगों ने मिलकर उसे चिता पर रखा। कनकसिंह जाडेजा ने आवाज दी, 'जल्दी करो, चिता जलाओ', परंतु इस हड़बड़ी में हवा के झोंके से अग्नि की दुहनी उलट गई थी। कदम-कदम पर आते विघ्न से झुँझलाते जाडेजा ने जोर से आवाज दी, 'अरे हरामखोरो, कुछ भी करो, परंतु तुम्हारा बाप मेघराज बरस पड़े, उसके पहले चिता जला दो।' तब चांडाल ने उपाया सुझाया—'दो घंटे पहले एक कुम्हार की चिता सामने जलाई गई थी। उसकी लकड़ियाँ अभी जल रही होंगी। रुकिए, मैं ले आता हूँ'...और जिस राजवंश में चंदन की लकड़ियों की चिता पर जलाने का दस्तूर था उसके एक वारिस को इन बची हुई लकड़ियों से दाह दिया गया। चिता की नीचे की लकड़ियों में आग फैलती देख कनकसिंह ने चैन की साँस ली, कलेजा ठंडा हुआ, अब बहनोई के जीव की सद्‌गति हो जाएगी।

''परंतु कुछ ही पलों में पवन ने रुख बदला, युवराज की छाती पर जमाई भारी लकड़ी हवा के घुमावदार तूफान से चिता से लुढ़क गई। चांडाल चिल्लाया, 'वह लकड़ी फिर से जमा दो, वरना लाश उठ बैठेगी!' डॉक्टर दीक्षित खौफ से काँप उठे, 'मुझसे यह नहीं देखा जाएगा?' कहकर वे भाग जाना चाहते थे इतने में कनकसिंह ने उसकी कलाई पकड़ ली, 'मुरदे काटने से डर नहीं लगता और लाश उठ बैठने की बात से डर गए! अभी जलकर राख हो जाएगी।'

''लकड़ी उठाकर फिर चिता पर जमा ही रहे थे कि हवा का जोरदार धक्का लगा और लकड़ी का एक कोना कनकसिंह के ललाट की दाईं कनपटी में चुभा। खून की धार बह निकली, फिर भी कनकसिंह पीछे नहीं हटा। बहनोई के दाह-संस्कार की वह निशानी हमेशा के लिए उनके ललाट पर एक चिह्न अंकित कर गई।''

साधु ने बोलना बंद करके आँखें खोलीं, तब सबकी नजरें एक साथ कनकसिंह पर पड़ीं। वह बाएँ हाथ की उँगली से दाईं कनपटी का पुराना जख्म सहला रहा था। साधु ने फिर जल्दी से बात का दौर सँभालकर आगे कहा—

''चिता के नीचे आग जल ही रही थी कि एक हृदय-विदारक धमाका सुनाई दिया। चांडाल के पत्थर के झोंपड़े पर कड़ककर एक वृक्ष गिरा। वह सिहर उठा—'यह तो कुदरत का कोप लगता है', कहता हुआ मुट्ठियाँ भींचकर वह भाग निकला।' बवंडर का तांडव पराकाष्ठा पर पहुँचा तब डॉक्टर दीक्षित का कलेजा भी धक-धक करने लगा, 'बाबू, यह तूफानी हवा तो पूरे आदमी को उठाकर फेंक दे, इस हद तक पागल-सी तेजी से चल रही है, मुझे डर लग रहा है। चलिए भाग

निकलते हैं, कनकसिंह ने जबरदस्ती सबको पल भर रोका, लाश जलना शुरू होने के बाद हम निकल जाएँगे; परंतु आसमान में बिजली कौंधी, भयानक गर्जना से सारा वातावरण खलबली से अशांत हो उठा। तब कनकसिंह ने जिद छोड़कर श्मशान के बाहर खड़ी गाड़ी में शरण ली। गाड़ी गई कि तुरंत ही जोरों की बारिश होने लगी और चिता ठंडी हो गई।''

''गलत बात!'' कनकसिंह ने तैश में खड़े होकर ऊँची आवाज में विक्षेप किया, ''सारी बातें मनगढ़ंत हैं, जो साधु ने हमें सुनाईं। उसने इस प्रकार से वर्णन किया मानो जो उसने स्वयं सबकुछ अपनी आँखों से देखा हो। युवराज की चिता ठंडी पड़ जाने की बात तो बिलकुल सफेद झूठ है। पौने दो घंटे के बाद फिर हम गाड़ी में श्मशान वापस आए, तब चिता धधककर जल रही थी। मृत देह जलकर भस्म हो गई थी। मैंने अपने हाथों से चिता ठंडी करके युवराज के फूल उठाए थे और यह कह रहा है कि चिता ठंडी हो गई, ऐसा हो ही कैसे सकता है?''

''अच्छा हुआ जाडेजा, आप बीच में बोल उठे।'' साधु ने क्रोधित होने की बजाय खुशी से कहा, ''आपने इतना तो कुबूल कर लिया कि चिता जलाकर पौने दो घंटे के लिए आप श्मशान से अनुपस्थित थे। आपकी अनुपस्थिति में क्या हो गया, यह अब मुझे कहना है। नामदार, कुदरत का यह कोप युवराज के लिए आशीर्वाद-सा हो गया था। तेज चलती वायु ने बारिश को ज्यादा टिकने नहीं दिया। जैसे कि चिता बुझाने के आशय से मेघराज बरस पड़े हों, ऐसे थोड़ी ही देर में उसने अपनी माया समेट ली और तूफान ने फिर अपना वर्चस्व प्रस्थापित किया। विशाल वृक्षों को जमींदोज करनेवाले, मकान के पत्थरों को पत्ते की तरह ऊपर से दूर उड़ा देनेवाले बवंडर के तेज झकोरों से युवराज के सीने पर जमाई लकड़ियाँ लुढ़ककर नीचे गिर जाएँ, यह बात आपको मनगढ़ंत तो नहीं ही लगेगी। परंतु मानने में न आए, ऐसी घटना तो अब घटने वाली है। ध्यान से सुनना।''

यहाँ कुछ देर रुककर साधु ने गहरी साँस ली। जैसे अतीत में उतर गए हों वैसे ध्यानस्थ हो गए। फिर धीर गंभीर आवाज में आगे कहा—

''संयोग से उसी समय साधुओं का एक संघ श्मशान-पथ से गुजर रहा था। युवराज की चिता की ओर एक साधु का ध्यान गया। उनमें से एक ने कहा, 'गुरुजी, तूफान के कारण कंधा देनेवाले चिता जलाना छोड़कर चले गए हों, ऐसा लगता है!' उन वैरागियों ने एक संसारी की चिता जलाने का कार्य अपने जिम्मे लिया। नीचे गिरी हुई भारी लकड़ियाँ उठाकर दो साधु युवराज की छाती पर रखने ही जा रहे थे कि जैसे बिजली गिरी हो, ऐसे भड़के। लकड़ी फेंककर दूर हट गए,

'गुरुजी, यह आदमी मरा हो, ऐसा नहीं लगता। हमने उसके कराहने की आवाज सुनी।' चिता के पास जाकर गुरुजी ने मृत देह के हाथ की नाड़ी देखी तो उनकी आँखें चमक उठीं। उन्होंने आज्ञा दी, 'जल्दी उसे चिता से नीचे उतारो, अभी उसमें जान बची है!'

"वे श्मशान के एक कोने में युवराज को उठाकर ले गए। संघ के गुरु शरीरशास्त्र के अभ्यस्त विद्वान् थे तथा जड़ी-बूटियों का ज्ञान रखते थे। पहले उन्होंने भीगी हुई जड़ देह को मालिश से गरमाहट दी। युवराज की साँस चलने लगी, दर्द से कराहने की धीमी आवाज सुनाई देने लगी कि इतने में गुरुजी की नजर उसके कुम्हलाए चेहरे पर पड़ी। आँखों के नीचे काले दाग दिखे, पैरों के तलवे का कालापन ध्यान में आया तब वे गंभीर होकर बोले, 'चिता छोड़कर चले जानेवाले लोग वापस आएँ, इसके पहले हमें उसे यहाँ से उठाकर दूर ले जाना पड़ेगा।' दूसरे साधुओं को इस प्रस्ताव ने चौंका दिया। एक ने कहा, 'वे लोग वापस लौटेंगे तब हम उन्हें इसको सौंप देंगे तो युवा आदमी को जीवित देखकर वे सब खुश हो जाएँगे।' तब गुरुजी ने संकेत से इतना ही कहा, 'नहीं, यह जब होश में आएगा तब सारी पूछताछ करके हम इसके रिश्तेदारों को सौंप देंगे। अभी तो जितनी जल्दी हो सके उतनी जल्दी उसे यहाँ से उठा लो।'

कनकसिंह और डॉक्टर को मिलाकर हर कोई साधु का प्रत्येक शब्द सुनने के लिए उत्कंठित हो गए थे—

"युवराज को गेरुए वस्त्र पहनाकर चार साधु उन्हें उठा ही रहे थे कि श्मशान में दाखिल हो रहे कुछ लोग दिखाई दिए। साधु रुक गए, परंतु दूसरे ही पल सबकी समझ में आ गया कि वे लोग तो चार-पाँच साल के लड़के के दाह-संस्कार के लिए आए थे। पहले उन्होंने माना कि ये साधु चिता लगा रहे हैं, परंतु जब युवराज को लेकर साधु का संघ श्मशान छोड़कर जाने लगा तब वे लोग खुसुर-फुसुर करते सुनाई दिए, 'किसे मालूम यह चिता किसके लिए लगाई गई होगी। तूफान की वजह से शायद आज दाह-संस्कार करना किसी ने मुल्तवी रखा होगा। चलो, हम उसका उपयोग कर लेते हैं।' दूर निकल चुके साधु के संघ में से किसी ने पलटकर देखा तो युवराज की खाली चिता पर वे लोग चार बरस के लड़के का शव जमा रहे थे।

"अब समझ में आया, कनकसिंह जाडेजा! पौने दो घंटे के बाद आप आबू के श्मशान वापस लौटे तब जल चुकी चिता को देखकर आप सबने मान लिया कि युवराज के दाह-संस्कार हो गए, परंतु जिस चिता से आपने फूल लिये थे, वे

युवराज निर्मल कुमार के नहीं, चार बरस के एक बाह्मण-पुत्र के थे!''

''अ ह् ह् ह् हा···हा!'' कनकसिंह की ऊँची हँसी कक्ष में गूँजने लगी। सब उसकी ओर स्तब्ध होकर देखने लगे, उसका चेहरा विकराल हो गया था, ''साधु महाराज! कथा कहने में आप बड़े माहिर हैं, यह हमने मान लिया। श्मशान में हमारी पौने दो घंटे की अनुपस्थिति का अच्छा फायदा उठाया आपने! बात क्या खूब बनाई है! पहले साधु के संघ को ले आए। फिर युवराज के कराहने की आवाज सुनाई दी, ऐसा कहा। जिसकी मृत्यु हो गई हो उनकी साँस चलाई। जिस बवंडर के कारण हमें जलती चिता छोड़कर जाना पड़ा, ऐसे तूफान में चार साल के लड़के को दाह देने के लिए आप और लोगों को ले आए। दूसरे के लिए लगाई गई चिता पर आपने बच्चे को जमा दिया, ताकि मेरे द्वारा उठाए हुए फूल युवराज के नहीं हैं, ऐसा कह सकें···वाह रे आपकी कल्पनाशक्ति! सामने बैठे हुए इतने सयाने लोगों की समझशक्ति का तो जरा खयाल करना चाहिए था। आप जो कुछ भी कहेंगे सब सच मान लेंगे, ऐसा आपने कैसे मान लिया?''

चेहरे पर वही सौम्यता बनाए रखकर साधु ने मुलायम हास्य फहराया—

''यहाँ मैं जो कुछ भी कह रहा हूँ, यह सब सिद्ध कर दिखाने की मैंने पूर्व तैयारी करके रखी है, जाडेजा। आबू जाकर मैं उस ब्राह्मण परिवार से मिल आया हूँ। वहाँ के तहसीलदार की उपस्थिति में मेरे कहे गए हर शब्द मृत लड़के के पिता के मुँह से मैंने सुने और इसका हर एक शब्द कागज पर लिख भी लिया है। लिखावट और लेख पर दस्तखत उसके हैं और गवाह के बतौर तहसीलदार के दस्तखत भी लिये हैं। नामदार चाहें तो प्रमाण पेश करूँ।''

''नामदार साहब कहें, उसके पहले मैं जो पूछता हूँ, उसका जवाब दीजिए, साधु महाराज!'' कनकसिंह गुस्सैल स्वर में बोला, ''जो परोपकारी साधु किसी की बुझी हुई चिता जलाने के लिए उद्यत हुए, तब उन्हें पता चला कि मृत मान लिया गया आदमी जीवित है तो फिर उसे होश में लाकर वहीं के वहीं पूछताछ करके रिश्तेदारों को सौंप देने के बदले चोर या ठग लोगों की तरह उसे वहाँ से उठाकर थोड़े ही चले जाएँगे? इसकी स्पष्टता करने के लिए आपको कोई अचूक कहानी गढ़नी ही पड़ेगी, साधु महाराज!''

और ऐसा ही हुआ।

''नामदार, मेरी कथनी पूरी किए बगैर मैं कोई भी स्पष्टता करना उचित नहीं समझता!'' कहकर सबके प्रतिभाव की परवाह किए बिना उसने आगे कहना जारी रखा—

''बेहोश युवराज को उठाकर साधु संघ ने तालाब के किनारे पड़ाव डाला। अलाव जलाकर युवराज की देह को सेंका, पैरों के तलवों पर वृक्ष के मूल घिसे, जड़ी-बूटियों का रस निकालकर हर घंटे उसके मुख में टपकाते रहे, मध्य रात्रि के बाद तूफान कम हो चला, युवराज की देह में धीरे-धीरे चैतन्य फैलने लगा, कराहने की आवाज बढ़ती गई, हाथ-पैर व गरदन का हिलना-डुलना शुरू होने लगा, परंतु भोर तक उसने आँखें नहीं खोलीं। एक के बाद एक करके दो-दो साधु उसकी देखभाल के लिए जागते रहे। उनकी जिज्ञासा बढ़ती जा रही थी, चिता पर चढ़कर जीवित रहनेवाला यह आदमी कौन होगा?''

'' 'मैं कौन हूँ?' आँखें खुलने पर युवराज के मुँह से पहले यही उद्गार निकल पड़े, 'आप सब कौन हैं? मैं कहाँ हूँ।' उसने आकुल-व्याकुल नजरों से चारों ओर देखा, सब अनजाना सा लगा, बाद में फिर आँखें मूँद लीं, ''मुझे कुछ भी तो याद नहीं आ रहा, मैं कब सो गया था? इस नींद की इतनी सारी थकान क्यों महसूस हो रही है? आप मुझसे कुछ कहिए तो सही?'

''तब पूजा में बैठे गुरु को खबर करने एक साधु दौड़ा। गुरुजी पूजा के प्रसाद के साथ उसके पास आ पहुँचे, 'तुझे अब कैसा लग रहा है, भाई?' पूछकर पंचामृत व प्रसाद उसके मुख में रखे। युवराज की थकी-सी आँखों में गुरु की तेजस्वी दृष्टि से चेतना-संचार की फुनगी अंकुरित हुई। हाथ जोड़कर युवराज ने पूछा, 'आप कौन हैं, महात्मा?'

''तब गुरुजी ने वात्सल्यभाव से उसके सिर पर हाथ पसारा, 'मेरा नाम सत्यानंद है, इस संघ के साथ इसी पथ से गुजर रहे थे कि…' इतना कहकर वे रुक गए। कुछ सोच के पूछा, 'परंतु आपकी पहचान क्या है?'

'' 'मैं…मैं…।' युवराज की आँखें आकुल-व्याकुल होने लगीं। पड़े-पड़े उसने सिर हिलाया, ''मुझे पता नहीं, मैं कौन हूँ, कहाँ का हूँ, कुछ भी याद नहीं आता, दिमाग में अँधेरा छाया हुआ है, आप मुझे राह दिखाइए। 'तब गुरुजी ने सांत्वना दी, देह में शक्ति आएगी तब दिमाग का अँधेरा दूर हो जाएगा।'

''युवराज को ठीक होने में चार दिन लगे। साधुओं ने सद्भावपूर्वक उसकी चिकित्सा व तीमारदारी की, वे बार-बार पूछते रहते थे कि मैं यहाँ कहाँ से आया—आपको मैं कहाँ मिला, परंतु गुरुजी ने शिष्यों को आदेश दिया था—'जब तक उसकी स्मृति वापस न आ जाए तब तक श्मशान शब्द या इसके बारे में कुछ नहीं कहना। छठे दिन भी युवराज को अपना नाम तक याद नहीं आया, तब गुरुजी ने अंतिम उपाय आजमाया। युवराज को गेरुए वस्त्रों में साथ लेकर साधु का संघ आबू

की गली-गली में घूमा। कोई मकान, कोई घर या किसी व्यक्ति को देखकर उसकी स्मृति लौट आएगी ऐसा सोचा था, परंतु युवराज को उस गाँव का नाम तक का पता न था! गाँव की प्रदक्षिणा पूरी करके गुरुजी उसे श्मशान ले गए। किसी की जलती चिता के सामने खड़ा करके युवराज से पूछा, कुछ याद आ रहा है, तो उसने सिर हिलाकर व्यथापूर्वक कहा, इस जगह पर मैं कभी नहीं आया।

"उसके कंधे पर हाथ रखकर गुरुजी ने समझाया, 'आप इस जगह आए थे, परंतु मृत्यु होने के बाद!' इतना सुनते ही युवराज थरथरा गया, 'मैं मृत हूँ? मतलब कि आपने मुझे फिर जिंदा किया?' जवाब में गुरुजी ने सिर हिलाया। 'नहीं-नहीं, आपको मृत मान लिया गया था। 'महात्माजी, आपने मुझे जीवनदान दिया, आप ही मुझे इस नई जिंदगी की राह दिखाएँ। आपत्ति न हो तो आप मुझे संघ में ही साथ रखिए।'

"तब गुरुजी ने धर्मसंकट महसूस किया। केवल स्मृति नष्ट हो जाने से संन्यास धारण करनेवाला कहाँ तक साधु जीवन झेल पाएगा? आगे-पीछे कभी वह नई माया से लिपट जाएगा···आखिर उन्होंने हल निकाला। कुछ समय तक हमारे साथ रहना। इन गेरुए वस्त्रों का रंग अपने आप आपकी आत्मा को अच्छा लगे तो ठीक है, वरना सुख-चैन से नया संसार बसा लेना। स्मृति नष्ट हो जाने से ही संसार के मोह माया से लगाव छूट नहीं जाता।

"तब युवराज ने गुरुजी को साष्टांग प्रणाम करके प्रतिज्ञा की, 'जब मुझे मेरा पूर्व-जीवन याद नहीं आएगा तब तक मैं संसार-जाल में नहीं फ़सूँगा। आप मुझे अपनी शरण में स्वीकारिए।' बस, उसी पल युवराज निर्मल कुमार के नवजीवन की शुरुआत हुई। उसे नाम दिया गया नित्यानंद! जो इस वक्त आप सबके सामने खड़ा है।"

"शाबाश साधु महाराज! विस्मृति का किस्सा आपने खूब गढ़ा, परंतु उसमें एक भारी त्रुटि रह गई, साधु के संघ ने युवराज को सारे गाँव में घुमाया। इसके बदले किसी से भी पूछताछ की होती कि बवंडर के दिन यहाँ किसकी मृत्यु हुई थी तो हिम्मतगढ़ के युवराज की मृत्यु का जिक्र गाँव का छोटा बच्चा भी कर देता। स्मृति लौटे बिना भी युवराज के पूर्व-जीवन के बारे में जाना जा सकता था, इसकी स्पष्टता करने के लिए आप क्या कुछ गढ़ सकते हैं?"

कनकसिंह की उस दलील ने सबको चौंकाया। बैरिस्टर की आँखें चमक उठीं। उसने खड़े होकर समर्थन किया, "नामदार, यह मुद्दा सोचने लायक है। साधु के संघ ने ऐसा सरल व सीधा-सादा उपाय क्यों नहीं आजमाया? इसका

कारण जानने के लिए हम सब उत्सुक हैं।''

तब गोरे साहब ने नित्यानंद की ओर देखा, ''आप इसका कारण बता सकते हैं?''

''जी, हाँ।'' साधु की इस हाजिरजवाबी ने सबको फिर तनकर सीधा कर दिया, ''परंतु इस कारण में युवराज की कथित मृत्यु का कारण निहित है। शुरू में ही आपने उसे पेश करने से मना किया हुआ है।''

''ऐसा बहाना नहीं चलेगा।'' कनकसिंह ने जुनून में कहा। ''कारण खोजने के लिए आपको थोड़ा वक्त चाहिए, ऐसा कह दीजिए न!''

''नहीं जाडेजा, वह समय अब आ गया है। कारण सुनकर आपका कलेजा बस में नहीं रहेगा, इतना जान लीजिए।''

''अब ऐसी धमकी का मुझ पर कोई असर नहीं होगा। अभी तक मेरे कलेजे की एक कनी भी नहीं गिरी। बेहिचक बोल दीजिए महाराज, जिससे यह झंझट खत्म हो जाए।''

''तो सुनिए!'' साधु ने चारों ओर नजर फेरकर कहा, ''युवराज की मौत का कारण था विष! उन्हें विष देकर खत्म कर दिया गया था। गुरुजी ने विष के चिह्न देख लिये थे, इसीलिए ही मुझे संसार में छोड़ देने के बदले साधु बना दिया था।''

सब हैरत से सन्न हो गए, परंतु कनकसिंह का खुनस काबू में नहीं रहा, ''लबाड़, युवराज को विष देकर मार डालने से किसी को क्या फायदा होने वाला था? सबूत के बगैर बात करेगा तो गोली से उड़ा दूँगा।''

''अधीर मत होइए, जाडेजा, सबूत अभी पेश कर रहा हूँ। महल के दरवाजे पर एक स्त्री बैठी है। अपने ही किसी आदमी को भेजकर उस स्त्री को सम्मान के साथ यहाँ पेश करने की आज्ञा चाहता हूँ।''

□

: १९ :

रुनझुन···रुनझुन···महल के सोपान चढ़ रही उस स्त्री के खनकते पाजेब ने कक्ष में बैठे सभी के चित्त में झनझनाहट जगा दी। वह चौखट पर आकर रुक गई। हर एक की आँखें फटी-सी रह गईं। शर्म व मर्यादा के घूँघट में खड़ी स्त्री ने उन्हें हताशा का हलका सा धक्का दिया।

"आइए, अंदर आइए, बहन!"

साधु के उस प्रकार से बुलाने से उसने चौखट लाँघी।

"संकोच नहीं रखना।" साधु ने अपनी बैठक से खड़े होकर उन्हें बैठने की जगह दी। "हिम्मतगढ़ के इस राजमहल से आप अनजान नहीं। यहाँ बैठे हुए लोगों में से ज्यादातर आपके जाने-पहचाने लोग ही हैं।"

साधु के शब्द एवं घूँघट सबके कुतूहल को रगड़ रहे थे। कनकसिंह पुतलियाँ बाहर निकल जाएँ इतनी हद तक आँखें फाड़कर घूँघट में छिपा उस स्त्री का चेहरा पहचान लेने का मिथ्या प्रयत्न कर रहा था।

"आप सब उसका चेहरा देखने के लिए आतुर हैं।" साधु ने कनकसिंह, डॉक्टर और बाकी सबकी उत्सुक निगाहों को निहारते हुए कहा, "युवराज निर्मल कुमार की मृत्यु विष देने से हुई थी, इसकी जानकारी केवल तीन व्यक्तियों को ही है।" कहकर साधु रुके। "उन तीन व्यक्तियों में से यह स्त्री तीसरी है।"

"आप बात को ज्यादा बहका रहे हैं, महाराज!" बैरिस्टर की बेचैनी उछल पड़ी, "सबका कीमती समय नष्ट हो रहा है। स्त्री को घूँघट में पेश करने की बिलकुल आवश्यकता नहीं थी।"

"माफ करना, बैरिस्टर साहब। हमारे में बड़े घर की बहू-बेटियाँ आपकी पारसी बानुओं की तरह सबके सामने खुले में सिर ढके बिना नहीं फिरतीं।"

"नामदार, आपसे मेरी एक विनती है।" साधु ने स्त्री की ओर दृष्टि डालकर कहा, "आपके सिवा किसी और के द्वारा इनसे पूछताछ न की जाए। उनके मान-सम्मान को ठेस नहीं पहुँचनी चाहिए। अनुचित पूछताछ से उनको परेशान न किया

जाए।'' गोरा साहब ने सिर हिलाकर सम्मति दरशाई। तब साधु ने कनकसिंह की ओर देखा, ''जाडेजा, आपको आपत्ति न हो तो इस स्त्री का घूँघट अपने ही हाथों से हटाइए।''

लंबी साँस भरकर उसने दोनों हाथ ऊपर की ओर उठाए और जोश में झटके के साथ उस स्त्री के चेहरे से घूँघट हटा दिया।

चेहरे की झलक देखते हुए ही जैसे बिच्छू का डंक लगा हो, इस प्रकार कनकसिंह चार कदम दूर उछला। हाथ जल गए हों, कुछ इस तरह दोनों हाथों की मुट्ठियाँ भींच लीं।

''रूपमती तू?''

''कौन है यह औरत?'' गोरे साहब ने खामोशी को खलबलाते हुए साधु से पूछा। तब सीधा जवाब देने के बदले उसने कनकसिंह की ओर देखा, ''बोलिए जाडेजा, गोरे साहब इस स्त्री की पहचान पूछ रहे हैं।''

''यह मेरी पत्नी है, पिछले आठ साल से यह विलासपुर के पागलखाने में है। सबके बीच, सबके सामने इसे लाकर मुझे नंगा दिखाने की इस साधु ने नीचता दिखाई है, नामदार?''

''नामदार!'' साधु ने सबका ध्यान आकर्षित किया, ''आपकी अनुमति हो तो सबूत के बतौर मैं उनसे जवाब के लिए सवाल करूँ।''

कनकसिंह विरोध दरशाना चाहता था, परंतु इसके पहले साधु को साहब की अनुमति मिल गई और उसने मौका देखकर कहा, ''बहन, सब मानते हैं कि युवराज निर्मल कुमार की मृत्यु क्षय रोग के कारण हुई थी। आप ऐसा मानती हैं क्या?''

सब एकटक देख रहे थे कि स्त्री ने अविलंब सिर हिलाकर 'नहीं' कहा।

''मैं ऐसा कहता हूँ कि निर्मल कुमार को विष दिया गया है।'' साधु ने दूसरा सवाल पूछा, ''आप कुलदेवी का स्मरण करके बताना कि विष देने की बात आप जानती हैं?''

जवाब में मुँदी हुई आँखों से उसने दो बार जोर से मस्तिष्क झुकाकर 'हाँ' कह दिया।

''नहीं, नामदार!'' बैरिस्टर वाडिया एकदम खड़े हो गए, ''यह पद्धति ठीक नहीं है। केवल सिर हिलाकर 'हाँ' या 'नहीं' कहने से सही बात समझ में नहीं आती, उस स्त्री को अपनी जबान से जवाब देने चाहिए।'' कहकर उसने ही सवाल पूछा, ''बोलिए बहन, आप यहाँ जबरदस्ती या किसी के दबाव में आकर,

घबराकर कुछ भी झूठ नहीं कहना। निर्मल कुमार को विष देने की बात आपको सिखाकर यहाँ लाया गया है ?''

उसने जोरदार झटके से सिर हिलाकर 'नहीं' कहा, तब बैरिस्टर ने मेज पर हथेली पटकी, ''सिर नहीं, जबान चलाइए!''

उसके चिल्लाने की आवाज सुनकर रूपमती की आँखें फड़फड़ाईं। बोलने के लिए गले के नीचे थूक उतारा। होंठ फड़फड़ाए, पर आवाज बाहर नहीं निकली।

''बेचारी का गला सूख गया है, कहाँ से बोल पाएगी?'' कहकर धूर्त हँसी हँसते हुए कनकसिंह ने पानी का गिलास उस महिला की तरफ बढ़ाया। दोनों की आँखें मिलीं, कनकसिंह का चेहरा सख्त हुआ। ''ले पी जा।'' कहता हुआ वह एक कदम आगे बढ़ा। उसके कंधे काँपे, ''ले कहता हूँ!'' दूसरा कदम आगे बढ़ते कनकसिंह ने गुस्से से दाँत भींचे। ''पी जा!''

और तीसरे कदम पर कनकसिंह ने पानी का गिलास बिलकुल उसके होंठों तक बढ़ाया। तब वह चीख उठी, ''नहीं! नहीं! इसमें जहर है।''

''मुझे जहर देकर मार डालना चाहते हैं।'' ऐसे आक्रंद के बाद दो-चार सिसकियाँ सुनाई दीं। धीरे-धीरे वह बैठ गई। ''उसने डॉक्टर के साथ मिलकर युवराज को जहर दिया था। मुझे जहर देकर मार डालना चाहा था…।''

और उसके शब्द रुदन में दब गए।

''हा…हा…हा…हा…!'' कनकसिंह के विकराल अट्टहास ने रूपमती के रुदन को कुचल डाला, ''नामदार, आपको यकीन हो गया न कि मेरी पत्नी अब भी पागल है। पानी के गिलास में भी उसे जहर नजर आया। आप सबके सामने मैं उसे जहर देकर मार डालना चाहता हूँ, ऐसा कहनेवाली एक पागल स्त्री के बकवास पर ध्यान देने की जरूरत है क्या?''

कहकर उसने गोरे साहब की ओर गरदन घुमाई ही थी कि परदे के पीछे से लाजवंती वेग से आती दिखाई दी। उसकी आँखों में रोष फुफकार रहा था। मर्यादा व अदब छोड़कर राजरानी को सबके सामने खुलेआम उपस्थित होते देखकर सब सन्न हो गए, परंतु लाजवंती के चेहरे पर संकोच के बदले गौरव झलकता था। सौतेले भाई पर तीक्ष्ण नजर डालकर वह रूपमती के पास पहुँच गई, ''भाभी?''

कंधे पर स्नेह भरा हाथ और अपनेपनवाले संबोधन से चौंककर रूपमती ने गरदन उठाई, ''ननंदबा! मैं पागल नहीं हो गई, आपके भैया ने…।''

''तुम्हें पागल बना दिया है, यही न?'' कनकसिंह ने होशो-हवास भुलाकर

क्रोध उछाला। "नामदार, इस साधु से मैं पूछना चाहता हूँ कि झूठे सबूत इकट्ठे करने के लिए उसको एक पागल स्त्री का सहारा लेने की क्या जरूरत पड़ गई?"

साधु ने सुना था, फिर भी भाभी को अपने सहारे ले जाती लाजवंती परदे के पीछे पहुँच जाए तब तक जवाब देना मुल्तवी रखा, इसलिए कनकसिंह अधीरता से चिल्लाया, "पानी में जिसे जहर नजर आता है, ऐसी स्त्री के मुँह से आपने ऐसा बुलवाया कि मैंने और डॉक्टर ने मिलकर युवराज को जहर दिया था?"

"हाँ, कनकसिंह जाडेजा।" साधु ने कहा, "आपकी पत्नी के पागलपन का कारण भी जहर ही है। युवराज क्षय रोग से धीरे-धीरे मृत्यु की ओर घसीटे जा ही रहे थे, परंतु आपको धीरज नहीं रहा। लाजवंती आपकी सौतेली बहन थी, उसके सौभाग्य से आपको हमेशा ईर्ष्या रहती थी। अंतिम साँसें गिनते हुए बहनोई जीवित रहे तब तक आपका दुर्भाग्य दूर होने वाला नहीं था।"

"साधु के बच्चे!" कहता कनकसिंह उसकी ओर वेग से जाने लगा। सचेत साधु ने पलक झपकते ही कपड़े में लपेटी पिस्तौल निकालकर उसके सामने निशाना साधा था। सबकी साँसें अंदर हो गईं।

"आगे मत बढ़ना, जाडेजा!" साधु ने पिस्तौल सहलाते हुए कहा, "मुझे अपनी बात कह लेने दो।"

कनकसिंह पस्तहिम्मत हो गया तो साधु ने पिस्तौल नीचे रख दी। "युवराज की मौत की साजिश रचने में आपको देर नहीं लगी, परंतु इस राजमहल में जहर देने की मूर्खता आपने नहीं की। यहाँ युवराज की मृत्यु हो जाए तो आपका भेद खुल जाने का अंदेशा था। इसलिए आप हवा-पानी बदलने के बहाने युवराज को आबू ले गए। आबू जाकर पहला कार्य तो यह किया कि क्षय के इलाज के लिए दिए जा रहे इंजेक्शन बंद कर दिए। ओषधि की बजाय सिर्फ पानी की सुई लगाते थे ताकि युवराज की सेहत दिन-ब-दिन खराब होती जाए। लाजवंती के मन में बिठाने के लिए आबू के एक डॉक्टर को बुलवाकर उनसे कहलवाया कि रोग दिन-प्रतिदिन बढ़ता जा रहा है। राजमाता हिम्मतगढ़ से आबू दौड़ी चली न आएँ, इसलिए अलग ही तरकीब आजमाई। बंबई से एक बड़े डॉक्टर को युवराज के लिए बुलाया गया है, वे हिम्मतगढ़ आएँ तब आप उनको साथ लेकर आबू आना।

"परंतु बंबई से कोई बड़े डॉक्टर आने वाले नहीं थे। कनकसिंह जाडेजा, युवराज की मृत्यु की अगली शाम क्या हुआ था, याद कीजिए?" डॉक्टर दीक्षित, "आप भी वह शाम भूले नहीं होंगे। आप दोनों बंद द्वार के भीतर शराब पीते हुए

कमरे के कोने में बैठे थे। रूपमती को युवराज के पास यह कहकर बिठा रखा था कि युवराज ने लंबे अरसे से बहन के साथ शयन नहीं किया। बहन-बहनोई अकेले होंगे तो वे संयम नहीं बरत पाएँगे और क्षय के रोगी के लिए यह भोग बहुत ही खतरनाक है···परंतु कनकसिंह, आपकी इसी स्पष्टता ने रूपमती के मन में संदेह का बीज बोया था।''

''आप दोनों शराब पीते-पीते आधे घंटे तक साजिश रचते रहे। बंद द्वार के पीछे कान लगाए खड़ी रूपमती को आपकी इस खामोशी ने ज्यादा सतर्क बना दिया। कुछ सुनाई नहीं दे रहा था, इसलिए कुछ देखने के लिए उसकी छटपटाहट तीव्र हो गई। द्वार के ऊपर दीवार से जड़ी आधी खुली हवादारी पर उसकी नजर पड़ी। अंदर झाँकने की अधीरता से रूपमती रसोईघर में गई, तेल का खाली कनस्तर ले आई। उसपर चढ़ने के बाद मुश्किल से उसकी आँखें हवादारी तक पहुँच पाईं। दोनों पैरों के अँगूठे पर उठकर उसने अंदर देखा। उसी समय डॉक्टर दीक्षित ने अपनी जेब से दवाई की एक पुड़िया निकालकर कनकसिंह के सामने खोली। कनकसिंह ने तुरंत ही पूछा, 'इसे देने के कितने घंटे के बाद मृत्यु हो सकती है?'

जवाब में डॉक्टर ने कहा, 'असर तो जल्दी होता है, परंतु मृत्यु धीरे-धीरे होती है। खून में जहर फैल जाने के बाद पूरी देह में फैलता है। उसके बाद हृदय मंद पड़ जाता है, तब कनकसिंह ने दृढ़ता के साथ कहा था, 'तो फिर कल शाम ही युवराज का हृदय मंद पड़ जाएगा।'

''हवादारी से झाँककर सुन रही रूपमती को पति के हत्यारेपन का ऐसा धक्का लगा कि उसके पैर लड़खड़ा गए। संतुलन न बन पाने के कारण वह गिर गई तथा चोट आने से रूपमती के मुँह से दबी-सी चीत्कार निकल गई। अंदर बैठे हुए दोनों चौंके। कनकसिंह ने जल्दी से आकर द्वार खोला तो कुहनी सहलाती रूपमती भाग निकलने की कोशिश में पकड़ी गई। जैसे हिरनी पर शेर झपटे, उसी प्रकार कनकसिंह ने उसे कसकर पकड़ लिया उसके मुँह पर हाथ दबा दिया और कमरे में घसीटकर द्वार बंद कर दिए।

''डॉक्टर को पसीना छूट गया। रूपमती विष की साजिश जान गई, यह देखकर उसने भाग निकलना चाहा। परंतु कनकसिंह अपना निश्चय बदलना नहीं चाहता था। थरथराती एवं भयभीत हाँफती पत्नी की ओर कनकसिंह ने दाँत भींचे। तू छिपकर क्या सुन रही थी? वह कुछ बोल नहीं पाई। पति उसे साक्षात् यमराज सा नजर आता था। कनकसिंह ने उसके सामने पानी का गिलास धरा, पानी पीकर शांत हो जा! परंतु रूपमती ने भयत्रस्त आँखों से पानी पीने से इनकार कर दिया,

'नहीं, मुझे नहीं पीना है! उसमें जहर है।'

"कनकसिंह और डॉक्टर दोनों चौंक गए, 'अच्छा, तो छिपकर तूने सब सुन लिया। कनकसिंह ने चेहरे के भाव बदलकर उसकी पीठ सहलाई—देख रूपा, यह सब हमारे भले के लिए करता हूँ। इसमें मुझे तेरा साथ चाहिए। बस, चुपचाप जो हो रहा है, वह देखती जा। सब ठीक-ठाक हो जाए फिर तेरा मान-सम्मान लाजवंती से भी बढ़ जाएगा। बता, है न खुश!' रूपमती का डर कम नहीं हुआ। उसने भाग निकलने के लिए दौड़ना चाहा कि कनकसिंह ने उसकी गरदन पकड़ ली—'भागकर कहाँ जाती है? वहाँ जाकर सब उगल देना चाहती है?' कहकर कनकसिंह ने रूपमती का मुख दबाकर उसकी बगल में एक-दो मुक्के मारे तथा डॉक्टर से कहकर उसको बेहोशी का इंजेक्शन लगवाया। रूपमती को पागल घोषित कर युवराज को दूसरे ही दिन जहर पिला दिया था।"

सुननेवाले सन्न हो गए थे। साधु साँस लेने के लिए रुके तब कनकसिंह "यह सब जालसाजी है।" कहकर चुनौती देने गया, परंतु साधु ने पिस्तौल दिखाकर उसके खुनस को खत्म कर दिया, "जाडेजा, अब कथा पूर्ण होने ही वाली है। थोड़ा धीरज रखिए, फिर आप जो कुछ भी उछलकर करना चाहें, कर सकते हैं।"

"आदमी सोचता है कुछ और हो जाता है कुछ और! कनकसिंह, आपने सारी तैयारियाँ ठीक हिसाब से की थीं। राजमाता शाम तक आबू पहुँच जाने के लिए हिम्मतगढ़ से रवाना हो चुकी थीं, परंतु ईडर के पास उनकी गाड़ी खराब हो गई। युवराज चिता पर चढ़ें, उसके पहले राजमाता आबू न पहुँचें, इसलिए यह गाड़ी खराब हुई थी। आबू में मध्याह्न से बैसाख के तूफान के आसार नजर आने लगे। आपने उसे सगुन समझा। ऐसे बवंडर के बावजूद आपने युवराज के दाह संस्कार कर लेने की तत्परता दरशाई, ताकि साजिश का पता न चल सके। परंतु बवंडर की कुदरती आपत्ति युवराज के लिए आशीर्वाद सिद्ध हुई। चिता जलाकर आपको वहाँ से भाग निकलना पड़ा और बारिश के पानी ने युवराज की मृतदेह में पुनः चैतन्य भर दिया।

"हिम्मतगढ़ आने के बाद मैं दो बार आबू हो आया। तीन बार विलासपुर के पागलखाने हो आया और रूपमती से मिल आया। युवराज निर्मल कुमार जिंदा हैं, यह जानकर वह सिसक-सिसककर रो पड़ी थी। उसके मन का सारा बोझ आँसुओं के जरिए बाहर बह गया था। उसे यहाँ लाते समय वहाँ के डॉक्टर ने आगाह किया था कि उसके मन को ठेस लगे, ऐसा व्यवहार कोई न करे। परंतु कनकसिंह, आपको तो पत्नी को पागल ही ठहराना है। वह ठीक हो जाए तो आपके पाप का

भाँडा फूट जाए। आपने इन सबके सामने भी रूपमती को पानी का गिलास धरकर धमकी देने की पुरानी रति आजमाई। बस कनकसिंह, अब बहुत हो चुका। पाप का प्रायश्चित्त करने का अब भी वक्त है। आपने विष दिया था, फिर भी निर्मल कुमार जी रहे हैं और पागल पत्नी ठीक होकर वापस लौटी है। ईश्वर की इस कृपा के सामने मस्तिष्क झुका दो, जाडेजा।''

साधु ने बोलना बंद किया। इसके बाद काफी देर तक सब उसकी ओर टकटकी लगाए स्तब्ध बैठे रहे, तभी कनकसिंह बोल पड़ा—

''नामदार साहब, आपने साधु की कथा सुनी।'' कहते-कहते उसने अपने आपको जोश दिलाया, ''दो पल के लिए तो मैं भी यह सच मानने के लिए तैयार हो जाता, परंतु जो किसी को जहर देने का स्वप्न में भी नहीं सोच सकता, उसे आप यह कथा सच मान लेने के लिए कैसे कह सकते हैं? यदि कनकसिंह जाडेजा अपने बहनोई निर्मल कुमार को जहर देने की हद तक घातकी हो सकता है तो गलत आक्षेप करनेवाले इस साधु को इतने दिन तक जिंदा क्यों रहने देता?''

''किसने कहा कि आप साधु को जिंदा रहने देना चाहते थे?'' परदे के पीछे से आए उस आह्वान ने सबको चौंकाया। किसी के समझ में नहीं आया कि राजरानी स्वयं रणचंडी की तरह इतने सारे पुरुषों के सामने अपने भाई के खिलाफ आवाज उठाएँगी। लाजवंती जोश के साथ सबके बीच से रास्ता बनाती हुई साधु के पास आकर खड़ी हो गई तब कनकसिंह हक्का-बक्का रह गया।

''राणीबा, आपकी तबीयत ठीक नहीं, आप क्यों… ?''

''रहने दीजिए, बड़े भैया, जितनी आप अपने बहनोई की तबीयत की फिक्र करते थे उतनी इस सौतेली बहन की तबीयत सुधारने की कोशिश कर चुके हैं। आपके ये डॉक्टर रोज सवेरे मेरा क्या उपचार करते थे इसके बारे में भी सबको बताने दो। इतने दिनों से मैं संताप में कलपती थी। मृत पति नौ साल के बाद वापस लौटे यह बात कोई भी विधवा आँखें मूँद के कैसे मान लेती? मुझे युवराज के जीवित होने तथा सामने बैठे होने का हमेशा एहसास होता।

''आपका यह डॉक्टर वशीकरण से मुझे बेहोश करके मेरे मन में बातें बिठाने लगे कि यह साधु पाखंडी है। अपने आपको युवराज सिद्ध करके वह मुझे बरबाद कर देगा। राजगद्दी हथिया लेगा। मेरे पुत्र को रास्ते का भिखारी बना देगा। रोज मेरे मन पर इसी बात के हथौड़े के प्रहार होते रहे। मेरे दिमाग में साधु के प्रति नफरत बढ़ती गई। राजमाता के प्रति नाराजगी उभरने लगी।''

वे दो पल रुकीं। उनका रौद्र रूप देखकर सब उलझन में पड़ गए। लाल

सुर्ख चेहरे के साथ आगे कहा, ''बड़े भैया, यहाँ भी कुदरत आपके विरुद्ध रही। कल युवराज के जन्मदिन पर मैंने मन को दृढ़ कर लिया कि मैं वशीकरण के वश नहीं होऊँगी तथा बेहोश होने का दिखावा करूँगी। और डॉक्टर ने चिकित्सा शुरू की। मैं बेहोश हूँ, ऐसा मानकर बीच-बीच में आप दोनों बातें कर लेते थे। सहसा मेरे कान से जहर का उल्लेख टकराया। मैं चौंककर आँखें खोल देती, परंतु युवराज का स्मरण करके मैंने मौन साधे रखा तथा दोनों की बातें सुनती रही। डॉक्टर पूछ रहे थे, 'बाबू, आपने मधुमती को मंदिर भेजा कि नहीं? उसे कहना कि सावधान रहे, जहर किसी और के भोजन में नहीं मिलना चाहिए। अबकी बार का विष ऐसा है कि पेट में पहुँचते ही खानेवाला मर जाएगा।'

''तब बड़े भैया, आपके दिमाग में एक नई तरंग आई। आपने डॉक्टर से कहा, 'हमने लाजवंती के मन में साधु के लिए नफरत तो भर ही दी है। अब वशीकरण से आप उसके मन में ऐसा भी बिठा दो कि वह साधु को जहर देकर मार डालने के लिए तैयार हो जाए। कल युवराज का जन्मदिन है, उसी के उपलक्ष्य में लाजवंती दर्शन करने जाए तो साधु के भोजन में जहर मिलाने का आरोप हम लाजवंती पर लगा सकते हैं। इस प्रकार एक पत्थर से दो पक्षी मारे जाएँगे।'

अब लाजवंती का चेहरा फीका पड़ने लगा। अटकती साँसों के साथ उसे बोलना पड़ा, ''बड़े भैया, मैंने आपका क्या बिगाड़ा था कि आप मुझे विधवा बनाने की हद तक गए? मैं आपकी सौतेली बहन हूँ, क्या यही मेरा कसूर है? इतने सालों से मैंने आपको सगे भाई से भी बढ़कर माना, आपके हर शब्द को सिर-आँखों पर धरा। इसके बदले में साधु को जहर देने का आरोप मेरे ऊपर लगाने के लिए तैयार हुए?

''परंतु बड़े भैया, मैं भगवान् का शुक्रिया अदा करती हूँ कि मुझे इतनी सद्बुद्धि दी। वरना मैं मंदिर नहीं जाती और पुजारीजी से यह नहीं कहती कि साधु महाराज को आज भोजन में फलाहार के सिवा और कुछ भी नहीं देना। बड़े भैया, आपकी दासी ने खिचड़ी में जहर मिला तो दिया, परंतु अभी मंदिर में वह खिचड़ी सँभाल के रखी है—आपके पाप के प्रमाण के रूप में!''

कहकर आँखों के आँसू पोंछती लाजवंती ने साधु के पास पड़ी पिस्तौल झपट ली। फिर उसने रणचंडी का स्वरूप धारण कर लिया। कनकसिंह की ओर पिस्तौल तानकर चिल्लाई, ''नौ बरस तक पति के होते हुए भी मुझे वैधव्य का बोझ उठाने के लिए मजबूर करनेवाले नराधम! आज मैं अपने ही हाथों तेरे पाप का घड़ा फोड़ दूँगी।''

सहसा उसकी हँसी रुक गई, चेहरे की विकरालता कम होती गई। धीरे-धीरे सबके ऊपर नजर फेरकर उसने लाजवंती की ओर देखा, ''बहना, तू भी इस नकली आदमी के असर में आ गई! ठीक है, तू यदि मुझे गोली मार देना चाहती है तो ठीक है, मैं तैयार हूँ; परंतु उसके पहले मुझे सिर्फ एक मिनट दे। आज तक जो ठोस एवं दृढ़ सबूत मैंने आप सबसे छिपाकर रखा था उसे मैं साधु को दिखाता हूँ, फिर आपको, जिसे जो फैसला करना हो, कर सकते हो।''

''नहीं भाभी?'' विजयसिंह दौड़ता हुआ नजदीक आया, ''इसमें भी उसकी कोई चालबाजी है। वह भाग निकलना चाहता है।''

''विजयसिंह जाम! आपने इस कनकसिंह को अभी पूरा पहचाना नहीं है। मैं मैदान छोड़कर भाग निकलने की बजाय सीना तानकर मरना पसंद करता हूँ। परंतु इसके पहले मुझे आप सबकी आँखें खोल देनी हैं। कहिए, एक मिनट के लिए इस कक्ष के बाहर मुझे जाने दे रहे हो या नहीं?''

मूक हो गए बैरिस्टर को खड़े होने का मौका मिल गया, ''नामदार, इनसाफ के लिए हमें कनकसिंह को एक मौका देना चाहिए। संभव है कि उसके पास कोई ठोस सबूत हो।''

गोरे साहब ने साधु की ओर देखा, ''महाराज, आप क्या कह रहे हैं?''

''जाडेजा, जैसे हारा जुआरी कुछ भी करने के लिए तैयार हो जाता है, इसी प्रकार सबूत के बहाने आप आखिरी दाँव खेलना चाहते हैं। ठीक है, अपना आखिरी अरमान भी पूरा कर लीजिए।''

तब कनकसिंह के मुख पर विजय का स्मित छा गया, ''नकली निर्मल कुमार! हार-जीत का फैसला तो अब होगा। आप मेरी बाजी प्रकट करने गए, परंतु मैं एक ही मिनट में आपके पत्ते सबको दिखाता हूँ।'' कहता हुआ कनकसिंह फर्राटे से कक्ष के बाहर निकल गया।

एक मिनट बीता। दूसरा और तीसरा भी बीता, परंतु कनकसिंह के वापस आने की आहट के बदले महल के मैदान से वेग से भागते घोड़े की टाप सुनाई दी।

''मैं कहता था कि वह भाग निकलेगा। मैं उसे पाताल से भी ढूँढ़ निकालूँगा।'' विजयसिंह ने कहा।

जैसे ही विजयसिंह उठे, उन्हें सामने से कनकसिंह आता दिखाई दिया।

''जाम, आपका भरोसा भी उठ गया क्या? खेल पूरा किए बिना मैं रहनेवाला नहीं!'' कनकसिंह ने मुट्ठी में दबाई कागज की चिट सबको दिखाई।

''यह रहा वह सबूत। सबसे पहले मैं साधु को वह पढ़ने के लिए देता हूँ।''

कहते हुए उसने नित्यानंद के हाथ में चिट सौंप दी, ''लो पढ़ लो और स्वयं ही फैसला करो।''

नित्यानंद ने जल्दी से चिट पढ़ना शुरू किया। उसके चेहरे के भाव पलटने लगे,

''साधु महाराज,

एक बात याद रखना करणकुमार मेरे क़ब्जे में है। उसकी जान प्यारी हो तो जाँच यहाँ पर मुल्तवी रखकर मंदिर चले जाइए, हम अकेले मिलकर सौदा कर लेंगे। चिट पढ़कर उसे तुरंत फाड़ डालना।

जाडेजा''

सबकी निगाहें साधु पर ही थीं। उसके प्रति भाव देखकर चकित हो गए। वह इतनी घबराहट किस बात पर अनुभव कर रहे हैं ? अरे, उसने चिट के टुकड़े क्यों कर दिए ?

''देखा न नामदार! उसने सबूत का नाश कर दिया!'' कहते हुए कनकसिंह ने झपटकर असावधान साधु के पास पड़ी पिस्तौल अपने कब्जे में ले ली।

''बोल पाखंडी, अब भी अपने आपको निर्मल कुमार कहता है ?''

''कनकसिंह जाडेजा, आप इतनी हद तक···'' कहते-कहते साधु ने जीभ पर नियंत्रण पा लिया। कुढ़न में दाँत भींचकर उसने शेष शब्द कनकसिंह को संकेत से समझा दिए।

लाजवंती की तरफ अनुकंपा भरी दृष्टि डालकर साधु ने सिर झुका लिया, ''अब जाँच आगे बढ़ाने का कोई मतलब नहीं। कल मैं यह गाँव छोड़कर हमेशा के लिए आप सबके सामने से दूर हो जाऊँगा।'' कहकर उसने पाँव उठाए तब कनकसिंह ने पिस्तौल दिखाई।

''महात्माजी, आखिरकार मान ही गए। मैं चाहूँ तो अभी इसी वक्त गोली मारकर आपका खेल हमेशा के लिए खत्म कर सकता हूँ, परंतु···।''

''नहीं कनकसिंह, आप चाहें तो भी गोली नहीं छोड़ सकते।'' साधु ने जाते-जाते प्रहार किया, ''क्योंकि पिस्तौल में गोली है ही नहीं।''

□

: २० :

सौतेले भाई को अपने शयनकक्ष में दाखिल होते देखकर ही पलंग पर लेटी हुई लाजवंती सहसा उठ बैठी। रो-रोकर फूली हुई लाल-लाल आँखों में भय की बिजली कौंध गई। आगे बढ़ते कनकसिंह के धीमे कदमों में घातकी मक्कारी, बड़ी फैली हुई आँखों में पैनी सख्ती और मोटे खुरदरे होंठों पर धूर्त संजीदगी देखते ही थरथर काँपती लाजवंती पलंग पर से दीवार से सटकर खड़ी रह गई।

''अरे मेरी प्यारी बहना, दो घंटे में इतनी ज्यादा बुजदिल क्यों हो गई?'' पाँचवाँ कद्रम भरकर कनकसिंह खड़ा रह गया। ''अभी दोपहर को तो इतने लोगों के बीच खुले आम, सारी मर्यादाओं को छोड़छाड़ के कैसे जुनून से इस सौतेले भाई की इज्जत की धज्जियाँ उड़ा रही थी! उस समय इस बड़े भैया का खौफ बिलकुल भूल गई थीं?''

''बड़े भैया, मैं आपसे हाथ जोड़ती हूँ। इस समय मुझे अकेली पड़ी रहने दो।'' लाजवंती ने काँपती आवाज में चिरौरी की, ''मेरा दिमाग सन्न हो गया है।''

''वाह री राणीबा, आपका दिमाग भी बड़ा तरंगी है! कभी बेहोश हो जाता है तो कभी अचानक चालाक भी बन जाता है। मुझे और डॉक्टर दोनों को ठीक बुद्धू बनाया। बेहोशी में सबकुछ सुनकर उस साधु को विष के बारे में बताने मंदिर पहुँच गई...''

''वे साधु नहीं मेरे पति हैं, आपके बहनोई हैं।''

''बहनोई!'' कनकसिंह के मोटे होंठ सख्ती भरे स्मित से बिगड़े, ''जिसे जहर देकर दो-दो बार मौत की नींद सुला देने में मुझे थोड़ी सी भी हिचकिचाहट नहीं हुई, उस बहनोई को तू इस चाँदी के पलंग पर अपने साथ सुख की नींद कभी सुला नहीं पाएगी, लाजू बहना!''

''मतलब कि आप तीसरी बार उन्हें...''

''नहीं, नहीं!'' कनकसिंह शठता से हँसा, ''एक ही गलती तीन बार नहीं करनी चाहिए, अबकी बार विष का प्रयोग करूँगा, परंतु दूसरे तरीके से।''

यह सुनकर लाजवंती डरे हुए कबूतर की भाँति काँपने लगी।

"अबकी बार उसके मुँह में नहीं, कान में विष उड़ेलूँगा।"

"मतलब ?"

"नौ साल पहले युवराज निर्मल कुमार को जहर देनेवाला कनकसिंह नहीं, बल्कि उनकी सहधर्मचारिणी लाजवंती थी!"

"बिलकुल झूठ ?" लाजवंती चिल्लाई, "आपका वह विष उनके कानों को छुएगा तक नहीं।"

"धीरे से बोल बहना, वरना राजमाता के कानों में भी यह जहर उड़ेला जाएगा।" कहकर कनकसिंह एक कदम आगे बढ़ा, "युवराज दो साल से बीमार थे, राजरानी की जवानी प्यास से छटपटाती थी और डॉक्टर दीक्षित जैसा युवा हमेशा नजरों के सामने रहता! बेचारी कोई भी स्त्री चलित हो जाए···"

"नराधम!" लाजवंती की आँखों से अंगारे बरसने लगे, "बहन के चरित्र पर ऐसा तोहमत!"

"युवराज अब आपकी किसी भी बात पर भरोसा नहीं करेंगे।"

"हाँ, यह बात सही है।" कनकसिंह ने ठगे जाने के भाव से जरा रुककर कहा, "मेरे शब्दों का अब उनपर कोई असर नहीं होगा, परंतु डॉक्टर दीक्षित की बात और है, हाथ जोड़कर सच्चे दिल से पछतावे के साथ डॉक्टर स्वीकार कर ले कि राजरानी के साथ मेरे नाजायज ताल्लुकात थे···।"

"बड़े भैया···।" लाजवंती ने उसे रोकना चाहा।

"किंतु कनकसिंह रुका नहीं, पहले आराम से सुन ले, आज दोपहर जाँच-कक्ष में आखिरी पल में साधु को दी हुई चिट में मैंने कौन सी बात लिखी थी ?"

"कौन सी बात ?"

"क्यों तुझे दिलचस्पी हुई न ?" कनकसिंह मुसकराया, "तुम्हारी तरह साधु को भी चिट में दिलचस्पी जगी थी। अपने हाथ से मैंने लिखा था कि युवराज निर्मल कुमार, यह जीत आपको महँगी पड़ेगी। अभी लाजवंती आपके साथ खड़ी हो गई है, क्योंकि आप बीमार नहीं हैं अब। जवानी में थे उससे भी ज्यादा बलवान् दिखते हैं, परंतु हार मानने से पहले मैं सबके सामने उसका पाप प्रकट कर दूँगा। डॉक्टर दीक्षित और मेरी बहन के बीच सवा बरस तक मुझसे और आपसे छिपे नाजायज ताल्लुकात बने रहे थे। कहिए, सबके सामने राजरानी की बदचलनी की गुप्त बात फैला देनी है ? आप चिट फाड़ डालेंगे तो मैं समझ लूँगा कि मुझे चुप रहना है। राजरानी, आपने अपनी आँखों से देखा कि साधु ने मेरी दी हुई चिट तुरंत

फाड़ डाली थी।''

''फिर भी मैं कुलदेवी एवं अपने इकलौते बेटे करण के सिर पर हाथ रखकर कहूँगी कि ये सब झूठ है तो वे मेरी बात अवश्य सच मानेंगे।''

''तब तक तो बहुत देर हो चुकी होगी, लाजवंती!'' कनकसिंह ने दोनों हाथों की हथेलियाँ मलते हुए कहा, ''अभी मैं उससे मिलने मंदिर जाता हूँ। डॉक्टर का लिखा इकरारनामा लेता जाऊँगा। फिर देखना, वह युवराज निर्मल कुमार महल में वापस लौटे इसके पहले तुझे यहाँ से बाहर निकलना पड़ता है कि नहीं?''

यह कहकर ज्यों ही वह मुड़ा कि लाजवंती ने उसे रोका, ''रुकिए, एक बात का जवाब देते जाओ। मान लीजिए कि युवराज डॉक्टर के इकरारनामे पर भरोसा करके मुझे धिक्कारने लगे। मुझे यह महल छोड़कर रास्ते पर भटकना पड़े तो इससे आपको क्या मिल जाएगा?''

''मिलेगा, तुम्हें सजा दिलाने का आनंद!'' अब कनकसिंह के चेहरे पर विकरालता की जगह विकृति दिखाई दी, ''लाजवंती, तू और मैं एक ही पिता के संतान, हमारी माँ अलग इतना ही फर्क...फिर भी, तू हिम्मतगढ़ की राजरानी बने और मैं कर्जदार बाप का, गरीब गरासिया का बेटा! मुझे चाव था ऐसे राजमहल में ऐश करने का, मेरे अरमान थे भोगविलास करने के, धन-दौलत में लेटने की तमन्ना थी। सब तुझे ही मिला और मैं केवल युवराज का एक एहसानमंद पराधीन साला, बन पाया। युवराज तुमसे दूर रहें इसलिए मैं उन्हें शिकार में जितना हो सके उतनी दूर ले जाता तथा पूरा साथ देता रहा। ताकि तू छटपटाती रहे।''

''ये ठंडक कम पड़ गई, इसलिए उन्हें जहर देने तक गए?''

''हाँ, लाजवंती, युवराज की बीमारी ने मुझे राह दिखाई। क्यों न मैं ही इस सारे वैभव को हजम कर लूँ! तू मेरी एहसानमंद बने, पराधीन रहे, इसका आनंद उठाने की इच्छा जाग्रत् हुई और चुटकी भर जहर में मुझे इसका इलाज मिल गया।''

''मैं रास्ते से हट जाऊँगी तो आप भी निराधार हो जाएँगे।''

''कनकसिंह को इतना कच्चा मत समझना मेरी बहना। नौ-नौ साल तक मैंने मौज कर ली और अब बाकी की जिंदगी बिगड़े, ऐसा तो मैं होने ही नहीं दूँगा। युवराज से पूरी कीमत वसूल करूँगा।''

''किस चीज की कीमत?''

उसके जवाब में कनकसिंह ने हँसकर अपनी धूर्तता व्यक्त की, ''सबकुछ

अभी जान लेने की छटपटी हो रही है, बहना? जरा धीरज धर, अपने आप सब बैंड बाजे के साथ मंडप में आएगा। पहले मुझे मंदिर हो आने दे, युवराज को तेरे चरित्र के बारे में बताने दे फिर···।''

''बड़े भैया!'' लाजवंती की आवाज में विह्वलता की खनक सुनाई दी, ''इतनी हद तक जाने के बदले मुझे ही जहर घोलकर पिला दो न!''

''जहर पिलाना मैंने अब बंद कर दिया, बहना!'' कनकसिंह बेशर्मी से हँसा, ''ऐसी दया मैं नहीं दिखाऊँगा, परंतु हाँ, साथ ही देना चाहती हो तो एक उपाय है।''

''क्या?''

''यही कि साधु को युवराज मानकर स्वीकारने के लिए साफ मना कर दे।''

''मान लीजिए कि मैं उन्हें युवराज के रूप में न स्वीकारूँ तो भी वे अपने आपको युवराज सिद्ध कर चुके हैं।''

''फिर भी तेरे इनकार से मामला और पेचीदा बन जाएगा, करण कुँवर तेरे पास होगा। मैं तेरा साथ दूँगा। तुझे वे खाली हाथ महल से बाहर नहीं निकाल देंगे। शायद साधु पर संदेह करके उसका गद्दी का अधिकार रद्द हो जाए, करणकुमार गद्दी का हकदार रहे और हिम्मतगढ़ का राज मैं और तू मिलकर चलाएँ।''

''हद नहीं है, आपकी कुटिलता की!'' लाजवंती ने धिक्कार उछाला, ''नौ-नौ बरस के बाद मेरा सौभाग्य मुझे पुनः प्राप्त हो रहा है, तब मैं राजगद्दी की खातिर इतनी नीच बनूँ? बड़े भैया, मुझे नहीं चाहिए आपकी दया। जाओ, मेरे चरित्र पर जितना हो सके उतने झूठे इल्जाम लगाओ। जितनी आजमा सको उतनी युक्तियाँ आजमाओ। आपकी नस-नस में ईर्ष्या का विष है। कर लो उसकी परख, ले लो मेरी अग्नि-परीक्षा।''

कनकसिंह ने मुट्ठियाँ बंद करके दाँत भींचे, ''मुझे अंदाजा था ही कि आखिर तेरे दिमाग में सौभाग्य की बात घर कर लेगी। परंतु लाजवंती, तेरे लिए तो वह दुर्भाग्य ही सिद्ध होगा। फिर यह नहीं कहना कि सौतेले भाई ने आगाह नहीं किया था।''

''सौतेला भाई नहीं, यमराज?''

□

''क्यों डॉक्टर साहब, कहाँ की तैयारी चल रही है?''

''कहीं की नहीं बाबू, बक्से में कपड़े जमा रहा था।''

''साफ-साफ कह दो न कि सामान लेकर भाग निकलने की ताक में थे!

आखिर तक साझेदार रहकर अब मैदान छोड़कर जाने की इच्छा हुई? आखिर वह आवारा का खून···।''

''याद है न, आपने इस काम में साथ देने के बदले में खजाने में हिस्सा माँगा था!''

''बाबू, अब मुझे कोई हिस्सा-विस्सा नहीं चाहिए! साधु ने जहर की बात जैसी-की-तैसी सुनाई, इसके बाद मैं हिम्मत हार गया। सिर पर फाँसी का फंदा लटकता हुआ नजर आता है।'' कहते-कहते उसकी गरदन झुक गई।

''इस कनकसिंह की चालाकी से इतनी जल्दी भरोसा उठ गया? भाग निकलने से फाँसी का फंदा दूर नहीं हटेगा!''

''परंतु अब तो रानी भी हमारे विरुद्ध हो गईं! आपकी पत्नी ने हमारी बाजी पलट दी।''

''सौतेली बहन या सगी पत्नी कोई इस कनकसिंह की बाजी पलट नहीं सकता। आपने देखा नहीं, कागज की एक चिट पढ़ते ही साधु कैसे सीधा हो गया, मैदान छोड़कर भाग निकला।''

''परंतु उस चिट में क्या लिखा था, यह तो आप बताते नहीं?'' डॉक्टर की जिज्ञासा कुलबुलाई, ''हजार बार पूछा, फिर भी वह सबूत क्या था इसके बारे में कुछ कहते ही नहीं।''

''यही कहने के लिए ही तो आपके पास आया हूँ। परंतु आपको धीरज नहीं रहा।''

''अब तो कहिए कि वह सबूत क्या था?''

''वह सबूत नहीं था। धमकी भरी गुप्त चिट्ठी थी!''

''कैसी धमकी?''

''साधु उर्फ निर्मल कुमार को चुप कर देने की! उस चिट्ठी में मैंने लिखा था कि आप सचमुच में निर्मल कुमार हैं तो अब खामोश रहना। वरना सबके सामने आपकी पत्नी लाजवंती के चरित्र का पर्दाफाश कर दूँगा।''

''लाजवंती का चरित्र?''

''हाँ डॉक्टर, आपके साथ नाजायज ताल्लुकात होने से लाजवंती को ही युवराज को विष देने का षड्यंत्र रचना पड़ा था।''

''बाबू!'' डॉक्टर दीक्षित के मुँह से चीख निकल गई, ''मुझ अकेले को घसीटकर आप इससे बाल-बाल बच जाना चाहते हैं? लाजवंती के साथ नाजायज ताल्लुकात थे, ऐसा आरोप लगाते हुए आपको जरा भी खयाल नहीं आया?''

"जरा आहिस्ता बोलिए, डॉक्टर! यह तो साधु की परीक्षा लेने की तरकीब थी।"

"कैसी परीक्षा?"

"वह सचमुच में निर्मल कुमार है कि नहीं, इस बात की मुझे तसल्ली करनी थी। राजरानी के चरित्र पर आरोप लगे, यह बात असली युवराज कभी भी सह नहीं सकता। राजपरिवार की मर्यादा और इज्जत की खातिर भी उसे खामोश रहना पड़ता और साधु खामोश रहा, इसका क्या मतलब डॉक्टर?"

"यही कि वह असली युवराज है! ऐसी तसल्ली करने के लिए आपने मुझे बलि का बकरा बनाया! अभी भी आपकी चालाकी मेरी समझ में नहीं आ रही जाडेजा, आप दोहरी चाल चल रहे हैं।"

"दोहरी नहीं तिहरी चाल डॉक्टर, परंतु यह आपके सामने नहीं, दुश्मनों के सामने!"

"मेरी समझ में कुछ नहीं आता।"

"अभी सब समझ में आ जाएगा। पहले आराम से बैठिए, चुरुट पीजिए"

"परंतु करणकुमार को आपने छिपाया कहाँ है?"

"मुझे पता था कि यह जाने बगैर आपको करार नहीं आएगा। सामने टेकरी पर वह मीनार दिखाई दे रही है न, वहाँ!"

"परंतु वह तो शिकार करने की मीनार है।"

"हाँ, उसके नीचे एक तहखाना है। पहले बाघ-तेंदुओं को उस तहखाने में बंद कर देते थे। गोरे मेहमान के मनोरंजन के लिए उन्हें मीनार के झरोखे में बिठाकर, तहखाने से बाघ-तेंदुए को छोड़ा जाता और फिर महाराजा साहब ऊपर से निशाना लगाकर उसे मार गिराते।"

"इसका मुझको पता है।" डॉक्टर ने याद दिलाया, "आप भूल गए कि मैं इसी गाँव में पला-बड़ा हुआ हूँ। परंतु···।"

"परंतु करणकुमार वहाँ है कि नहीं, इसकी आपको तसल्ली करनी है, यही बात हैं न डॉक्टर!"

दीक्षित साहब झेंप गए, "तसल्ली तो नहीं, परंतु यह सब आपने इतनी जल्दी कैसे कर दिया, कैसे इंतजाम किया, यही मानने में नहीं आता!"

"भोर होने दो, आप अपनी आँखों से करण को वहाँ देखेंगे तब सब समझ में आ जाएगा।" और फिर तुरंत कहा, "अभी आपको वहाँ ले चलूँ तो हम किसी की नजर में आ सकते हैं। काम होने से पहले किसी को संदेह या भनक नहीं

लगनी चाहिए कि करण को मैंने कहाँ छिपाया है, करण के बदले में ही तो खजाने का सौदा करना है।”

कहता हुआ कनकसिंह चुरुट बुझाकर खड़ा हो गया, “अब आपके जी को करार आया कि नहीं? भोर होते चुपचाप सरककर हमें शिकार-मीनार पहुँच जाना है, मैं जा रहा हूँ।”

“कहाँ जा रहे हैं?” डॉक्टर से पूछे बगैर नहीं रहा गया। तब कनकसिंह ने कतराते हुए उसकी ओर देखा, “अच्छे काम के लिए निकलते समय टोकना नहीं चाहिए डॉक्टर, साधु के पास सौदा निपटाने जा रहा हूँ।”

□

सूर्य अस्त होने को था, तब घोड़े पर वेग से मंदिर में आते हुए कनकसिंह को देखकर शंभू चौंक गया था।

“कहाँ हैं साधु महाराज?” उसके सवाल में तीखेपन के साथ अधीरता भी थी, “मैं उनसे तत्काल मिलना चाहता हूँ।”

“महल से लौटकर वे सीधे समाधि में बैठ गए हैं।” शंभू के मुँह से अपने आप निकल पड़ा, “समझ में नहीं आता उन्हें क्या हो गया!”

कनकसिंह खुशी का स्मित करता हुआ घोड़े की लगाम शंभू के हाथ में थमाकर बोला, “ब्रह्मचारी, तेरी सतही समझ के पल्ले यह नहीं पड़ेगा। घोड़ा सँभाल, मैं साधु महाराज की खबर पूछकर आता हूँ।”

द्वार को लात मारकर कनकसिंह अंदर दाखिल हुआ। अँधेरे कमरे में समाधि लगाकर बैठे हुए साधु की धुँधली-सी आकृति दिखाई दी, जेब से माचिस निकालकर कनकसिंह ने दियासलाई जलाई। उसकी रोशनी में दोनों की नजरें टकराईं। कनकसिंह ने साधु के चेहरे पर विह्वलता देखने का अनुमान किया था, इसके बदले स्वस्थता देखकर चकित हो गया।

“लाइए कनकसिंह, अपनी माचिस दीजिए।” साधु की आवाज अँधेरे में और भी मधुर प्रतीत हुई, “मैं लालटेन जलाऊँ।”

और कनकसिंह ने दूसरी दियासलाई जलाई, साथ ही उसने चेहरे पर धूर्त हँसी भी दरशाई, “नहीं युवराज निर्मल कुमार, आपको मुझे ऐसी तकलीफ नहीं देनी चाहिए।” कहकर उसने खुद ही लालटेन की बाती पर दियासलाई लगाई।

थोड़ी देर तक रोशनी में दोनों एक-दूसरे को तकते रहे। “कनकसिंह ज़ाडेजा आखिर आपने मुझे युवराज के रूप में स्वीकार कर ही लिया।” साधु ने चुप्पी तोड़ते हुए कहा।

फिर भी कनकसिंह खामोश रहा।

"सच बताना जाडेजा, पहले ही से आप ताड़ गए थे न कि मैं असली युवराज हूँ?"

"नहीं, अपने हाथ से चिता जलाई थी, इसलिए बाकी सब लोगों की तरह पहली नजर में मेरे मानने में कहाँ से आता?" वह हँसा, "परंतु सबके सामने मैंने खजाने के बारे में सवाल किया तब आपने सही जवाब उड़ा दिया तब मुझे पहली बार संदेह हुआ कि खजाने का राज औरों के सामने प्रकट नहीं करने के लिए आपने चालाकी आजमाई।"

"ठोस तसल्ली तो तब हुई जब मेरी चिट पढ़कर आप खामोश हो गए।"

उन शब्दों का साधु के ऊपर इच्छित प्रभाव पड़ा। चेहरे पर रोष की रक्तिम आभा उभरती दिखाई दी, "जाडेजा, आप इस हद तक घातकी हो जाएँगे, ऐसा नहीं माना था।"

"आप जहर देने के बारे में कह रहे हैं, युवराज?"

"नहीं, कुँवर को बंधक बनाकर मुझे खामोश करने से आपको क्या मिलेगा?"

"जो माँगूँगा वो ही मिलेगा।" कनकसिंह ने ढीठपन से कह दिया, "करण की जिंदगी के बदले में आप कुछ भी देने के लिए राजी हो जाएँगे।"

"आप तो यही माँगेगे कि मैं युवराज होने का दावा वापस ले लूँ और आप सबकी नजरों के सामने से हट जाऊँ।"

"नहीं युवराज, अब इसमें मुझे कोई फायदा नजर नहीं आता। आपको यहाँ मार डालने से या बाहर निकाल देने से मेरी बिगड़ी हुई बात अब नहीं बनेगी। राजमाता या लाजवंती का विश्वास अब कभी मुझे मिलनेवाला नहीं है।"

"तो फिर आपको चाहिए क्या?"

"राज का खजाना!" कहे देता हूँ कि खजाने के बारे में पता नहीं, ऐसा कहकर वक्त जाया नहीं करना। जब तक मेरे हाथ में खजाना नहीं आएगा तब तक आपका कुमार भूखा-प्यासा छटपटाता रहेगा। मेरे सिर भानजे की हत्या का कलंक लगेगा।"

"जाडेजा, आपका नाम कनक नहीं, कंस होना चाहिए था!"

"वैसे तो आपने भी कहाँ करण का नाम कृष्ण रखा है!"

"जाडेजा, आपके हाथ खजाना लग जाने के बाद भी आप उसका उपयोग नहीं कर पाएँगे। उसे लेकर जाएँगे कहाँ? कानून या कुदरत किसी को भी आप धोखा नहीं दे पाएँगे।"

“इसकी चिंता आप न कीजिए, मेरे बहनोई! जाम बंदरगाह के किनारे मैंने जहाज तैयार रखवाया है। जब तक मैं दरिया पार नहीं कर लेता तब तक आपके हाथ में करण को नहीं सौंपूँगा।”

“खजाना मिल जाने के बाद हमारे हाथ करण की लाश ही आए, तो फिर?” बोलते-बोलते साधु की आवाज भर आई। “मुझे आपकी बात पर भरोसा नहीं।”

“भरोसा रहे तो ही हम सौदा करेंगे। अभी तो करण के बदले में खजाना देने के शब्दों से प्रतिबद्ध हो जाइए, इतना ही काफी है।”

साधु ने कनकसिंह की ओर गौर से देखा। फिर गहरी साँस छोड़ते हुए निश्चय बताया, “मुझे सौदा मंजूर है! माता, पत्नी और पुत्र का सुख पुनः प्राप्त करने के लिए मैं चाहे कितनी भी कुरबानी क्यों न देनी पड़े, मैं तैयार हूँ।”

“तो फिर मिलाइए हाथ, युवराज!” कहते हुए उसने दाहिना हाथ साधु की ओर फैलाया तब असमंजस में दुविधाग्रस्त साधु ने सामने हाथ बढ़ाने में जरा सी हिचक महसूस की। परंतु आखिर झुक जाना पड़ा, “मैं करण की सौगंध पर वचन से प्रतिबद्ध होता हूँ। आपको खजाने के तहखानें में ले चलूँगा। जाडेजा, आपसे जितना लिया जा सके उतना खजाना उठा लेना। मुझे अब उसका कोई मोह नहीं रहा।”

कनकसिंह ने अपने पंजे से खुशी-खुशी उसका हाथ दबाया, “इसे कहते हैं पिता का वात्सल्य! मैं सूर्योदय से पहले आ पहुँचता हूँ, याद रखना कि किसी भी प्रकार की चालबाजी करेंगे तो मैं कंस से कम नहीं रहूँगा।”

धमकी देकर वह फर्राटे से बाहर निकल गया।

□

आगे कनकसिंह और पीछे डॉक्टर दीक्षित सतर्कता से चलते शिकार-मीनार पहुँच गए, तब भोर होने में कुछ देर थी। दोनों चुपचाप चलते जा रहे थे। टेकरी चढ़ने की वजह से डॉक्टर दीक्षित की फूली हुई साँस उस सुनसान माहौल में जोर से सुनाई दे रही थी। कनकसिंह ने बैटरी का बटन दबाया। वर्तुल प्रकाश में मीनार के छोटे से दरवाजे पर लटकता बड़ा ताला नजर आया। दाँतों के बीच होंठ दबाते हुए उसने ताला खोला। दरवाजा खुलते ही अंदर की कैद हवा बाहर धँस आई। बाहर से आती बैटरी की रोशनी में अंदर का अँधेरा धीरे-धीरे कम होता गया, तहखाने में उतरने की सीढ़ियाँ दिखाई दीं।

“मेरे पीछे-पीछे सँभालकर सीढ़ियाँ उतरना डॉक्टर! पंद्रह मिनट में कनकसिंह ने पहली बार इतना कहा।”

“अंदर तो डरावना अंधकार छाया हुआ है।” डॉक्टर दो सोपान उतरकर रुक गए, “बाबू, जाने दो, मैं तसल्ली नहीं करना चाहता। हम वापस चले चलते हैं।”

सुनकर कनकसिंह की पीठ थरथराई। उसने पीछे मुड़े बिना ही कहा, “थोड़ी देर में आपकी आँखें अभ्यस्त हो जाएँगी, फिर अँधेरा रास आ जाएगा। अंदर सारी सुविधाएँ हैं। खजाने का कब्जा पाऊँ तब तक आपको यहाँ कुमार पर निगरानी रखनी है।”

“खजाने का जिक्र होते ही डॉक्टर के पाँव में जोश छलका। वे फर्राटे से सीढ़ी उतर गए।”

“अब दाईं ओर।” कहकर कनकसिंह आठ कदम आगे बढ़ा, “यहाँ बाईं ओर मोड़ है।” उसके पीछे डॉक्टर दीक्षित चुंबक की तरह खिंचे चले जा रहे थे। इतने में सामने दीवार दिखाई दी।

दीवार से पाँच कदम दूर कनकसिंह खड़ा रह गया। डॉक्टर की अधीरता बढ़ गई, “यहाँ तो कोई नजर नहीं आता।”

“इस दीवार में गुप्त दरवाजा है। करण को भीतर छिपाया है।” कहकर कनकसिंह ने दीवार पर लटकती जंजीर की ओर हाथ फैलाया, “मैं बैटरी की रोशनी डालता हूँ, आप आगे बढ़िए, दरवाजा खुलते ही पीछे कुमार निद्राधीन पड़ा होगा।”

“यहाँ का सब काम-काज रहस्यमय है!” कहकर डॉक्टर दबे पाँव आगे बढ़े। उनकी आँखें दीवार से लगी हुई थीं। दीवार हटे और रास्ता नजर आए इसी उत्तेजना में वे खड़े रहे कि कनकसिंह ने झटके के साथ जंजीर खींची और धड़ाम की आवाज के साथ तहखाने की छत से सलाखोंवाला पिंजरा जमीन से टकराया। चौंककर डॉक्टर ने झटके के साथ पीठ घुमाई तो तीनों तरफ लोहे की सलाखों की दीवार के बीच वे कैद हो गए थे।

दोनों हाथों की मुट्ठियों में सलाखें पकड़कर वे चीखने लगे। इसके पहले ही कनकसिंह के भयानक अट्टहास के प्रतिघोष से तहखाना खलबलाया। बैटरी की रोशनी में डॉक्टर के मुरझाए हुए चेहरे को वह तकता रहा, “आपको तसल्ली हो गई न डॉक्टर साहब, जाडेजा की खोपड़ी इस बैटरी जैसी है। बटन दबाते ही तरकीब दिमाग में आ जाए!”

डॉक्टर ने दाँत भींचे। भर आए गले से मुश्किल से आवाज बाहर निकली, “जाडेजा, जिसने आखिर तक साथ निभाया, उसके साथ ही धोखा!”

कनकसिंह धूर्तता से हँसा, ''डॉक्टर, दगा किसी का सगा नहीं होता। यह जाडेजा किसी का सगा नहीं। बहनोई को जहर दिया, बहन को विधवा बनाया, पत्नी को पागल ठहराया और भानजे तक को नहीं छोड़ा तो फिर आप कौन? हमारा संबंध तो स्वार्थ का ही था न, डॉक्टर!''

''परंतु मुझे यहाँ कैद करके आप क्या करना चाहते हैं?''

''इस पिंजड़े में पहले शेर-तेंदुए कैद होते थे। आज आप जैसे गीदड़ की बारी आई।'' कहकर कनकसिंह ने बैटरी बंद कर दी। घना अँधेरा छा गया। डॉक्टर दोनों हाथों का जोर आजमाकर पिंजड़े की सलाखें हिलाने लगे, ''मुझे छोड़ दीजिए जाडेजा, मुझे आपसे कुछ भी नहीं चाहिए। मैं आपके पैर पड़ता हूँ। मेरा जी घबरा रहा है, साँस भी रुक रही है।''

''जाडेजा, भगवान् के लिए वापस लौट आओ। वरना मैं सिर पटक-पटककर यहीं प्राण त्याग दूँगा।''

''सिर पटक के मर जाओ तो इससे मुझे क्या लेना-देना?''

''जाडेजा, आप भूल गए? अपनी पत्नी को मैंने अपनी साजिश के बारे में पत्र लिखा है?''

''इससे अब मुझे कोई फर्क नहीं पड़नेवाला डॉक्टर, चौबीस घंटे के बाद मैं जहाज में बैठकर खजाने के साथ समुद्र के बीच में चला गया होऊँगा।''

और दूसरे ही पल तहखाने का वह दरवाजा बंद होने की धड़ाम की आवाज सुनाई दी।

□

: २१ :

सूर्योदय होने से पहले ही वह मंदिर पहुँच गया था। उसके विस्मय के बीच साधु उसकी ही प्रतीक्षा कर रहे थे। विशेष आश्चर्य तो इस बात से हुआ कि साधु ने करण के बारे में कोई पूछताछ नहीं की, ''चलिए जाडेजा, आपको खजाने के तहखाने में ले चलूँ। आपसे जितना उठाया जा सके उठा लेना। आपको बोझ नहीं ढोना पड़े, इसलिए अपने टिल्लू घोड़े को साथ ले जाएँगे। खजाने के प्रवेश द्वार तक घोड़ा आसानी से जा सकेगा।''

''किसी भी प्रकार की चालाकी नहीं आजमाना युवराज!'' खजाने की ओर जाते खुफिया रास्ते में प्रवेश करते ही कनकसिंह ने चेतावनी दी।

साधु के इस प्रस्ताव से कनकसिंह कुछ देर तक उन्हें संदेहजनक दृष्टि से देखता रहा। तब साधु ने स्पष्ट किया, ''आपको ऐसा लग रहा है न कि मैं इतने आराम से खजाना लुटा देने के लिए अधीर हो उठा हूँ! कल रात आपके जाने के बाद मैंने बहुत सोचा। पुरखों के जतन से संगृहीत इस धन-भंडार की हिफाजत करना मेरा कर्तव्य है। इसके लिए मुझे अपनी या अपने पुत्र की जान की कुरबानी देनी पड़े तो भी राजपूत होने के नाते मुझे पीछे नहीं हटना चाहिए ऐसा भी खयाल आया। परंतु नौ-नौ साल साधु जीवन बिताने के बाद धन-दौलत का मोह नहीं रहा। जिसके भाग्य में जो होगा वही और उतना ही उसे मिलनेवाला है।''

फिर भी कनकसिंह को भरोसा नहीं हुआ वह पूछ बैठा, ''युवराज, आपको धन-दौलत का मोह नहीं रहा यह तो माना जा सकता है, किंतु आपको कुँवर की भी चिंता नहीं है, आखिर कुँवर की खातिर ही तो आप यह सौदेबाजी करने के लिए तैयार हुए थे।''

तब साधु थोड़ा मुसकराए थे, ''जाडेजा, सबकुछ ईश्वर के अधीन है। आपने मुझे जहर देकर मारने की दो-दो बार कोशिश की फिर भी ईश्वर ने मुझे जिंदा रखा। राजपूत खून यदि कभी खौल उठता है, परंतु साधु का संयम उसे नियंत्रित कर देता है तब संसार के राग द्वेष से मैं निर्लिप्त बन जाता हूँ। इसलिए मैं

कहता हूँ जाडेजा कि अभी आपको खजाना सौंप देने में मुझे बिलकुल रंज नहीं होगा।''

इस प्रकार दोनों खजाने की ओर बढ़ने लगे। एक जगह पर रुककर साधु ने छत पर बैटरी की रोशनी डाली, नक्शे में दरशाई निशानी के अनुसार छत में एक ताक दिखा। उसकी प्रत्येक चाल पर कड़ी नजर रख रहे कनकसिंह ने अधीर आवाज से पूछा, ''वहाँ क्या है?''

जवाब दिए बगैर साधु ने हाथ ऊपर करके ताक के इर्द-गिर्द से मकड़ी के जाले हटाए, बैटरी की रोशनी से तसल्ली करके देख लिया कि अंदर कोई कीड़ा-मकोड़ा तो नहीं है, फिर ताक के अंदर हाथ डाला। कनकसिंह साँस रोके उसकी वह क्रिया देख रहा था। फँस जाने के डर से उसका जी घबराता रहा, फड़फड़ाता रहा। जैसा साधु ने जोर आजमाकर ताक में छिपा चक्कर घुमाया कि सामने की दीवार फटने की आवाज से तहखाना काँप उठा। झटके के साथ गरदन मोड़कर कनकसिंह ने देखा तो हटी हुई दीवार के भीतर जगमगाता कमरा दिखाई दिया। कुछ देर के लिए उसकी आँखें चौंधिया गईं वह बोल उठा, ''भीतर इतनी रोशनी कैसे है?''

''नागमणि की!''

सुनकर कनकसिंह चौंका। रोशनी से अभ्यस्त होती जा रही आँखों से उसने फिर अंदर देखा, ''कमरे के ठीक बीच में यह पिटारा कैसा?''

''हम यहाँ तक जिसके लिए आए हैं, वही खजाना है उसमें!''

कनकसिंह को विश्वास नहीं हो रहा था, ''मैंने तो सोचा था हीरे, मोती, माणिक के ढेर दिखने को मिलेंगे। युवराज, आप कहीं मेरी खिल्ली तो नहीं उड़ा रहे?''

''भरोसा न हो तो अंदर जाकर पिटारा खोलिए। एक से बढ़कर एक मूल्यवान जवाहरात नजर आएगा।''

कनकसिंह की नसों में दोगुनी गति से खून दौड़ने लगा। ''ऐसे नहीं युवराज, आप मेरे साथ अंदर चलिए! मैं अकेला जाऊँ और पीछे से आपने दीवारवाला दरवाजा कहीं बंद कर दिया तो?''

''ऐसा इरादा होता तो मैं आपको यहाँ तक लेकर ही नहीं आता जाडेजा। चलिए, मैं पहले अंदर प्रवेश करता हूँ।''

विशाल पिटारे के पास पहुँचकर दोनों एक दूसरे की ओर तकते रहे। कनकसिंह के चेहरे की तंग रेखाएँ धीरे-धीरे ढीली होने लगीं। और खुशी का स्मित उभरने

लगा, ''युवराज, अपने हाथों से ही पिटारा खोलिए। इस पर तो कोई ताला नजर नहीं आता।''

''ताला नहीं, पिटारा खोलने के लिए उसके तले पर एक खटका है।'' कहते हुए साधु नीचे झुके। खटका दबाते ही धड़ाम से पिटारा ऊपर से खुल गया। जवाहरात से खचाखच भरे पिटारे की जगमगाहट देखकर उत्तेजना से कनकसिंह के दिमाग की नसें फूल गईं, फैले हुए होंठों पर प्रलोभन का गीलापन आ गया। जैसे सारा खजाना अपनी पुतलियों में भर देना चाहता हो ऐसे न जाने कब तक उसकी नजर खजाने पर लगी रही।

''देखकर ही तृप्त हो गए जाडेजा?'' साधु के शब्दों ने मानो उसे तंद्रा से जगाया।

''नहीं, देखकर तृप्त हो जाने की मेरी आदत नहीं। अब तो ऐसा लगता है कि पूरा का पूरा पिटारा उठाकर ले जाऊँ···।''

''अति लोभ पाप का मूल है, जाडेजा!''

''पाप?'' कनकसिंह धूर्त-सी हँसी हँसा, ''पाप-पुण्य के हिसाब आप करते रहिए युवराज साधु!'' इस खजाने से मैं संगमरमर का एक भव्य महल बनवाऊँगा। इंद्र के दरबार की सी शानोशौकत से उसे सजाऊँगा, दुनिया भर की अप्सरा जैसी सुंदरियों को उसमें बसाऊँगा। शराब के फव्वारे, अतर के हौज, अप्सराओं के नाच-गान···इन सबके बीच मैं चक्रवर्ती महाराजा की तरह सोने के सिंहासन पर विराजमान होकर राज करता होऊँगा!''

''जाडेजा, शेखचल्ली बनने की बजाय जितने जवाहरात उठा पाओ, उठा लो। साधु को वास्तविकता का खयाल देना पड़ा। इतना विशाल पिटारा यहाँ से बाहर नहीं निकलेगा। उसे खींचकर निकालने के लिए दस घोड़े भी कम पड़ जाएँगे।''

''आपकी बात सही है युवराज, घोड़े पर जितना उठाया जा सके उतना जवाहरात ले लूँ।''

''जाडेजा जल्दी कीजिए!'' साधु ने दोनों हाथों से थैले का मुँह खोलकर अधीरता दरशाई, ''हमें जल्दी चले चलना चाहिए।''

और कनकसिंह ने अपने फौलादी हाथों के दोनों पंजे फैलाकर खजाने से भरे पिटारे की तरफ फैलाए। तभी एक सरसराहट ने उसे चौंका दिया, वह दो कदम पीछे हट गया। वह कुछ पूछ पाता कि इसके पहले सरसराहट के साथ एक भयंकर नाग को जवाहरात पर चढ़कर फन फैलाते देखा। भय से कँपकँपी महसूस

करते हुए कनकसिंह ने कुढ़ते हुए दाँत भींचे, "इस समय यहाँ नाग कहाँ से आ धमका युवराज? अब समझ में आया आपकी संजीदगी का राज...मुझे ले आने से पहले यहाँ नाग रख दिया।"

"जाडेजा, यहाँ प्रवेश करते ही मैंने कहा था कि यह रोशनी नागमणि की है।" साधु ने समझाया, "आप जरा धीरज धरिए। वह अपने आप खजाने से हट जाएगा।"

"वाह रे युवराज, मुझे बेवकूफ बनाते हैं!" नाग की तरह उसने फुफकारा, "पहले जल्दी करने को कह रहे थे और अब धीरज धरने की सीख दे रहे हैं। आप ऐसा मानते हैं कि नाग देखकर मैं डर जाऊँगा। अरे, ऐसे तो कितने ही मैंने पाँव तले कुचल डाले हैं।" कहते हुए उसने नाग को हटाने के लिए दोनों हाथ उसकी ओर हिलाए।

नाग ने जोरदार फुफकार के साथ बड़ा फन फैलाया।

"आप उसे चिढ़ाइए मत, जाडेजा!" साधु ने कनकसिंह को समझाया। "नागदेवता तो हाथ जोड़ने से प्रसन्न होते हैं और खिझाने से कुपित होते हैं। कहता हूँ कि कुछ देर के लिए रुक जाइए।"

परंतु कनकसिंह क्रोधित हो गया था। उसने साधु के हाथ से टाट का थैला झपट लिया, "कीड़े-मकोड़े को देवता मानकर हाथ जोड़नेवाला मैं नहीं हूँ। अभी आपके उस देवता को इस थैले में कैद कर लेता हूँ।"

"नहीं कनकसिंह!" साधु ने दोनों हाथों से उसकी कमर पकड़ ली। "वे हमारे कुलदेवता माने जाते हैं। आप कुल के बाहर के हैं। इसलिए शायद खजाने को हाथ नहीं लगाने देंगे। लाइए, मैं अपने हाथों से थैले में खजाना भर दूँ।"

परंतु कनकसिंह को अब उन पर भरोसा नहीं रहा था। उसने दोनों हाथों से थैला उठाकर नाग पर झपट्टा लगाने की कोशिश की, परंतु चिढ़े हुए नाग ने भयानक फुफकार के साथ लंबी जीभ निकालकर कनकसिंह के चेहरे पर जहर की पिचकारी छोड़ दी।

कनकसिंह की चीख से तहखाना गूँज उठा। उसने दोनों हाथों की हथेलियों से आँखें ढक लीं। "मेरी आँखें...मुझे बहुत दर्द हो रहा है!" कहता हुआ पाँव पटकता वह नीचे गिर गया।

"मैं आपको मना कर रहा था।" साधु ने उसके पास जाकर दोनों हाथ पकड़ लिये। "आँखें मलिए मत। जहर अंदर फैल जाएगा तो जल्दी अंधे हो जाओगे।"

तब कनकसिंह का कोप साधु पर उतरा। दोनों हाथों के पँजों से उसने उनका गला पकड़ लिया। धक्का देकर उसे जमीन पर गिराकर कनकसिंह उनकी छाती पर चढ़ गया।

''मेरे से यह पीड़ा सही नहीं जाती, तूने मुझे अंधा बना दिया, परंतु अब मैं तुझे जिंदा नहीं रहने दूँगा। दो-दो बार भले ही तू बच गया, अब तीसरी बार मेरे पंजे से तू छिटक नहीं पाएगा!''

गले पर पंजों का दबाव बढ़ाते जाते कनकसिंह को हटा देने के लिए साधु ने जोर आजमाया। परंतु जाडेजा आँखों में लगे जहर की तेज जलन की खुनस वह अपनी कलाई में उतारता जा रहा था। उसकी आँख्रों की पुतलियाँ आकुल-व्याकुल होने लगी थीं। तभी कनकसिंह को अपनी गरदन में बंदूक की नली की चुभन महसूस हुई।

''कौन···कौन है ?'' अंधा बन चुका कनकसिंह बौखलाकर चीख उठा।

''तेरी मौत, विजयसिंह जाम!'' कहते विजय ने कनकसिंह की बगल में जोरदार लात फटकारकर उसे साधु की छाती से हटा दिया।

''निर्मल, बेटे निर्मल!'' चीखते हुए राजमाता अंदर आ गईं। गले की दर्द कर रही नसों पर हाथ दबाकर हाँफते-हाँफते उठ बैठे साधु के गले लग गईं राजमाता ने, ''लाल मेरे, मेरी आँख के नूर!'' बोलते-बोलते छाती में धुआँता वात्सल्य आँखों के जरिए बहा दिया।

धरती पर चित पड़े कनकसिंह की छाती पर विजयसिंह ने पैर रखा हुआ था, ''राजपूतनी की कोख से जनमे हुए जानवर! तेरे सारे पापों की सजा मैं बंदूक की एक गोली से दे देता हूँ।''

तब कनकसिंह के भय विह्वल चेहरे पर धूर्तता उभरी, ''आप भूल रहे हैं जाम, गोली चलाओगे तो जीवन भर पछताना पड़ेगा। कुँवर करण मेरे कब्जे में है। उसे मैंने कहाँ छिपाए रखा है यह मेरे सिवा कोई नहीं जानता। मेरी चिता के साथ आपको उसके दाह-संस्कार भी करने पड़ेंगे, इतना याद रखना।''

उसके अंतिम शब्द पूरे हों उससे पहले ही विजयसिंह ने छाती पर रखा पाँव उठाकर उसके जबड़े पर लात फटकार दी, ''नराधम, अब करण तुम्हारे कब्जे में नहीं। लखुभा उसे शिकार-मीनार में बंद कर दे इसके पहले ही मैं वहाँ पहुँच गया था। कल रात से मैं तेरा पीछा करता रहा था, तेरे द्वारा कैद डॉक्टर तहखाने में ही हृदय गति रुक जाने से भर गया है। मर्दानगी की बातें करनेवाले, तू इतनी हद तक कमीना निकला ?'' कहकर विजयसिंह बंदूक का खटका दबाने ही जा रहा था कि

लाजवंती दौड़ी आई, ''नहीं विजयभाई, आप गोली मत चलाना।''

लाजवंती ने जबरदस्ती बंदूक छीन ली तब विजयसिंह के चेहरे पर सख्ती छा गई, ''लाजू भाभी, अब भी आपको इस दानव पर दया आती है?''

''दया?'' लाजवंती ने दाँत भींचे, ''मेरा सौभाग्य छीन लेने की कोशिश करते जिसके हाथ नहीं काँपे, मेरे इकलौते बेटे को सौदेबाजी का हत्था बनाते जिसका कलेजा नहीं काँपा, उस पर दया?'' कहकर उसने कनकसिंह के ललाट पर बंदूक की नाल रखी, ''मेरे पिछले जन्म के इस दुश्मन की खोपड़ी फाड़कर मैं उसके गरम खून से अपने ललाट पर तिलक करना चाहती हूँ।''

परंतु राजमाता के सहारे आगे बढ़ते युवराज ने बीच में आकर बंदूक की नाली अपनी मुट्ठी में पकड़ ली, ''नहीं लाजवंती, किसी के ललाट का सिंदूर पोंछकर पाया हुआ सौभाग्य हम सबके लिए दुर्भाग्य सिद्ध होगा। अपनी भाभी रूपमती का भी कुछ खयाल कर! तेरा सौभाग्य बचाने के लिए उसने पागलपन मोल लिया। अब तू उसे बेवा बनाने पर उतर गई?''

दूर खड़ी रूपमती को देखते ही लाजवंती के हाथों से बंदूक सरक गई। आँखों में उभरते भावों के आँसुओं के साथ वह युवराज से लिपट गई। नौ-नौ साल के कठोर विरह के बाद एक-दूसरे के गले मिल रहे पति-पत्नी का वह मंगल-मिलन देखकर राजमाता और विजयसिंह की आँखें छलछला आईं।

इतने में बंदूक के धमाके से खजाने का तहखाना खलबलाया। सभी लोगों की आखें फटी-की-फटी रह गईं। सबकी नजरें बचाकर रूपमती ने नीचे पड़ी हुई बंदूक उठाकर पलक झपकते ही कनकसिंह की खोपड़ी बींध डाली?

बंदूक पकड़कर खड़ी रूपमती का रौद्र रूप देखकर चारों लोग स्तंभित रह गए। साधु को लगा कि वह फिर पागल हो जाएगी। राजमाता के कंधे से शॉल लेकर उसने कनकसिंह के विकृत हो चुके चेहरे को ढक दिया। फिर रूपमती के कंधे पर हाथ रखते हुए कहा, ''बहन यह क्या किया तूने?''

''जो आपमें से कोई नहीं करना चाहता था!'' रूपमती तंद्रावस्था में बोल उठी, ''वे जिंदा रहते तो फिर मुझे पागलखाने में जाना पड़ता।''

कनकसिंह की मौत का सोलह दिन का शोक पूरा होते ही साधु के स्वरूप में वापस लौटे युवराज निर्मल कुमार को राजगद्दी पर बिठाने के तीन दिन के भव्य समारोह का आयोजन किया गया। इस खुशी में राजमाता हर्ष से फूली नहीं समाती थीं, ''चाहे सारा खजाना लुटा दो, परंतु इस उत्सव में जरा सी भी कमी नहीं रहनी चाहिए। तीन दिन तक राज्य का कोई आदमी भूखा नहीं सोएगा। किसी की बददुआ

न लगे, किसी को ठेस न पहुँचे यह देखना। भगवान् ने मुझे मेरा निर्मल वापस दिया है। मेरी शेष आयु भले भगवान् निर्मल के नाम कर दें। बस, यह उत्सव पूरा हो जाए तो मुझे मोक्ष मिल गया ऐसा मान लूँगी।''

राजमहल की रौनक बदल गई थी। मैदान में बड़े-बड़े मंडप लगाए गए थे, सारा नगर रंगीन रोशनी से जगमगा रहा था, छोटे-मोटे राजे-महाराजे पधारे थे। दूर-दूर के गाँव से लोग निर्मल कुमार का दूसरा राज्याभिषेक देखने के लिए सैकड़ों की संख्या में जमा होते जा रहे थे। हर जगह खेमे लगाए गए थे, गली-गली खाने-पीने की व्यवस्था की गई थी। तीन दिन तक रोज सवेरे राजमहल के दरवाजे पर खड़े रहकर राजमाता ने गरीबों को कपड़े आदि दान में दिए, साधु एवं ब्राह्मणों को दक्षिणा दी, किसानों के लगान माफ किए, वफादार नौकरों को ताँबे की पत्तरों पर जमीन लिख दी गई।

तीसरे दिन सवेरे राज्याभिषेक से पहले युवराज निर्मल कुमार एवं राजरानी लाजवंती ने सजाए गए हाथी पर सोने के झरोखे समान आसन पर बैठकर मेहमान एवं बुजुर्गों के साथ भव्य जुलूस में राज्य की प्रदक्षिणा की। महल के दरवाजे पर राजमाता ने उनकी आरती उतारकर स्वागत किया।

पुजारीजी और शंभू चौकी पर चाँदी के थाल में रखे राजमुकुट के पास बैठकर पूजनविधि में व्यस्त हो गए थे। कुँवर करण एवं चंदन कुँवरी कीनखाबी वस्त्रों में सिंहासन पर पास-पास बैठे थे। विजयसिंह जाम मेहमानों की आवभगत में व्यस्त थे। राजमाता मर्यादा का परदा छोड़कर खुले चेहरे से सबके बीच घूम रही थीं। महल में कुलदेवी को प्रणाम करने गए निर्मल कुमार और लाजवंती वापस आएँ इसकी अधीरता से प्रतीक्षा की जा रही थी।

युवराज ने हीरे जड़ी फुनगीवाला जरीभरत का साफा नहीं पहना था। जगमगाती शेरवानी के स्थान पर गेरुआ चोला पहना था, पाँव में जूती के बदले खड़ाऊँ पहने थे। उनके साथ सोपान उतरतीं राजरानी के तन पर एक भी जवाहरात नजर नहीं आता था। सफेद वस्त्रों में नंगे पाँव वे युवराज के साथ चलीं आ रही थीं।

भौचक्के से सब अवाक् बनकर दोनों की ओर देखते रहे। राजमाता की आँखें आकुल-व्याकुल होने लगीं। पॉलिटिकल एजेंट विलियम साहब भी अपने आसन पर तनकर सीधे हो गए। बैंडबाजे बजने बंद हो गए। मंत्र पढ़ रहे पुजारीजी और शंभू भी फटी आँखों से व खुले मुँह से देखते ही रह गए। एक-दूसरे की श्वास गति तक सुनाई दे ऐसा सन्नाटा छा गया।

सबकी ओर अभिवादन करके निर्मलकुमार ने राज सिंहासन की ओर पाँव

बढ़ाए। पुजारीजी और शंभू के बीच की चौकी पर झुककर दोनों हाथों से चाँदी के पात्र में रखे राजमुकुट को उन्होंने उठाया और कोई कुछ भी कहे-पूछे इसके पहले खड़ाऊँ उतारकर घुटनों के बल बैठकर खाली सिंहासन पर राजमुकुट रख दिया। कुछ पल तक आँखें मूँदकर राजमुकुट को प्रणाम करके वे खड़े हुए। युवराज का चेहरा सबको बदला हुआ सा लगा। साधु की तेजस्वी आभा उनके चेहरे पर झलकती हुई दिखाई दी।

"राजमाता, अतिथिगण एवं प्रजाजन!"

संबोधन करके वे रुके। चारों ओर एक नजर डाली। धीरे से लाजवंती उनके पास आकर खड़ी हो गईं उन्होंने फिर कहना शुरू किया—

"हमारी इस चेष्टा से आपको शायद धक्का लगा होगा। राजमाता की भावना को भी ठेस पहुँची होगी, परंतु बहुत चिंतन-मनन के बाद हम यह कदम उठा रहे हैं। नौ साल राजमहल से दूर रहकर मैंने जो जीवन बिताया, गेरुए वस्त्रों में जहाँ-जहाँ भी भटका और जो भी ज्ञान प्राप्त किया, इसके सामने राज्य के सारे सुख-वैभव इन उन्नीस दिनों में तुच्छ लगे हैं। ईश्वर की कृपा से मुझे जीवनदान मिला, नया जीवन मिला उसे मैं इस राजसिंहासन पर बैठकर राजमहल के वैभव विलास में बरबाद नहीं करना चाहता। मेरी तरह लाजवंती को भी संसार के इन क्षणिक सुखों के प्रति वैराग्य उत्पन्न हुआ है। हम दोनों ने साथ मिलकर राजमहल का जीवन त्याग देने का संकल्प ले लिया है।"

कहकर वे जरा रुके। गोरे साहब की ओर एक नजर करके आगे कहा—

"शायद आपके मन में सवाल उठेगा कि साधु जीवन ही बिताना था तो युवराज के बिना हक पाने के लिए मैंने इतना संघर्ष क्यों किया? इसका कोई संतोषजनक जवाब मेरे पास नहीं है। परंतु मैं अपने आपकी परीक्षा लेना चाहता था। इतने बरसों की साधना की मुझे परीक्षा करनी थी। अब आपमें से कोई हमें फिर माया के बंधन में जकड़ने की कोशिश न करें इतनी ही प्रार्थना है।"

सुनकर सब बुत की तरह जड़ हो गए। राजमाता की आँखें छलक गईं। पुत्र वापस मिलने का आनंद लुप्त हो रहा हो ऐसा लगा।

इतने में निर्मल कुमार ने अंतिम शब्द कहे, "हम इस राज्य की हद छोड़कर कहीं जानेवाले नहीं हैं। साधु रहकर संसारी की तरह साथ जीनेवाले हैं, परंतु हमारा आवास राजमहल की बजाय मंदिर रहेगा। आप सब हमें खुशी से विदाई दें।"

फिर दोनों ने राजमाता को प्रणाम किया, उनसे आशीर्वाद लिया। करण-

चंदन को आशीष दी और सबकी ओर हाथ जोड़कर प्रस्थान किया।

रोती हुई अँखियों से सबने संसारी साधु को विदा किया। उन दोनों के जाने के बाद करण और चंदन के गले से लगकर राजमाता सिसक-सिसककर रोती रहीं, परंतु उनके भीतर कोई और ही गूँज सुनाई देती थी। 'सात जन्मों तक तप किया हो उसकी कोख से ही ऐसा पवित्र पुत्र अवतार लेता है!' ऐसा परम संतोष राजमाता अनुभव कर रही थीं।

□□□